DUMONT

Ein junger Mann, hin- und hergerissen zwischen zwei Frauen, flieht aus seinem wohlhabenden Elternhaus. Er ist verzweifelt und lebensmüde, es zieht ihn ins »Dunkel«. So sucht er nach einer Möglichkeit, aus der Welt zu verschwinden. Und findet sie, indem er sich zur Arbeit in einem Bergwerk verpflichtet. Das harte Leben unter Tage erweist sich als Wendepunkt – er, der sich nach der Dunkelheit gesehnt hat, erkennt in derselben, dass das Leben lebenswert ist. Noch vor James Joyce oder Marcel Proust beschreibt Natsume Sōseki hier minutiös die Wahrnehmungen und Gedanken eines jugendlichen Antihelden. ›Der Bergmann‹ zeichnet im Spiegel einer einzelnen Existenz das Bild einer japanischen Gesellschaft, die zur Jahrhundertwende mit sich und der Moderne ringt.

Natsume Sōseki (1867–1916) gehört zu den wichtigsten Vertretern der klassischen Moderne Japans. Nach dem Studium der englischen Literatur lebte er von 1900 bis 1903 in London, später arbeitete er als Professor für Englisch an der Universität von Tōkyō. Nach literaturtheoretischen Schriften und Lyrik veröffentlicht er ab 1906 zahlreiche Romane, die – im Geist des Fin de Siècle oft melancholisch gestimmt – die Auseinandersetzung zwischen westlichen und traditionellen Werten reflektieren.

Natsume Sōseki

Der Bergmann

Roman

Aus dem Japanischen
von Franz Hintereder-Emde

Mit einem Vorwort
von Haruki Murakami
Aus dem Japanischen
von Ursula Gräfe

DUMONT

»Nonchalant durch die Hölle«

Von Haruki Murakami
Aus dem Japanischen von Ursula Gräfe

Natsume Sōseki ist zweifellos Japans bedeutendster moderner Schriftsteller, und seine Werke sind (wahrscheinlich) im ganzen Land in jedem besseren Buchladen erhältlich. Zu ihnen gehört der vorliegende, etwas eigenwillige Roman *Der Bergmann*, der sich stark von Sōsekis anderen Arbeiten unterscheidet. Wie viele Menschen, abgesehen von Sōseki-Experten, -Enthusiasten oder fachlich an der Materie des Bergbaus Interessierten, ihn tatsächlich gelesen haben, weiß ich nicht, jedenfalls ist *Der Bergmann* bisher nie aus den Programmen der größeren Verlagshäuser verschwunden und wird es vermutlich auch nie. Was sicher auch daran liegt, dass Sōseki sozusagen einen Dreh- und Angelpunkt in der modernen japanischen Literatur darstellt, die sich ab Beginn der Meiji-Zeit 1868 entwickelte, und seine Werke den Maßstab für deren Ton und die Erzählstruktur setzten. Seit langem ist es die geheiligte literarische Pflicht – nahezu ein Akt des Glaubens – aller Japaner (mich eingeschlossen), das Gesamtwerk dieses Schriftstellers, der bereits im jugendlichen Alter von neunundvierzig Jahren an Magenkrebs starb, zu ehren und zu erhalten. Nebenbei möchte ich bemerken, dass sein tödlich erkrankter Magen ebenso wie sein komplexes, bis zu seinem Ende aktives Gehirn der medizinischen Fakultät der Kaiserlichen Universität Tōkyō gespendet wurden. Der Begriff »japanische Literatur« lässt mich stets an das ungewöhnliche Schicksal von Sōsekis Magen und Gehirn denken – wobei letzteres übrigens als normalgewichtig eingeschätzt wird.

Der Bergmann ist zumindest ein höchst ungewöhnlicher Roman, den selbst Kenner von Sōsekis Gesamtwerk unmöglich systematisch darin zu verorten vermögen, denn er weist keine Beziehung zu irgendeinem Buch auf, das der Autor vorher oder hinterher veröffentlicht hat. *Der Bergmann* als Sōsekis hässliches Entlein zu bezeichnen, ist vielleicht eine grobe Vereinfachung, dennoch lässt es sich nicht leugnen, dass er in Umfang, Form und Farbgebung eindeutig aus dem übrigen Korpus herausfällt. Würde man Sōsekis Werke in einen Kasten einpassen, ließe sich wegen dieses einen Buches der Deckel nicht schließen. Was ist es nur, das dazu führt, dass es nicht recht zu den anderen passt?

Zunächst sollte ich vielleicht über die Ernüchterung sprechen, die der Leser am Ende dieses Romans empfindet. Man mag sich im ersten Moment fragen, warum Sōseki sich überhaupt so viel Mühe gegeben hat (und das hat er), ihn zu schreiben. Welche Absicht verfolgte er damit? Der Autor selbst wischt alle Fragen beiseite, indem er kühn leugnet, dass es sich bei *Der Bergmann* überhaupt um einen Roman handelt, als sein Held dem Leser am Ende entgegenschleudert: »Das waren meine ganzen Erfahrungen als Bergmann. Und alles entspricht der Wahrheit. Das kann man schon daran erkennen, dass das hier kein Roman geworden ist.« (S. 229) An dieser Stelle zucken die meisten Leser ratlos mit den Schultern und fragen sich: »Wenn dieses Ding kein Roman ist, was habe ich dann die ganze Zeit gelesen?«

Doch trotz aller Einwände, die der Autor (oder sein Held) vorbringen mögen, bleibt es eine unleugbare Tatsache, dass es sich bei *Der Bergmann* um ein fiktives Werk handelt – nur handeln kann. Schließlich ist Sōseki nie auch nur in die Nähe eines Kupferbergwerks gekommen. Er begegnete einfach zufällig einem jungen Mann, der in einer Mine gearbeitet hatte, und notierte sich, was dieser ihm schilderte. Und obwohl er dessen Erlebnisse mehr oder weniger getreu wiedergab, waren es eben nicht seine eigenen. Die wirklichkeitsnahe Szenerie und die psychologisch treffende, lebendige Schilderung der Charaktere sind ein Produkt der Beobachtungsgabe und Fantasie des Autors. Das plastische Abbild der Bergarbeiterwelt, das Sōseki anhand der Erinnerungen eines anderen Menschen schuf, lässt sich schwerlich als »Reportage« oder »Sachbuch« bezeichnen. Vielleicht wäre »auf Fakten gestützte Fiktion« der beste Ausdruck.

Ebenso wie *Moby Dick* kein Roman über den Walfang ist, ist *Der Bergmann* kein Roman über die Techniken des Kupferbergbaus oder die Arbeitsbedingungen der Bergleute. Stattdessen geht es darin um das, was im Inneren eines Menschen aus Fleisch und Blut vor sich geht. Die Methode, die Sōseki aus seinem schriftstellerischen Fundus schöpft, um sich seinem Thema zu nähern, lässt sich wohl am besten mit dem Begriff »experimentell« beschreiben. Vielleicht ist dies der Grund, aus dem er seinen Lesern am Ende so kaltschnäuzig verkündet, »dass das hier kein Roman geworden ist«.

Es ist möglich, dass Sōseki nicht ganz glücklich mit dem Ergebnis seines Experimentes war und es mit einem Anflug von Unzufriedenheit betrachtete. Auch entsprachen bei seinem Erscheinen als Fortsetzungsroman in der Zeitung *Asahi Shimbun* die Reaktionen der Leser nicht dem, was er sich erhofft hatte (was der Leserschaft nicht übelzunehmen ist, da der Geschichte ein eindeutiger Plot fehlt). Ich vermute jedoch, dass Sōseki, nachdem er sein literarisches Experiment einmal fertiggestellt hatte, insgeheim froh war, dass es mehr oder weniger seinen Zweck erfüllt hatte – das heißt, dass er als Autor damit etwas Besonderes geschaffen hatte. Ich persönlich bin überzeugt, dass dieser Roman in Sōsekis monumentalem Gesamtwerk keinesfalls einen minderen Platz verdient. Er kann und darf nicht in Vergessenheit geraten. Ich gebe zu, *Der Bergmann* gehört definitiv zu meinen Lieblingsbüchern, und wahrscheinlich gibt es da draußen noch andere Leser – wenn auch nicht viele –, die sich wie ich stärker zu *Der Bergmann* hingezogen fühlen als zu Sōsekis späteren, charakteristischen Werken wie *Kokoro* (1914) oder *Meian* (1916).

Bevor ich weiter auf den experimentellen Charakter von *Der Bergmann* eingehe, möchte ich einen kurzen Überblick über den historischen Hintergrund geben, vor dem er entstand, denn dieser ist ein wichtiger Aspekt bei jeder Besprechung eines Buches. *Der Bergmann* erschien ab dem 1. Januar 1908, und die Notizen, die ihm zugrunde lagen, hatte Sōseki sich bei einem Besuch seines jungen Informanten Ende November 1907 gemacht. Noch davor, nämlich im Februar 1907, war es im Kupferbergwerk in Ashio, dem Schauplatz von Sōsekis Roman, zu einem Aufstand der Arbeiter gekommen, der das ganze Land bewegt hatte. Als Sōseki sich für sein Thema entschied und zu schreiben anfing, muss er sich der dramatischen Ereignisse in Ashio bewusst gewesen sein, die vor Kurzem die Nachrichten beherrscht hatten. Und doch erwähnt er in seinem Roman an keiner Stelle, dass es darin um das Kupferbergwerk von Ashio geht (obwohl die Lage, die erwähnten Ortschaften und die Größe der Mine keinen anderen Schluss zulassen). Es wirkt beinahe verdächtig, dass er sich so völlig über ein Thema – den Aufstand der Bergleute und die Umweltschäden in Ashio – ausschweigt, das die japanische Öffentlichkeit derart erschüttert hat. Allerdings hatte Sōseki hierfür vermutlich seine Gründe.

Ashio liegt in einer Gebirgsregion der Präfektur Tochigi und nur etwa 110 Kilometer Luftlinie nordöstlich von Tōkyō entfernt, auch wenn die Fahrt mit dem Auto mindestens vier oder fünf Stunden dauert. Im 16. Jahrhundert wurde dort eine Kupferader entdeckt, worauf Ashio zwei Jahrhunderte lang über Tage ausgebeutet wurde. Die meisten Kupfermünzen in der Edo-Zeit (1603–1868) wurden aus dort gefördertem Kupfer gegossen. Mitte des 19. Jahrhunderts galten die Vorkommen als erschöpft, und die Mine wurde aufgegeben. 1877 überließ die Präfektur sie einer privaten Bergbaugesellschaft (später Teil des Industriekonzerns Furukawa), die mithilfe neuer westlicher Methoden unter Tage weitere ergiebige Kupfervorkommen entdeckte. Also investierte die Firma gewaltige Summen in modernste Bergbautechnologie, um die Mine umfassend zu erschließen.

Die Nachfrage nach Kupfer in Privatwirtschaft und Waffenindustrie erreichte extreme Höhen, als Japan durch zwei schwer erkämpfte Siege (1894–1895 gegen China und 1904–1905 gegen Russland) seine Position als moderne Industrienation weiter festigen konnte und die inländische Industrieproduktion schwindelnde Höhen erreichte. Die Kupfermine in Ashio wurde nun auf Grund eines »nationalen strategischen Interesses« von der Regierung subventioniert. Eine Weile förderte sie bis zu 40 Prozent des japanischen Kupfers. Um das Bergwerk herum entstand eine Stadt mit eigener Eisenbahnlinie, in der zu Hochzeiten 40 000 Menschen lebten, fast ebenso viele wie im Verwaltungssitz Utsunomiya. Der Umfang des Labyrinths aus unterirdischen Stollen entsprach beinahe der Entfernung von Tōkyō nach Fukuoka, also etwa 900 Kilometer.

Ashios erstaunlicher Aufstieg war jedoch von einer Reihe düsterer, ja tragischer Nebenwirkungen begleitet, an vorderster Stelle von einer mineralischen Verschmutzung der gesamten Gegend. Die Abwässer aus den Schmelzvorgängen wurden in den nahe gelegenen Fluss Watarase geleitet, wo Toxine die Fischvorkommen töteten und die Reisfelder flussabwärts unbrauchbar machten. Die Böden in dieser Region waren stets besonders fruchtbar gewesen, doch nun gingen die für die Seidenherstellung erforderlichen Maulbeerbäume ein, Abgase aus dem Bergwerk vernichteten die umliegenden Wälder, und die kahlen Hänge führten zu zahlreichen Überschwemmungen. Zudem litt die einheimische Bevölkerung unter schweren gesundheitlichen Problemen.

Ab 1890 begannen die Bauern, die flussabwärts des Bergwerks lebten, seine Schließung zu fordern, aber Regierung und Konzern erklärten die Kupferproduktion für lebenswichtig für die japanische Wirtschaft, und der Protest verhallte ungehört. Jeder Zusammenhang zwischen der Mine und den Schäden wurde geleugnet. 1897 schließlich zeigte eine Kampagne, die der Abgeordnete Shōzō Tanaka initiiert hatte, Wirkung, und die Regierung erkannte den Zusammenhang zwischen Bergwerk und Umweltschäden offiziell an. Der Bau von Filtern, Abwasserbecken und Entschwefelungsanlagen für die Schornsteine wurde angeordnet. Ungeachtet dieser Maßnahmen litt die Bevölkerung der Region noch viele Jahre unter den Folgen der mineralischen Verschmutzung. Mehrere Dörfer wurden geräumt und ihre Bewohner in andere Teile des Landes umgesiedelt. Durch diesen Umgang mit einem der ersten Fälle dramatischer industrieller Verschmutzung in Japan steht der Name Ashio für eine Umweltkatastrophe größten Ausmaßes und rangiert auf einer Stufe mit Minamata, wo ab Mitte der Fünfzigerjahre die Vergiftung der Bevölkerung durch Quecksilber zu einer ungeheuren sozialen Tragödie führte.

Das zweite schwerwiegende Problem im Kupferbergwerk Ashio betraf die dort herrschenden katastrophalen Arbeitsbedingungen. Die Bergleute erhielten niedrige Löhne, Korruption bei der Vergabe von Arbeitsplätzen war an der Tagesordnung, die meisten Aufseher waren gewalttätig, ungenügende Sicherheitsbedingungen führten zu ständigen Einstürzen in den Stollen, und die Bergleute, die nicht bei Unfällen ums Leben kamen, starben meist vor ihrem 40. Lebensjahr an Silikose, der sogenannten »Quarzstaublunge«.

Die hygienischen Bedingungen waren so schlecht und die medizinische Versorgung so mangelhaft, dass, wer krank wurde, kaum mehr tun konnte, als sich niederzulegen und zu sterben. Und wer einmal Bergmann war, konnte sich in der Regel nie mehr aus dem sogenannten »Bauhüttensystem« (*Hanba*) befreien, bei dem die Arbeiter zwangsweise in Unterkünften untergebracht und an unauflösliche Verträge gebunden wurden. Sie mussten hierfür »Darlehen« aufnehmen, die sie bis zu ihrem Tod nie zurückzahlen konnten. Die Mehrzahl der Bergleute waren entweder Mittellose (denen das Leben in einer Bauhütte zumindest regelmäßige Mahlzeiten und einen Platz zum Schlafen sicherte) oder Gesetzesbrecher auf der Flucht, die sich im Bergwerk dem Zugriff der Behörden zu entziehen hofften. Ashio war also von Männern bevölkert, die auf der untersten Stufe der sozialen Leiter standen, und *Der Bergmann* ist eine höchst lebendige Schilderung der Zustände in diesem unbarmherzigen Sammelbecken für Verlierer.

Im Februar 1907 erreichte der Unmut der Bergleute darüber, dass sie wie Sklaven behandelt wurden, einen Höhepunkt, irgendetwas brachte das Fass zum Überlaufen und ein gewaltiger Aufstand brach los. Die Bergleute sprengten die Unterkünfte der Aufseher und Wachen mit Dynamit, brannten die Wohnhäuser der Angestellten von Furukawa nieder und ließen ihrem Zorn auf die Vertreter des Konzerns in brutalen Angriffen freien Lauf. Wie durch ein Wunder wurde niemand getötet, aber die Bergleute besetzten die ganze Stadt und machten Jagd auf die Angestellten, sodass diese die Berghänge hinunter um ihr Leben laufen mussten. Angesichts des Ausmaßes von Gewalttaten war die örtliche Polizei machtlos, sodass die Regierung bewaffnete Truppen nach Ashio entsandte. 628 der Bergleute, die die Stadt besetzt hatten, wurden verhaftet. Anschließend wurden einige Verbesserungen eingeführt, aber die Arbeit im Bergwerk blieb ebenso hart und lebensgefährlich wie zuvor.

Wie bereits erwähnt, notierte sich Sōseki im November 1907, also neun Monate nach dem Aufstand, die Erfahrungen eines jungen Mannes namens Arai, der sich zur Arbeit in der Mine gemeldet hatte (besser gesagt: von einem wortgewandten Anwerber dafür rekrutiert worden war). Allerdings stammte Arais Bericht aus der

Zeit vor dem Aufstand, demnach entsprechen die Umstände, von denen wir in *Der Bergmann* lesen, jenen kurz davor. Man mag zwar vermuten, dass Arai dem berühmten Schriftsteller gegen Bezahlung authentisches Material aus erster Hand über die aktuellen Ereignisse für seinen Roman anbot. Doch wie Sōseki selbst es in einem Interview darstellte, war dies nicht der Fall. Arai wollte ihm in erster Linie von der komplizierten Liebesaffäre erzählen, die ihn dazu gebracht hatte, aus Tōkyō in die Berge zu fliehen. Seine Schilderungen der Kupfermine von Ashio waren nur eine Art Dreingabe. Sōseki lehnte das Angebot, diese Affäre in Romanform zu bringen, mit der Begründung ab, es sei einem Fremden unmöglich, etwas so Persönliches wie die Liebesgeschichte eines anderen wahrheitsgetreu wiederzugeben. Unmittelbar darauf erhielt Sōseki jedoch unerwartet die Aufforderung, einen Fortsetzungsroman für die *Asahi Shimbun* zu verfassen, da der Schriftsteller Tōson Shimazaki der Zeitung gerade mitgeteilt hatte, dass er nicht in der Lage sei, einen bei ihm in Auftrag gegebenen Text abzuliefern. Sōseki war nicht darauf vorbereitet, einen neuen Roman zu schreiben, doch als Vertragsautor der *Asahi* konnte er diese Anfrage nicht einfach ablehnen. So beschloss er – vielleicht als letzten Ausweg –, den jungen Arai zu fragen, ob er den Stoff statt für eine Liebesgeschichte für einen Roman über seine Erlebnisse im Bergwerk nutzen dürfe. Arai war einverstanden, und die erste Folge von *Der Bergmann* erschien am Neujahrstag 1908. Zwischen Sōsekis Gesprächen mit Arai und dem Beginn des Romans lag also kaum mehr als ein Monat. Damit hatte der Autor so gut wie keine Gelegenheit, den Stoff gedanklich zu verarbeiten, sondern hatte das Gehörte unmittelbar niedergeschrieben, sozusagen improvisiert.

Natürlich sind die Anekdoten von Schriftstellern über ihr Schreiben nie ganz für bare Münze zu nehmen. Da ich selbst einer bin, weiß ich das. Ich glaube nicht, dass es irgendwo einen Autor gibt, der die Wahrheit und nichts als die Wahrheit über die Entstehung seiner Werke sagt. Alle Menschen verschleiern gern die langweilige mühselige Realität und erfinden gewisse Episoden, um den alltäglichen Vorgängen ein bisschen Farbe zu verleihen. Sicher gibt es auch einige Schriftsteller, denen es Vergnügen bereitet, kleine Legenden über ihre eigene Person auszustreuen. Das muss nicht einmal bewusst geschehen. Mitunter spielt einem Autor auch das Gedächtnis einen Streich, sodass dieser oder jener Sachverhalt im Nachhinein ganz anders erscheint.

Sōseki behauptet, dass er anfangs nicht das geringste Interesse an dem Bericht des jungen Mannes über seine dramatischen Erfahrungen im Kupferbergwerk Ashio hatte. Das finde ich sehr seltsam und beinahe unglaubwürdig. Jeder Schriftsteller interessiert sich für Hintergrundinformationen über Ereignisse, die kürzlich die Aufmerksamkeit der gesamten Öffentlichkeit auf sich gezogen haben. Und Sōseki *muss* daran interessiert gewesen sein, warum sonst hätte er sich derart detaillierte Notizen gemacht (ohne die er bestimmt nicht in der Lage gewesen wäre, den Roman zu schreiben)? Dennoch wollte er nicht, dass sein Interesse an diesen Geschehnissen bekannt wurde.

Warum glaubte Sōseki, dieses Desinteresse am Kupferbergwerk Ashio *vortäuschen* zu müssen? Ich vermute, er wollte vermeiden, dass sein Roman mit einer sozialen Problematik in Verbindung gebracht wurde. Erst im März 1907 hatte er seine Professur an der Kaiserlichen Universität Tōkyō aufgegeben, um Berufsschriftsteller zu werden, ein mutiger Schritt, gleichbedeutend mit einem Sprung von einer hohen Klippe. Nun war es ihm nicht länger möglich, aus der luftigen Höhe seiner Position als geachteter Universitätsprofessor heraus zu schreiben. Seine Lebensumstände hatten sich also entscheidend verändert. Als Vertragsautor der *Asahi Shimbun* war er verpflichtet, einen Fortsetzungsroman pro Jahr für die Zeitung zu verfassen, und musste einen bestimmten etablierten Stil pflegen. Mit anderen Worten, es war keine leichte Zeit für ihn. Zudem war er sehr nervös veranlagt und litt ständig an quälenden Magenschmerzen. Er konnte es sich also zu diesem Zeitpunkt einfach nicht leisten, sein literarisches Ansehen zu gefährden, indem er sich offen dafür entschied, ein schwerwiegendes soziales Problem aufzugreifen. Zumindest könnte ich es mir so vorstellen. Sein Interesse galt weit mehr den Fragen der inneren Entwicklung des geistigen Individuums als gesellschaftskritischen Themen. Man könnte vielleicht sogar sagen, dass er die Gesellschaft (zumindest zu der Zeit) als eine Art äußeren, gesetzten Faktor betrachtete, der unterschiedlichen Druck auf einzelne Individuen ausübte und gleichsam chemische Veränderungen in ihnen hervorrief. In diesem Sinne waren die konkreten gesellschaftlichen Probleme um das Bergwerk zu real und ernst, als dass er sich ihnen widmen hätte können.

Überdies war Sōseki womöglich auch zu klassenbewusst, um Mitgefühl oder Verständnis für Arbeiter wie die Bergleute von Ashio aufzubringen, die, wie bereits angeführt, den Bodensatz der Gesellschaft darstellten. Vielleicht war es ihm praktisch sogar unmöglich, diese Einstellung zu überwinden.

Dennoch schien Sōseki ja ein profundes Interesse an den Gegebenheiten im Bergwerk Ashio zu hegen, wie der junge Mann sie schilderte. So nährte er seinen schöpferischen Impuls. Eindrücke zu verarbeiten, war ein natürlicher, wichtiger Bestandteil seiner Veranlagung als Schriftsteller, weshalb er sich auch derart ausführliche Notizen machte. Die gewöhnliche Liebesgeschichte, die der junge Mann ihm verkaufen wollte, hätte ihm wahrscheinlich nicht gleichgültiger sein können. Stattdessen wollte er wohl wissen, wie es dort unten in der Mine wirklich war – in der schwarzen Wabe aus Schächten und Gängen tief unter der Erde; die endlos in die Tiefe führenden Strickleitern, die rauen, Schlamm verschmierten Gesellen, die, mit ihren elenden Lebensumständen ringend, durch die schwarze Finsternis krochen. All das schrieb Sōseki nieder.

Allerdings boten sich ihm nur wenige konkrete Möglichkeiten, um aus diesem Stoff einen Roman zu machen. Natürlich konnte er sich nicht der »proletarischen« Literatur zuwenden. Auch ein naturalistisches Werk im Stile Zolas kam nicht infrage. Also beschloss er, einen gebildeten neunzehnjährigen Städter aus guter Familie (einen in den Augen der anderen Bergleute verwöhnten Jüngling) zum Helden zu machen und dessen düstere Reise in die »Hölle« zu schildern. Anhand dieser Figur versetzte Sōseki sich in die Lage, seiner Fantasie freien Lauf zu lassen und die Ereignisse in diesem Roman als Grenzerfahrung darzustellen, wobei er jede »Kritik an der Gesellschaft« umging und die eindeutige Begegnung des jungen Mannes mit Angehörigen der untersten Schicht vermied. Deshalb musste Sōseki es vermeiden, den Namen Ashio oder den Aufstand dort zu erwähnen. Dessen bin ich mir fast sicher.

Die einzigen intelligenten und menschlichen Charaktere im Roman sind Yasu, ein gebildeter Mann, dessen Lebensumstände ihn zum Bergmann verdammt haben (und den die anderen Bergleute als ihnen überlegen betrachten), und der von allen respektierte Boss der Bauhütte. Sämtliche anderen sind als unwissende, empfindungslose Wilde oder Tiere dargestellt. Sōseki unterscheidet so drastisch und sarkastisch zwischen diesen beiden Menschentypen, dass man sich an die Begegnung des Stadtjungen mit den unwissenden, unkultivierten Bauertölpeln in *Botchan* (1906) erinnert fühlt. In dieser Kluft spiegelt sich wohl tatsächlich Sōsekis eigene Haltung in Bezug auf die Gesellschaft wider.

Ich möchte betonen, dass dies ausschließlich meine eigenen Schlussfolgerungen sind, ich schätze als Schriftsteller einen anderen ein. Es liegt nicht im Geringsten in meiner Absicht, Sōseki im Nachhinein zu kritisieren. Selbstverständlich besteht die fundamentale Aufgabe eines jeden Schriftstellers darin, seinen Ideen treu zu bleiben, und nicht darin, politisch korrekt zu sein, wobei zu Sōsekis Lebzeiten die Vorstellung von politischer Korrektheit noch gar nicht existierte.

Es wurde bereits erwähnt, wie wenig Zeit dem Autor zwischen dem Sammeln seines Stoffs und dessen Ausgestaltung blieb. Ich vertrete (vielleicht ein wenig vermessen) die Ansicht, dass dieser Zeitdruck sich zugleich positiv und negativ auf den Roman ausgewirkt hat. Dank des Zeitdrucks hatte Sōseki nicht die Gelegenheit, die romanhafte Gestaltung seines Stoffes vorzubereiten. Er war gezwungen, spontan mit dem Schreiben anzufangen, kaum dass er die Informationen erhalten hatte, auf die er sich stützte. Die Folgen sind der ungewöhnlich lebendige Stil des Romans und sein experimenteller Charakter. Ich könnte mir vorstellen, ein anderer, weniger genialer Romancier hätte eine sozialkritische Studie oder einen konventionellen Bildungsroman daraus gemacht. Also ein Werk mit der Absicht, die Allgemeinheit zu erziehen und aufzuklären oder die Geschichte eines intelligenten Neunzehnjährigen zu erzählen, der durch eine Reihe ungewöhnlich bitterer Erfahrungen zu einem gereiften Erwachsenen heranwächst. Nur einem Autor wie Sōseki konnte ein Roman wie *Der Bergmann* gelingen, in dem stringent die individuelle Sicht des Helden aufrecht erhalten und jedes aktive soziale Engagement seinerseits vermieden (oder sogar aktiv verweigert) wird. Zudem besitzt *Der Bergmann* großen Wert als historisches Dokument, welches uns ganz hervorragend vermittelt, wie das Leben der Arbeiter im Kupferbergwerk Ashio gegen Ende der Meiji-Zeit wirklich aussah. Ohne diesen Roman, gäbe es für uns heute wohl keine Möglichkeit, ein so anschauliches und detailliertes Bild dessen zu bekommen, wie es dort zuging.

Aufgrund des Zeitdrucks mangelte es dem Roman allerdings auch an »Reifezeit«. Stößt ein Schriftsteller auf einen Stoff, über den er schreiben möchte, lässt er ihn für gewöhnlich in seinem Kopf reifen, bis er weiß, ob er sich tatsächlich für einen Roman eignet. Sollte dies der Fall sein, nimmt er sich weiter Zeit, um darüber nachzudenken, in welche Form er ihn bringen will. Bei *Der Bergmann* stand Sōseki diese Zeit jedoch nicht zur Verfügung. Er war gezwungen, den Text zu veröffentlichen, bevor er vollständig gereift war, was gewiss einen literarischen Minuspunkt darstellt. Hätte Sōseki allerdings jede Menge Zeit zur Verfügung gehabt, um den Stoff in sich zu bewegen, hätte er – das ist natürlich reine Spekulation – diesen Roman vermutlich nie geschrieben, und wir hätten nie Gelegenheit bekommen, dieses eigenwillige Werk kennenzulernen, weil der Stoff, mit dem Sōseki arbeiten musste, eigentlich nicht in seine literarische Welt passte. Je länger er ihn hätte reifen lassen, desto klarer wäre möglicherweise der Gedanke geworden, dass er davon niemals einen Roman schreiben würde, und er hätte seine Notizen vielleicht für immer in die Schublade gelegt. In diesem Sinne hatten wir vielleicht Glück, dass er nicht genügend Zeit hatte. Als ich *Der Bergmann* das erste Mal las, vermutete ich anfangs tatsächlich, er würde sich als eine Art Bildungsroman erweisen. Auf den Seiten vor mir begegneten dem jungen Mann so viele Misslichkeiten, dass er nach einem anstrengenden Erkenntnisprozess gewiss einen tieferen Sinn in seinen Erfahrungen entdecken würde. Umso erstaunter war ich, als ich die letzte Zeile erreichte. Mittlerweile hatte der junge Held fünf Monate seines Lebens im Bergwerk verbracht (wenn auch nicht unter Tage), war Zeuge dieser Hölle geworden, hatte sie überlebt und dennoch als Mensch offenbar nicht den geringsten Wandel erfahren. Oder er hat sich auf eine unmerkliche Weise verändert (denn es ist kaum vorstellbar, dass die ganze Tortur völlig spurlos an ihm vorüberging). Doch allem Anschein nach verlässt unser Held den Berg ebenso nonchalant, wie er dort angekommen ist, ohne einen Gedanken an seinen Werdegang zu verschwenden. Er hat sich in das Bergwerk hineintreiben lassen und treibt genauso unbedarft wieder heraus. Fünf Monate hat er in dieser ihm gänzlich fremden Welt verbracht, und dennoch äußert sich der Autor nicht mit einem Wort dazu, wie diese Erfahrung seinen Helden als Menschen beeinflusst, seine Weltsicht verändert oder sein soziales Bewusstsein vertieft hat: Nichts. Leere. Die fremde Welt bleibt fremd wie eh und je, mit nichts verbunden, nirgendwo verknüpft. Was die meisten Leser sicher verwundert. Und je mehr ich darüber nachdenke, desto überzeugter bin ich, dass Sōseki hier absichtlich auf die üblichen romanesken Elemente verzichtet, die zu einer Coming-of-Age-Geschichte gehören.

Aber aus welchem Grund tut er das? Hätte er einige solche Elemente verwendet, wäre aus *Der Bergmann* gewiss ein romanhafterer Roman geworden, und es hätte keine Notwendigkeit gegeben, sich am Ende mit der Entschuldigung des Helden, »dass das hier kein Roman geworden ist«, herauszureden. Aber wahrscheinlich lehnte Sōseki solche Kunstgriffe ab. Die abgehobene Haltung seines Protagonisten erhält er mit fast absurder Hartnäckigkeit bis zur letzten Zeile aufrecht. Die fremde Welt bleibt ihm fremd.

Seit Jahren gilt diese Eigenart des Romans als Schwachpunkt in seiner Gestaltung und ist einer der Gründe dafür, dass *Der Bergmann* innerhalb von Sōsekis Gesamtwerk nicht die höchste Wertschätzung genießt. Dem Roman fehlt, vereinfacht ausgedrückt, die Katharsis.

Doch genau diese Dinge sind es, die ich an *Der Bergmann* so umwerfend finde: sein unbefriedigendes Ende, seine fehlende Katharsis und seine hartnäckige Distanziertheit. So empfand ich, als ich den Roman vor Jahren zum ersten Mal las, und so ging es mir jetzt, als ich es für dieses Vorwort wieder tat. Der Leser fühlt sich, als würde er im Dunkeln nach der nächsten Sprosse einer Leiter greifen, und da ist nichts. »Was ist hier los?«, fragt er sich am Ende und fühlt sich absichtlich zurückgestoßen, gestrandet, entfremdet und leer. Er empfindet einen ähnlichen Durst nach Antworten wie nach der Lektüre eines guten postmodernen Romans. Vielleicht könnte man sagen, der Sinn des Werkes liegt darin, dass es sich gegen ein Sinn sperrt.

Dies bringt wohl auf den Punkt, was ich an *Der Bergmann* liebe und schätze. Sōseki musste wegen der außerordentlich kurzen Zeitspanne, die zwischen dem Sammeln des Stoffes und seiner Gestaltung lag, in seinem Unbewussten als Romancier schürfen und seinen Text gewaltsam aus einer unterirdischen Ader an die Oberfläche bringen, wobei der Prozess und das Ergebnis ihn vielleicht selbst erstaunten. Und dieses neue Staunen beeinflusste in mehr oder weniger fassbarer Form die großen Romane, die im Folgenden aus seiner Feder flossen – von *Sanshirō* (1908) bis *Meian* (1916). Als Schriftsteller glaube ich, dass *Der Bergmann* für Sōseki auch deswegen so wichtig war. Bei diesem Gedanken fühle ich mich dem Autor Natsume Sōseki so nah, als wäre er ein Zeitgenosse.

Zum Schluss möchte ich in eigener Sache noch bemerken, dass ich *Der Bergmann* im Sinn hatte, als ich meine Dokumentation *Untergrundkrieg** (1997) verfasste, eine Studie über den Sarin-Gasanschlag in der Tōkyōter U-Bahn durch die Aum-Sekte 1995. Ich verbrachte ein Jahr damit, 64 Überlebende (und Familienmitglieder der Opfer) zu befragen und meine umfangreichen Mitschriften in einem Buch zusammenzufassen. In jenem Jahr tat ich kaum etwas anderes. Ich hörte dem, was meine Interviewpartner zu sagen hatten, genau zu, notierte ihre Aussagen und tat mein Möglichstes, die Schauplätze, die äußeren Umstände und die Atmosphäre der Ereignisse so lebendig und wahrheitsgetreu wiederzugeben, wie ich konnte. Dabei musste ich jeden schöpferischen Impuls unterdrücken und zugleich meine Vorstellungskraft intensiv zum Einsatz bringen. Diese Arbeit hat viel zu meiner Entwicklung als Schriftsteller beigetragen.

Natürlich ist *Der Bergmann* ein Roman und *Untergrundkrieg* ein Sachbuch, das heißt, sie gehören jeweils ganz verschiedenen Gattungen an, aber im Grunde meines Herzens hatte ich immer das Gefühl, dass eine geistige Verwandtschaft zwischen ihnen besteht.

---

* Murakami, Haruki: *Untergrundkrieg. Der Anschlag von Tokyo.* Aus dem Japanischen von Ursula Gräfe. DuMont Verlag, Köln 2002.

Sie verbindet eine gewisse Haltung: die eines Schriftstellers, der sich einer fremden höllenhaften Welt annähert, um als aufrichtiger Zeuge (und aktiver Beobachter) mit klarem Verstand und auf seine Art von ihr zu berichten. Außerdem hatte ich es mir zum Ziel gesetzt, mit meinen Aufzeichnungen eine zuverlässige Quelle zu schaffen. Ob dieser Gedanke angemessen war und ob diese Aufgabe mir geglückt ist, wird langfristig die Geschichte zeigen. Ich kann das nur der Zeit überlassen.

In diesem Sinne macht es mich sehr glücklich, dass ich diesen Roman, der über hundert Jahre alt ist, heute noch lesen kann und er sich so gegenwärtig anfühlt.

Haruki Murakami im Dezember 2014

Der Bergmann

1

Eine ganze Weile schon laufe ich durch diesen Kiefernhain, und so ein Kiefernhain zieht sich viel länger hin, als er sich auf Bildern darstellt. Soweit ich auch gehe, nichts als Kiefern. Ich komme hier einfach auf keinen grünen Zweig. Da kann ich laufen, so viel ich will, solange sich bei den Kiefern nichts tut, hab ich keine Chance. Wär schlauer gewesen, ich hätte mich von Anfang an nur hingestellt und sie angestarrt, bis sie als erste wegschaun.

Gestern Abend gegen neun bin ich von Tōkyō los und die ganze Nacht hindurch wie verrückt einfach gen Norden marschiert. Am Ende war ich völlig kaputt. Dann war da weder eine Herberge noch hätte ich Geld dafür gehabt. Im Dunkeln bin ich eine kleine *Kagura*-Tanzbühne hinauf und hab da ein wenig geschlafen. Wohl ein *Hachiman*-Schrein.

Als ich vor Kälte aufwachte, war es noch nicht ganz hell. Ich hab mich rangehalten und bin bis hierhergekommen, aber nichts als Kiefern, da verliert man glatt die Lust am Laufen. Meine Beine sind ziemlich schwer geworden. Das Stapfen strengt an, als hingen Eisenhämmer an meinen Waden. Die Enden meines leicht gefütterten Kimonos hab ich natürlich hinten in den Gürtel hochgesteckt. Eine lange Hose trage ich eh nicht, könnte glatt zu einem Wettrennen antreten. Aber gegen all die Kiefern, keine Chance.

Eine Teebude. Im Schatten der angelehnten Schilfrohrmatte eine Kochstelle aus Lehm, darüber ein rostiger Teekessel. Eine Sitzbank ragt knapp zwei Fuß auf die Straße raus, zwei, drei Paar Strohsandalen baumeln von oben herab. Mir den Rücken zugewandt, sitzt da ein Mann in einer wattierten Jacke, von der ich nicht erkennen kann, ist es ein *Hanten* oder ein *Dotera*.

Im Vorübergehen unschlüssig, ob ich eine Pause einlegen soll, spähe ich hinein, da dreht sich besagter Mann in dieser Mischung aus *Hanten* und *Dotera* plötzlich zu mir um. Lachend entblößt er zwischen dicken Lippen seine vom Zigarettenteer schwarz gefärbten Zähne. Widerlich!, kommt es mir vor, da wird sein Gesicht schlagartig ernst. Gerade eben noch ins fesselnde

Gespräch mit der Alten des Ladens vertieft, sieht er sich offenbar beim zufälligen Umwenden unversehens meinem Blick ausgesetzt. Jedenfalls beruhigt es mich etwas, dass mein Gegenüber ernst wird. Doch nicht lange und mir ist schon wieder mulmig. Denn nun beginnen die kalten Augen des mir mit ernster Miene zugewandten Mannes mit unglaublicher Geschwindigkeit von meinem Mund zur Nase, von der Nase zur Stirn bis oben zum Kopf zu gleiten. Kaum hat sein starrer Blick den Scheitel meines Mützenschirms erreicht, beginnt er, sich langsam wieder zu senken. Nun streift er mein Gesicht nur flüchtig, und wie sein Blick von der Brust abwärts bis zum Nabel gelangt, hält er kurz inne. Hier hängt mein Geldbeutel mit dem Metallbügel. Ganze zweiunddreißig *Sen* sind drin. Seine stechenden Augen bleiben auf diesen Geldbeutel unter meinem weißblauen *Kurume*-Kimono geheftet, selbst als der Blick unterhalb des Gürtels zu meinen Weichteilen kommt. Von da an abwärts sind nur die blanken Beine. Soviel er auch gaffen mag, da ist nichts Sehenswertes dran. Sie sind nur ein bisschen schwerer als gewöhnlich. Ausführlich wird diese bleierne Schwere angestarrt, bis der Blick schließlich hinab zu den *Geta* mit dem schwarzen Abdruck der großen Zehen wandert.

Wenn ich das so hinschreibe, klingt es, als wäre ich an einer Stelle verharrt und hätte ihn quasi aufgefordert, na, schaun Sie ruhig mal, aber dem war nicht so. In Wirklichkeit wurde mir der Gedanke, in der Teebude auszuruhn, just in dem Augenblick zuwider, als sich seine stechenden Augen in Bewegung setzten, und ich wollte schleunigst wieder losgehen. Aber dieser Vorsatz schien irgendwie nicht auf klarer Entschlossenheit zu beruhen. Noch bevor ich das Riemenband der *Geta* zwischen meine Zehen einklemmen und mich umdrehen konnte, war die Bewegung seines starrenden Blicks auch schon vorüber. Leider war er eben schneller. »Von oben bis unten mustern«, das klingt wer weiß wie umständlich, aber falsch gedacht. Mustern, das war das richtige Wort. Ganz die Ruhe selbst, das musste man ihm lassen, und dabei doch wieder unglaublich flink. Während ich doch an der Teebude vorübergehen wollte, dachte ich nur, was für Augen mit eigenartigen Kräften gibt es auf dieser Welt. Hätte ich mich wirklich nicht schneller abwenden können, bevor ich so in aller Ruhe gemustert wurde? Jetzt sah es ganz danach aus, als hätte ich mich, gründlich zum Besten gehalten und fortgeschickt, selber verabschieden wollen. Ich ganz der Gelackmeierte. Der andere stand groß da.

Als ich schließlich doch noch losging, empfand ich während der ersten paar Schritte eine seltsame Wut im Bauch. Aber keine zehn Meter, und das Wutgefühl war verflogen. Dafür wurden mir die Beine wieder schwer – jene eben, an denen je ein Eisenhammer hing; und mit solchen Beinen konnte man keine flinken Bewegungen machen. Nur weil man von jenen Glotzaugen von oben bis unten angegafft wurde, hieß das ja noch lange nicht, dass man ein Dummkopf war. So betrachtet war meine Wut völlig unbegründet.

2

Noch dazu konnte ich es mir gar nicht leisten, mir so eine Lappalie zu Herzen zu nehmen. Ich war von zu Hause ausgerissen, und ich hatte nicht die geringste Absicht, dorthin zurückzukehren. In Tōkyō wollte ich mich um keinen Preis mehr blicken lassen. Ich hatte auch nicht vor, mich auf dem Land einzurichten. Wenn ich pausierte, würden die mich einholen. Aber der Tag, an dem sich das Chaos lichtet, das sich bis gestern in meinem Kopf angestaut hatte, der würde wohl selbst auf dem Lande nicht so schnell kommen. Deshalb ging ich, aber da es ein Gehen ohne festes Ziel war, erschien mir die Welt nur wenige Schritte weit um mich herum verschwommen wie ein schlecht entwickeltes Foto. Noch dazu war nicht abzusehen, dass sich diese Verschwommenheit irgendwann aufklären würde, im Gegenteil, sie breitete sich grenzenlos vor meinen Augen aus. Egal, wie weit ich ging oder rannte, es würde zweifellos mein ganzes Leben lang so bleiben, seien es fünfzig, seien es sechzig Jahre. Ah, unerträglich! Ich ging auch keineswegs, um dieser trüben Aussicht zu entkommen, sondern nur, weil ich das Bleiben nicht aushielt. Ich wusste nur zu gut, dass es kein Entkommen gab, so sehr ich es auch versuchte.

Bereits als ich gestern Abend um neun von Tōkyō aufgebrochen war, hatte ich mir kaum Illusionen gemacht, aber jetzt im Gehen stellte ich fest, dass es das auch nicht sein konnte. Die Beine schwer wie Blei, die Kiefern standen Schlange bis zum Abwinken. Aber Beine hin, Kiefern her, am schlimmsten sah es in meinem Innern aus. Ich hatte keine Ahnung, warum ich ging, und trotzdem, von einer unbändigen Qual getrieben, ertrug ich keinen Augenblick ohne Gehen.

Dabei war mir, ich tauchte, je weiter ich ging, immer tiefer in diese vernebelte Welt ein, ohne je wieder herauszukommen. Wenn ich zurückblickte, dann war das sonnenhelle Tōkyō bereits Vergangenheit. Eine Welt, die ich weder mit Händen noch Füßen je wieder erreichen würde. Gerade so, als wären wir in verschiedenen Welten. Und dennoch, wie zum Hohn lag mir Tōkyō freundlich und heiter vor Augen. Derart hell strahlte es, dass ich ihm fast aus dem Schatten heraus zurufen wollte: »Hey, du!« In Richtung meiner Schritte tat sich hingegen nur düstere Ödnis auf. Schwankend verirrte ich mich darin – eine Ödnis, die sich den Rest meines Lebens vor mir ausbreiten würde – und davor war mir angst und bange.

Unerträglich, wie diese verhangene Welt um mich herum wucherte und meinen Vorsatz lähmte, bis zu meiner Läuterung zu marschieren. Jeder Schritt meiner vor Angst angewurzelten Beine, den ich von Angst getrieben machte, führte einen Schritt weiter in diese Angst hinein. Einerseits von Angst getrieben, andererseits davon gelähmt und wiederum keinen anderen Ausweg habend, als mich zu bewegen; nie mehr würde ich diesem Teufelskreis entkommen, soweit ich auch gehen mochte. Mein ganzes Leben lang würde ich inmitten dieser Angst marschieren. So sehr war alles vernebelt, dass ich mir wünschte, alles würde endlich ganz und gar dunkel werden. Wenn ich dann im Dunkeln immer weiter ins noch Dunklere vordringen würde, verschwände die zurückbleibende Welt in ewiger Finsternis, selbst meinen eigenen Körper würde ich nicht mehr mit eigenen Augen sehen können. Was wäre das für eine Erlösung!

Dummerweise wurde der Weg, auf dem ich ging, weder heller noch dunkler. Bis in alle Ecken hin erstreckte sich ein diffuses Einerlei und aus allen Ecken heraus kroch diese unberechenbare Unsicherheit. Dafür lohnte es sich nicht zu leben, aber anders herum konnte ich mich auch nicht zum Sterben durchringen. Ich wollte und musste einen menschenleeren Ort finden, unter allen Umständen, um dort ganz für mich allein zu leben. Und wenn mir das nicht gelang, sollte ich dann doch …

Eigenartig, selbst bei diesem Gedanken regte sich bei mir kaum noch was. Solange ich in Tōkyō gewesen war, gab es oft Situationen, wo ich drauf und dran war, es zu tun, und jedes Mal fuhr mir der Schrecken in die Glieder. Hinterher erfasste mich stets ein Entsetzen, und nicht selten hatte ich das Gefühl, gerade noch mal davongekommen zu sein. Jetzt hingegen spürte ich mit keiner Faser auch nur die geringste Spur von Schrecken oder Entsetzen. Ich war von einer derartigen Unsicherheit erfasst, da scherten mich Schrecken und Entsetzen einen feuchten Kehricht. Darüber hinaus hatte ich irgendwie das sichere Gefühl, dass jetzt gerade nicht der Zeitpunkt dafür sei. Vielleicht war es morgen oder übermorgen oder gar erst in einer Woche oder schlimmstenfalls niemals, kurz, ich war völlig ratlos. Instinktiv fühlte ich, dass es noch ein weiter Weg war, egal, ob bis zum *Kegon*-Wasserfall oder bis zum Krater des *Asama*-Vulkans. Aber bis einer nicht wirklich dort ankommt und es ernst wird, denkt sich keiner was dabei. Da reizte es schon mal, sich den letzten Schritt vorzustellen.

Solange mich aber diese vernebelte Welt nicht derart quälte, wirklich zum Äußersten zu gehen, und immer noch die Hoffnung bestand, davonzukommen, solange gab es auch einen guten Grund, die schweren Beine weiter eins vors andere zu setzen. Ich musste wohl einen Entschluss in diese Richtung gefasst haben. Aber das ist die spätere Analyse meiner psychischen Verfassung. Damals wollte ich einfach nur an irgendeinen dunklen Ort gelangen. Ich hatte das eine Ziel vor Augen: Du musst ins Dunkle. Jetzt kommt mir das ziemlich blöde vor, aber wenn es ums Ganze geht und wir gedrängt sind, den Tod als Ziel anzusteuern, dann wird uns selbst das zu einer Art Trost. Aber ich glaube, dabei muss der Tod noch möglichst weit weg sein. Zumindest trifft das auf mich zu. Denn wenn uns jenes Schicksal des Todes auf die Haut rückt, kann uns das keinen Trost mehr spenden.

3

Ich wollte einfach nur ins Dunkel hinein, ich musste. Mit diesem diffusen Gedanken marschierte ich drauflos, da rief plötzlich aus heiterem Himmel jemand hinter mir: »Hey! Hey!«

Es ist schon eigenartig, wie sehr du auch in Gedanken verloren bist, von hinten angesprochen, reagierst du ganz unwillkürlich. Ich hab mich umgedreht, als wäre nichts gewesen. Es geschah keineswegs in der Absicht zu reagieren. Aber in dem Augenblick, in dem ich mich umdrehte, wurde mir sogleich bewusst, dass ich reagierte. Ich war noch keine vierzig Meter von jener Teebude von vorhin entfernt. Da stand also jener Typ in dieser Kreuzung aus *Hanten* und *Dotera*, jetzt auf die Straße getreten, bleckte seine vom Zigarettenteer gefärbten Zähne und rief mir aus Leibeskräften nach. Seit ich gestern Abend aus Tōkyō aufgebrochen war, hatte ich mit keiner Menschenseele mehr gesprochen. Ich hätte auch nicht im Traum daran gedacht, dass mich jemand ansprechen würde. Ja, ich war der felsenfesten Überzeugung, mir fehlte geradezu jede Berechtigung dazu. Nun wurde ich plötzlich von einem freundlichen Gesicht, woraus zugegeben eine recht verwegene Zahnreihe hervorblickte, gerufen und energisch herangewunken, und sobald ich mich gedankenversunken umgedreht hatte, hellte sich schlagartig meine Stimmung auf. Ehe ich mich versah, bewegten sich meine Beine in Richtung auf den Mann zu. Um ehrlich zu sein, weder Gesicht und Aufmachung noch sein Benehmen gefielen mir sonderlich. Besonders nachdem er mich vorhin mit seinen stechenden Augen so unverschämt von oben bis unten gemustert hatte, war in mir etwas wie Abneigung aufgekeimt. Aber die war keine vierzig Meter später verduftet, und es war mir unerklärlich, dass ich jetzt sogar einen Hauch Sympathie empfand. Ich hatte ja gedacht, ich müsse unbedingt ins Dunkle. Indem ich also begann, wieder zum Teestand zurückzukehren, tat ich das genaue Gegenteil meiner ursprünglichen Absicht. Es lief darauf hinaus, dass ich mich wieder einen Schritt von diesem dunklen Ort entfernte. Und trotzdem freute ich mich sogar irgendwie über diese Umkehr.

Ich habe inzwischen die verschiedensten Erfahrungen gemacht, aber derlei Widersprüche sind überall anzutreffen. Das ist nicht nur mein persönliches Problem. Ich bin in letzter Zeit zur festen Überzeugung gekommen, dass es etwas wie Charakter einfach nicht gibt. Oft prahlen Schriftsteller zwar damit, sie würden diesen oder jenen Charakter beschreiben und gestalten. Und dann die Leser, die so tun, als würden sie alles verstehen, indem sie von diesem Charakter hier und jenem da reden. Erstere scheinen sich einen Spaß daraus zu machen, Lügen zu fabrizieren, und letztere sich daran zu ergötzen, diese Lügen zu lesen. Also mal ehrlich, etwas in sich klar Definiertes wie ein Charakter existiert schlichtweg nicht. Das, was da wirklich ist, das kann kein Schriftsteller niederschreiben, und wenn doch, kann man sich drauf verlassen, dass daraus kein Roman wird. Der reale Mensch ist seltsam undefinierbar. Eine derart undefinierbare Materie, dass sogar die Götter ihre liebe Mühe haben, sie in den Griff zu bekommen. Es kann natürlich sein, dass ich nur auf Grund meiner eigenen Undefinierbarkeit vorschnell daraus schließe, alle Menschen wären so wie ich. Das wäre selbstredend ungebührlich.

Wie dem auch sei, beim dunkelblauen *Dotera* angekommen, rief dieser mit anbiedernder Stimme: »Junger Kerl!«.

Er steckte seinen großen Kinnladen in seinen Kragen und blickte mir ins Gesicht. Da stand ich nun auf meinen beiden braungebrannten Beinen und fragte höflich: »Was gibt es denn?«.

Unter normalen Umständen hätte ich diesem *Dotera*, der mich hier mit »junger Kerl« abfertigte, keinesfalls so gutgelaunt geantwortet. Ein »Was?« oder ein »Häh?« hätten es da wohl auch getan. Aber in jenem Moment hatte ich das Gefühl, mit dem nun nicht gerade vertrauenerweckenden *Dotera* menschlich auf der gleichen Stufe zu stehen. Keineswegs hatte ich mich um irgendeines Vorteils willen absichtlich dazu herabgelassen. Und siehe da, auch der *Dotera* wandte sich im Tonfall von gleich zu gleich an mich.

»Braucht er keine Arbeit?«

Gerade eben noch hatte ich mich damit abgefunden, nichts anderes zu tun, als an einen dunklen Ort zu gehen, da traf mich die Frage nach Arbeit wie ein Blitz aus heiterem Himmel. Mit stocksteifen Beinen und offenem Mund stand ich da und betrachtete geistesabwesend mein Gegenüber.

4

»Er da! Hat er keine Absicht zu arbeiten? Er wird doch irgendwas arbeiten müssen, oder?«

Der *Dotera* wiederholte seine Frage. Beim zweiten Mal hatte ich die Situation soweit begriffen, dass ich so recht und schlecht antworten konnte.

»Könnt schon arbeiten«, hörte ich mich sagen. Dass ich überhaupt diese Antwort, nennen wir es eine provisorische Erfindung meines Gehirns, über die Lippen brachte, kurz, mich einigermaßen fassen konnte, erfolgte lediglich aufgrund folgender mechanischer Gedankenreihung.

Ich wusste zwar nicht wohin, aber ich hatte fest vor, dorthin zu gehen, wo es keine Menschen gibt. Dennoch bin ich umgekehrt und auf den *Dotera* zugegangen, auch wenn ich mich, indem ich so ging, eines gewissen Selbstmitleids nicht ganz erwehren konnte. Trotzdem, dieser *Dotera* war ja schließlich auch ein Mensch. Dass jemand wie ich, entschlossen, einen menschenleeren Ort aufzusuchen, von einem einzigen Menschen zum Umkehren bewegt werden konnte, zeigte einerseits dessen ungeheure Anziehungskräfte, während es zugleich, indem ich genötigt wurde, quasi gegen meinen eigenen Willen zu handeln, ein schlagender Beweis meiner Schwäche war. Kurz, ich hatte die Absicht, an einen dunklen Ort zu gehen, genauer gesagt, war dazu gezwungen, aber beim geringsten Anlass ergriff ich die erstbeste Gelegenheit, in dieser mir vertrauten Welt zu bleiben.

Zum Glück hatte mich der *Dotera* von sich aus gerufen, und so konnte ich ohne große Bedenken meine Schritte zurücklenken. Das heißt aber, dass ich mir des unentschuldbaren Betrugs an meinem großen Ziel durchaus ein wenig bewusst war. Hätte mich dieser *Dotera* statt mit »Will er nicht arbeiten?«, mit der Frage angegangen, »Er da, will er ins flache Land oder in die Berge?«, dann hätte ich mich meines Zieles, das ich drauf und dran war zu verraten, zweifellos entsonnen. Schlagartig waren mir all die dunklen und menschenleeren Orte schrecklich und entsetzlich vorgekommen. So sehr war in mir bereits der Wunsch gekeimt, wieder in die irdische Welt zurückzukehren. Und es scheint, dass mit jedem Zuruf von dem *Dotera* und mit jedem Schritt, mit dem ich mich ihm näherte, dieses profane Gefühl an Stärke gewann.

Als ich mich schließlich mit meinen beiden blanken Beinen stracks vor den *Dotera* aufbaute, in dem Augenblick war der Gipfel meiner Weltlichkeit erreicht. Just in diesem Augenblick kam dieses »Will er denn nicht arbeiten?«. Dieser so simple *Dotera* hatte da eine Einladung ausgesprochen, die sich wunderbar meine Gemütsverfassung zunutze machte. Ob der unvermuteten Frage war ich im ersten Moment wie benommen, und aus der Benommenheit erwacht, war ich mit einem Schlag wieder zu einem höchst irdischen Menschen geworden. Sobald einer im Diesseits ist, muss er was zum Beißen haben. Dafür wiederum muss gearbeitet werden.

»Könnt schon arbeiten.« Die Antwort ging mir mühelos über die Lippen. »Na klar, kann ja gar nicht anders sein«, war deutlich im Gesichtsausdruck des *Dotera* zu lesen. Seltsam, ich konnte diesem Gesichtsausdruck nur voll zustimmen.

»Könnt schon arbeiten, aber um was für Arbeit handelt es sich denn eigentlich?«, hakte ich nach.

»Da verdienst du bestens, keine Lust, es zu probieren? Verdienst 'ne Menge, garantiert!«

Der sichtlich gut gelaunte *Dotera* strahlte über das ganze Gesicht und erwartete meine Antwort. Da lachte er, dieser

Dotera, und das hatte nun aber auch gar nichts Einnehmendes. Das ganze Gesicht war so angelegt, dass es ihm nur schaden konnte, wenn es lachte. Aber irgendwie rührte mich dieses Lachen, und so antwortete ich prompt:

»Na gut, ich probier's.«

»Du versuchst es? So ist's recht! Junge, du wirst mächtig verdienen.«

»Ich muss da nicht groß verdienen …«

»Was?!«, stieß der *Dotera* mit seltsamer Stimme hervor.

5

»Was ist das eigentlich für eine Arbeit?«

»Wenn er's macht, erzähl ich's. Er macht's doch oder? Stünd ja schön blöd da, wenn ich alles erzähl und er springt wieder ab«, versicherte sich der *Dotera* hastig.

»Hab vor, es zu machen.«

Meine Antwort kam diesmal nicht so leicht und natürlich daher. Musste sie mir förmlich herauspressen. Im Großen und Ganzen war ich bereit, alles zu machen, aber vermutlich wollte ich für alle Fälle einen Fluchtweg offen lassen. Daher sagte ich wohl auch nicht, »ich mach's«, sondern »ich hab es vor«. –

Etwas eigenartig ist das schon, von sich selbst wie über einen beliebigen anderen zu schreiben, aber der Mensch an sich ist nun mal nicht berechenbar, daher lässt sich über ihn, und sei es über einen selbst, nichts wirklich mit Bestimmtheit sagen. Wenn es dann noch um Dinge aus der Vergangenheit geht, ist kaum noch zwischen einem selbst und anderen zu unterscheiden. Alles verwandelt sich in ein ständiges »wohl« und »vermutlich«. Man mag das hier verantwortungslos nennen, aber so verhält es sich nun mal. Ich werde von jetzt an bei allen vagen Stellen genauso verfahren. –

Der *Dotera* schien anzunehmen, dass nun alles abgemacht sei.

»Na also, komm rein. Wir wollen alles in Ruhe beim Tee bereden.«

Da hatte ich nichts dagegen und so betrat ich mit dem *Dotera* die Teebude, und als ich mich neben ihm niedergelassen hatte, servierte uns die Wirtin, eine schiefmäulige Person um die Vierzig, einen eigenartig riechenden Tee. Beim ersten Schluck kam mir plötzlich in den Sinn, wie sehr mir der Magen krachte. Entweder befiel mich gerade jetzt der Hunger oder ich war bereits hungrig und wurde nur daran erinnert. In meinem Geldbeutel waren zweiunddreißig *Sen* und ich überlegte gerade, ob ich etwas essen sollte, da fragte der *Dotera*, indem er mir von der Seite eine Packung *Asahi* hinhielt: »Junge, rauchst eine?«

Wie aufmerksam! Die Packung war an der einen Ecke aufgerissen, versteht sich, aber sie war auch verdreckt und völlig zerdrückt, so dass man sich nur zu leicht vorstellen konnte, wie alle Zigaretten darin zu einem einzigen Klumpen gequetscht waren. Da der Mann einen ärmellosen *Dotera* trug, scheint er die Packung, um einen passenden Aufbewahrungsort verlegen, in seine Arbeitsschürze vorne am Bauch hineingewurstelt zu haben.

»Nein danke, nicht nötig.«

Als ich ablehnte, zeigte er kein Anzeichen von Enttäuschung und fingerte sich mit seinen vor Dreck starrenden Fingernägeln eine der verklumpten Zigaretten heraus. Sie war völlig verschrumpelt und flach wie eine Schwertklinge – ob die es noch machte? Sie schien aber an keiner Stelle aufgerissen, und da qualmte er auch schon mit tiefen Zügen und ließ den Rauch durch die Nase ausströmen. Faszinierend, wie eine derart abenteuerlich behandelte Zigarette noch ihren Zweck erfüllte.

»Wie alt ist er denn?«

Der *Dotera* redet mich mal mit »er« mal mit »du« an, und mir war nicht ganz klar, wie er da unterschied. Soweit ich bisher erkennen konnte, titulierte er mich, wenn es ums Verdienen ging, mit »du«, darüber hinaus fiel er aber zum »er« zurück. Egal, ihm schien vor allem das Geldmachen am Herzen zu liegen.

»Ich bin neunzehn.«

In der Tat war ich damals genau neunzehn Jahre alt.

»Noch so jung!«, sagte die Wirtin mit dem schiefen Mund, die gerade mit dem Rücken zu uns ein Tablett abtrocknete. Da sie uns abgewandt war, konnte ich ihren Gesichtsausdruck nicht erkennen. Mir war nicht ganz klar, ob sie nur so vor sich hinge-sprochen, sich an *Dotera* oder gar an mich gewandt hatte. Auch *Dotera* schlug in die gleiche Bresche:

»Genau, mit neunzehn, da ist man jung. Das beste Alter zum Arbeiten.«

Das klang, als gelte es um alles in der Welt zu arbeiten. Indessen war ich schweigend vom Klappstuhl aufgestanden.

6

Vorne raus gab es eine Auslage für Süßigkeiten, worauf neben einem Gebäckkasten mit abgeblätterten Rändern ein großer Teller stand. Unter einem blauen Küchentuch schauten runde frittierte *Manjū* hervor. Ich wollte davon essen, deshalb erhob ich mich von meinem Platz und trat vor die Auslage. Beim näheren Betrachten des *Manjū*-Tellers sah ich, dass er von grausigen Fliegen übersät war. Kaum hielt ich vor dem Teller inne, stoben sie von den Schrittgeräuschen aufgescheucht in alle Richtungen auseinander.

Aber schon im nächsten Augenblick, als ich noch etwas benommen versuchte, mich wieder auf die frittierten *Manjū* zu konzentrieren, flogen die verscheuchten Fliegen wie auf ein Zeichen hin – Sturm vorüber, alles in Ordnung – mit einem Schlag zurück. Die mit gelblichem Fett getränkte Kruste wimmelte von schwarzen Punkten. Gerade überlegte ich, die Hand danach auszustrecken, da bildeten die schwarzen Punkte plötzlich kreuz und quer kleine Reihen, geradezu wie Sternbilder am klaren Nachthimmel, was mich wiederum ein wenig abschreckte. Verloren betrachtete ich den Teller.

»Wollen'S von den *Manjū*? Ganz frisch. Grade vorgestern ausgebacken.«

Ohne dass ich es bemerkt hatte, stand die Wirtin, die ihr Tablett abgewischt hatte, unvermittelt auf der anderen Seite der Süssigkeitenauslage. Überrascht blickte ich sie an. In dem Augenblick hob sie ihre knochige Hand über den Teller.

»Schrecklich, was für Fliegen.«

Sie wedelte zwei, drei Mal mit der hochgestellten Hand und verscheuchte die Fliegen.

»Wenn'S welche wollen, gebe ich Ihnen davon.«

Sie griff sich umgehend einen Holzteller vom Regal und setzte flink mit langen Bambusstäbchen sieben Stück darauf.

»Hier passt doch.«

Damit stellte sie den Holzteller auf den Klappstuhl, auf dem ich eben noch gesessen hatte. Was sollte ich machen, ich kehrte zurück und setzte mich neben dem Holzteller nieder. Und siehe da, die Fliegen kamen bereits angeflogen. Die Fliegen, die *Manjū* und den Holzteller betrachtend, wandte ich mich versuchsweise an den *Dotera*:

»Wie wär's denn mit einem?«

Das war nicht unbedingt als Dank für die *Asahi* gedacht. Irgendwie wollte ich herausfinden, ob der *Dotera* diese vorgestern ausgebackenen und nun vor Fliegen starrenden *Manjū* essen oder verschmähen würde.

»Ah, bin so frei.«

Beherzt nahm er den obersten *Manjū* und stopfte ihn umstandslos in den Mund. Dem Anschein nach, wie er so mit seinem dicklippigen Mund mampfte, schien es gar nicht so schlecht zu schmecken. Kurz entschlossen packte ich ebenfalls einen vergleichsweise lecker aussehenden, sperrte meinen Mund auf und schob ihn hinein. Kaum ergoss sich der Ölgeschmack über meine Zunge, da fiel bereits die bittere Bohnenpaste über meine Geschmacksnerven her. Aber in dem Moment war es mir eigentlich nicht weiter zuwider. Als ich mir derart mühelos sowohl die Bohnenpaste, die Kruste als auch das Öl einverleibt hatte, streckte ich, als wäre es das Natürlichste der Welt, ganz zu meinem Erstaunen automatisch meine Hand zum Holzteller aus. Der *Dotera* hatte zu diesem Zeitpunkt schon den zweiten verschlungen und ging bereits zum dritten über. Im Vergleich zu mir war er unglaublich schnell. Und während des Essens schwieg er. Es sah ganz so aus, als hätte er alles Gerede von Arbeiten und Geld vergessen. Folglich waren die sieben *Manjū* innerhalb von zwei, drei Atemzügen verschwunden. Ich selbst hatte davon nur zwei abbekommen. Die anderen fünf hatte der *Dotera* in Blitzeseile weggeputzt. –

Etwas kann noch so ekelhaft ausschaun, und man mag zögern zuzugreifen, ist erst einmal ein Anfang gemacht, lässt sich alles ohne größere Überwindung verzehren. Das habe ich erst später im Berg aus tiefster Seele verstanden, und ist mir nunmehr schon fast eine abgedroschene Einsicht. Nur damals, als ich die *Manjū* aß, brannte ich krankhaft danach, noch mehr davon zu haben. Ich hatte Hunger! Noch dazu war mein Gegner dieser *Dotera*. Und wenn man sieht, wie er, ohne sich etwas dabei zu denken, selbst *Manjū*, an denen Sand klebte, wie nichts verdrückte, kam ein leichtes Gefühl von Konkurrenz auf. Da stellte sich schnell die Einsicht ein, dass hier Empfindlichkeiten rein gar nichts nützten, im Gegenteil, sie behinderten. Zuletzt bat ich die Wirtin um Nachschub.

7

Diesmal kein »Wie wär's denn mit einem?«, sondern in dem Augenblick, als der Holzteller auf dem Klappstuhl zum Stehen kam, griff zuallererst ich beherzt zu. Schweigend ohne sein »Ah, bin so frei« langte auch der *Dotera* umstandslos zu. Den nächsten bezwang ich. Dann war wieder der *Dotera* am Zug. Abwechselnd brachten wir es so wieder auf sechs Stück, nun blieb noch einer. Zum Glück war ich an der Reihe, und bevor er zulangen konnte, hatte ich ihn mir gesichert. Umgehend orderte ich Nachschub.

»Hast 'nen gesegneten Appetit, Junge.«

Das war mir nicht weiter bewusst, aber er hatte Recht. Zunächst war es nur so, dass der *Dotera* die Macht hatte, meinen Appetit anzustacheln, indem er vor meinen Augen verschmauste, was ich ursprünglich erst gar nicht anrühren wollte. Er drückte sich aber so aus, als ob ich ganz allein auf eigene Verantwortung diese Menge verdrückt hätte. Ich hatte gute Lust, mich vor ihm zu rechtfertigen, mir fielen dazu aber nicht die richtigen Worte ein. Der *Dotera* war da auch irgendwie verantwortlich, das spürte ich nebelhaft, war mir aber im Unklaren darüber, um welche Art Verantwortung es sich handelte, daher ließ ich es auf sich beruhen.

»Junge, du scheinst frittierte *Manjū* über alles zu lieben, was?«

Was redete der da. Natürlich zählte ich *Manjū*, die vor zwei Tagen ausgebacken wurden und voller Sand und Fliegen waren, nicht zu meinen Leibspeisen. Trotzdem ließ sich natürlich kaum behaupten, dass man etwas verabscheut, von dem man drei ganze Teller voll verdrückt hat. Auch diesmal schwieg ich also. Da mischte sich plötzlich die Wirtin ein: »Unsere *Manjū* haben einen guten Ruf, die lässt sich jeder schmecken.«

Als ich sie so hörte, hatte ich das leise Gefühl, zum Narren gehalten zu werden. Ich versank stattdessen mehr und mehr in tiefes Schweigen. Da tönte der *Dotera*: »Es geht eben nichts über einen rechten Leckerbissen!«

Ich konnte nicht recht unterscheiden, ob er es ernst meinte oder ob er nur schmeicheln wollte. Jedenfalls waren mir im Moment die *Manjū* völlig egal, und ich wollte mehr zum Thema Arbeit erfahren.

»Um nochmals auf das Gespräch von vorhin zurückzukommen. Auf Grund verschiedener Umstände sehe ich mich veranlasst, mir meinen Unterhalt selbst zu verdienen, daher meine Frage, um was für Arbeit handelt es sich denn dabei?«

Ich suchte nun von mir aus das Gespräch. Der *Dotera*, der die Süßigkeitenauslage betrachtet hatte, wandte sich mir abrupt zu:

»Junge, da machst du echt Geld. Ungelogen, es geht um richtig gutes Geld, du musst das unbedingt machen.«

Wieder war ich »der Junge«, und es schien ihm sehr am Herzen zu liegen, dass ich gut verdiene. Ich betrachtete dieses Gesicht, mir nun wieder vollends zugewandt, das sich solche Mühe gab, mich zu überzeugen, und ich sah, dass das Fleisch seiner Wangen von den Backenknochen herabhing, um sich am Kinnrand wiederum zu einer kantigen dicken Wulst aufzuwerfen. Von draußen drang Sonnenlicht herein und darin zeichneten sich tiefe, bogenförmige Falten unterhalb seiner Nasenflügel ab. Bei dem Anblick erfasste mich irgendwie ein Grausen vor dem Geldmachen.

»Ich muss da nicht groß verdienen. Wenn's ums Arbeiten geht, kein Problem. Wenn es sich nur um heilige Arbeit handelt, mach ich alles.«

Um des *Doteras* Wangen herum zeichnete sich ein Hauch von Fragezeichen ab, dann zog er jene bogenförmigen Falten nach beiden Seiten auseinander und entblößte freimütig seine vom Zigarettenteer überzogenen Zähne. Er ließ eine spezielle Art von Lachen vernehmen. Erst später kam mir der Gedanke, dass ihm der Begriff heilige Arbeit wohl nicht vertraut war. Er musste vor Mitleid grinsen, dass jemand, der ein ganzer Kerl sein wollte, nicht einmal die Bedeutung von Geldmachen kannte und derart verstiegenes Zeug von sich gab. Ich hatte bislang vorgehabt zu sterben. Ich hatte vorgehabt, wenn nicht zu sterben, an einen menschleeren Ort zu gehen. Da mir das alles nicht gelang, sah ich mich veranlasst, für mein Weiterleben zu arbeiten. Geldmachen oder nicht, diese Frage war mir in dem Augenblick völlig egal. Und nicht nur jetzt, auch als ich noch meinen Eltern in Tōkyō auf der Tasche lag, hatte ich nicht die Spur Interesse daran. Nicht nur das, Gewinnstreben als solches war mir zutiefst verhasst gewesen. Ich glaubte sogar, dass egal wo in Japan, ein jeder Mensch genauso dachte. Daher kam mir des *Doteras* permanentes Gerede vom Geldmachen äußerst seltsam vor; was will der denn bloß damit, fragte ich mich von Mal zu Mal. Es verärgerte mich nicht weiter. Dazu war ich gar nicht in der Stimmung und es entsprach auch nicht meiner Lage, es ließ mich einfach nur kalt, und dennoch hätte ich nicht im Traum gedacht, dass dies die süßesten Worte und die wirkungsvollste Methode sein sollten, um einen Menschen zu verführen. Deshalb wurde ich auch vom *Dotera* ausgelacht. Aber selbst da begriff ich das alles noch nicht. Im Nachhinein betrachtet, war das ziemlich dumm von mir.

Der *Dotera*, der auf diese besondere Art gelacht hatte, fragte nun sein spezielles Lachen halb unterdrückend in etwas ernsterem Ton:

»Hat er denn bis jetzt je schon mal gearbeitet?«

Was fragt er da, bin ich doch gestern erst aus meinem Elternhaus abgehaun. Als eigene Arbeit konnte ich nur meine Kendō-Übungen und das Baseball-Training anführen. Von Selbstverdientem hab ich bisher keinen einzigen Tag gelebt.

»Richtig gearbeitet hab ich bisher noch nicht. Aber von jetzt an bleibt mir nichts anderes übrig.«

»So wird es sein. Wenn du noch nie gearbeitet hast, … na ja, Junge, dann hast auch noch nie Geld gemacht, stimmt's«, bekam ich da überflüssigerweise zu hören. Hier erübrigte sich jede Antwort und ich schwieg. Da erhob sich die Wirtin auf der anderen Seite der Auslage:

»Wenn man schon arbeitet, muss auch das Geld stimmen, was?«

»Genau«, pflichtete der *Dotera* bei, »Geldmachen, das sagt sich so leicht, aber in letzter Zeit laufen einem Stellen, die Kohle bringen, nicht gerade hinterher.«

Er klang gerade so, als würde er mir damit weiß Gott was Gutes tun.

»Genau!«, murmelte die Wirtin etwas verächtlich, und ohne weiter Notiz zu nehmen, ging sie nach hinten hinaus. Ich hatte irgendwie das Gefühl, diesem »Genau« folgt noch was, und blickte ihr arglos nach, aber sie ging nur zu einer riesigen Schwarzkiefer und fing an, im Stehen zu pinkeln. Hastig wandte ich meinen Blick ab und dem *Dotera* zu. Der begann wieder, Dank einzufordern.

»Weil ich's bin, erzähl ich ihm, einem Wildfremden, von solch einer tollen Gelegenheit. Garantiert, davon würde keiner was erzählen, ist halt ein Superjob.«

Mir war das zu blöd und gab daher nur brav und steif zurück »Danke!«.

»Also, es handelt sich dabei um folgende Stelle.«

Während ich schweigend zuhörte setzte der *Dotera* gleich nach:

»Also, es handelt sich dabei um folgende Stelle. Es geht um Arbeit im Kupferbergwerk, und wenn ich mich für dich verwende, kannst du direkt zum Bergmann werden. Na hör mal, ist doch fantastisch, sofort zum Bergmann aufzusteigen!«

Ich fühlte mich zu einer Antwort gedrängt, konnte mich aber nicht im Geringsten von der Begeisterung des *Doteras* anstecken lassen und ihm beipflichten. Was war denn ein Bergmann schon, ein Arbeiter, der im Bergwerk unten im Stollen arbeitet. Es gibt ja die verschiedensten Berufe, und mir fiel dazu nur ein, dass es der Bergmann am härtesten von allen hatte, kurz, dass er der Niedrigste war, wie konnte ich da miteinstimmen, wenn mir jemand erzählte, direkt Bergmann zu werden, sei Gott weiß wie großartig! Ich war nicht wenig verwundert. Dass es unter dem Bergmann eine Reihe noch niedrigerer Berufe geben sollte, war für mich ebenso schwer vorzustellen, wie wenn jemand behauptete, nach Silvester seien es noch einige Tage bis Neujahr. Ich begann mich ernsthaft zu fragen, ob der *Dotera* solches Zeug nur daherredete, um sich über meine jugendliche Unerfahrenheit lustig zu machen und mich nach Strich und Faden zu betrügen. Er aber blieb ganz ernst.

»Kurz und gut, wenn ich dich da hinbring, kannst du gleich als Bergmann anfangen. Da hat man's leichter. Im Handumdrehn spart man Geld und macht, wozu man Lust und Laune hat. Sogar eine Bank gibt's da, wer möchte, kann sich dort jederzeit etwas zurücklegen. Nicht wahr, Wirtin, gleich von Anfang an Bergmann, das ist schon was.«

Damit übergab er das Gespräch der Wirtin, und sie sprach mit dem gleichen Gesichtsausdruck, mit dem sie vorhin hinter dem Haus stehend ihr Geschäft erledigt hatte.

»So isses, wer gleich Bergmann wird, schwimmt in vier, fünf Jahren nur so im Geld. ... Schließlich erst neunzehn. ... Im besten Arbeitsalter. ... Wär jammerschade, jetzt nicht Geld zu machen.«

Wie im Selbstgespräch redete sie vor sich hin, Wort für Wort abgesetzt.

Kurzum, als hätten sie sich abgesprochen, war auch die Wirtin mit dem *Dotera* der Meinung, ich solle unbedingt Bergmann werden. Natürlich hatte ich nichts dagegen. Und wenn nichts daraus würde, wäre es auch in Ordnung. Irgendwie seltsam, so lammfromm wie damals war ich zum ersten Mal in meinem Leben. Egal welcher Unsinn da behauptet worden wäre, ich hätte immer nur brav genickt und zugehört. Offen gesagt, war alles, was sich so an Problemen und Verpflichtungen, an Gefühlen und Kummer das ganze letzte Jahr über angestaut hatte, explodiert und hatte einen Riesenkrach heraufbeschworen, mit dem Ergebnis, dass ich hier völlig orientierungslos gestrandet war. Bis gestern war schlicht ausgeschlossen gewesen, dass ich je derart lammfromm werden könnte, aber jetzt spürte ich auch nicht den geringsten Drang, gegen jemandem aufzubegehren. Dabei empfand ich weder etwas Widersprüchliches noch Fragwürdiges daran. Vermutlich hatte ich auch gar nicht die Muße dazu. Beim Menschen ist das einzig Konsistente der Körper. Aber nur weil der Körper konsistent ist, gehen viele davon aus, dass auch das Herz gleichermaßen gut geordnet ist, das heißt, auch wenn sie heute das genaue Gegenteil von gestern tun, gehen sie ungerührt davon aus, trotzdem immer noch der Gleiche wie zuvor zu sein. Kommt dann die Frage der Verantwortung auf den Tisch oder werden wir wegen unserer Unzuverlässigkeit zur Rede gestellt, warum antwortet dann keiner frei weg, ich hab zwar meine Erinnerungen, aber in Wirklichkeit herrscht in meinem Herzen ein völliges Durcheinander. Obwohl ich solche Widersprüche immer und immer wieder erlebt habe, empfinde selbst ich durchaus etwas wie Verantwortung, auch wenn ich sie kaum für einlösbar halte. Insofern ist der Mensch derart raffiniert geschaffen, dass er unausweichlich Opfer der Gesellschaft wird.

Denn wenn ich jetzt bemerke, wie wankelmütig und unberechenbar meine chaotische Seele war, wenn ich mich dabei ohne jegliches Wohlwollen wie einen Fremden analysiere und unverblümt beurteile, dann komme ich zu dem Schluss, dass es nichts Unzuverlässigeres als eben den Menschen gibt. Keiner, der sich seiner eigenen Seele bewusst ist, kann etwas wie ein Versprechen oder einen Schwur leisten. Und es ist der Gipfel brutaler Primitivität, jemanden mit einem dahingesagten Versprechen zu erpressen. Nahezu bei jedem Versprechen, das jemand versucht einzuhalten, obwohl das genau betrachtet meist unmöglich ist, wird eben das völlig ignoriert. Von freiem Handeln keine Spur. Wäre ich früher darauf gekommen, hätte ich mir womöglich sparen können, allen Menschen zu grollen, an ihnen zu leiden und aus Verzweiflung schließlich von zu Hause wegzurennen. Und wo ich schon von zu Hause weg und bis zu diesem Teestand hier gekommen war, wenn ich es immerhin geschafft hätte, objektiv und gelassen mein Verhalten gegenüber dem *Dotera* und der Wirtin damit zu vergleichen, wie ich bis gestern gewesen war, dann hätte ich alles doch ein bisschen besser begriffen.

Leider hatte ich damals mir selbst gegenüber nichts von einem Forschergeist. Ich war einfach nur vergrämt, böse, traurig, wütend, dann wieder tat mir alles leid, fand ich alles bedauernswert, war voller Weltschmerz und konnte doch nicht ohne die Menschen sein, hielt es einfach an keinem Ort mehr aus, rannte wie wahnsinnig los, blieb am *Dotera* hängen und verschlang jene frittierten *Manjū*.

Gestern war gestern, heute ist heute, vor einer Stunde war vor einer Stunde, eine halbe Stunde später eine halbe später, nur mir war das Gefühl für alles andere außer dem, was unmittelbar vor meinen Augen war, gänzlich abhandengekommen und meine Seele, die sich von jeher kaum richtig fassen konnte, fing an, ganz diffus zu werden, und mir war bald nicht mehr klar, ob sie überhaupt existierte; und noch dazu verschwammen die mächtigen Erinnerungen des vergangenen Jahres, wie der Traum einer Tragödie, zu einem Gefühl einer unheilschwangeren Wolke, die sich im grenzenlos leeren Raum ausbreitete._

Normalerweise hätte ich hier alle möglichen Spitzfindigkeiten angeführt; warum etwa sollte es gut sein, Bergmann zu werden, warum sollte es noch niedrigere Ränge als den Bergmann geben, oder auch, dass ich eben keiner bin, der nur um des Gewinns willen arbeitet, was soll denn gut daran sein, immer nur Geld zu machen und und und, ich hätte nicht klein beigegeben, ohne meinen Willen zu behaupten. Aber nichts davon, hab mich einfach nur lammfromm zurückgehalten. Und das nicht nur verbal, selbst im tiefsten Innern konnte ich nicht die Spur von Widerstand empfinden.

10

Damals schien ich zu denken, es sei in Ordnung, einfach nur zu arbeiten. Wenn ich nur arbeitete, – solange meine unstete Seele ziellos in meinem Körper irrlichterte, oder anders gesagt, solange durch Arbeit das, was nun einfach noch nicht sterben konnte, nicht mit Gewalt umgebracht wurde – schien es mir völlig egal, ob ich über oder unter dem Bergmann arbeitete, ob mit oder ohne Gewinn. Mir war es recht, wenn da nur irgendein Posten war, egal, was da über Ränge, Qualität oder Verdienst hinausposaunt wurde, egal, wie diese Übertreibungen meiner eigenen Meinung widersprachen, egal, wie berechnend diese Angeberei war, um mich da hineinzulocken, egal auch, dass darauf hereinzufallen bedeutete, dass es einen nicht geringen Makel in meinem Charakter hinterlassen würde, wollte ich als vernünftiger Mensch gelten. Das alles war mir herzlich egal. In so einer Situation wird der komplizierte Mensch furchtbar simpel.

Noch dazu verspürte ich, als ich Bergmann hörte, eine Art Freude. Ich war ja zum Ersten mit dem Entschluss von zu Hause ausgebrochen, um wahrscheinlich zu sterben. Das hatte sich zum Zweiten dahingehend gewandelt, dass ich, wenn ich nun schon nicht sterben musste, unbedingt an einen Ort wollte, wo es keine Menschen gab. Drittens, ehe ich mich versah, wandelte sich dieser Vorsatz erneut, indem ich mir nun vornahm, immerhin zu arbeiten. Wenn schon arbeiten, dann sollte es keine normale Arbeit sein, sondern eher an meiner zweiten, ja genauer besehen, an meiner ersten Bedingung orientiert sein. Von einer zur anderen Stufe wurde ich ja, ohne dass ich mir dessen bewusst war, meinen Vorsätzen untreu, aber auch während sich mein Gefühlszustand zusehends änderte, stellte sich dennoch eine

41

Beziehung zum jeweils Vorherigen ein, und mich danach zurücksehnend wurde ich zum Nächsten weiter vorangetrieben. Der Entschluss, einfach zu arbeiten, bedeutete offenbar nicht, dass ich die zweite Bedingung abgeschüttelt oder mit der ersten ganz und gar gebrochen hätte. Arbeiten und dabei zugleich an einem Ort fern der Menschen, in einem dem Tod nahen Zustand Arbeit zu verrichten, darin kam mein letzter Entschluss meinem ersten Ziel doch auf seine Weise entgegen. Der Bergmann arbeitet, wie der Name schon sagt, im Berg unter Tage, fern vom Licht der Sonne. Er bleibt zwar im Diesseits, gräbt sich aber tief davon hinab und widmet sich im Dunkeln allein den Erzklumpen und bleibt so außer Reichweite der Stimmen der vergänglichen Welt. Mit Sicherheit eine düstere Angelegenheit. Auf der Welt wimmelte es zwar von Menschen, aber ich war überzeugt, niemand darunter war wie ich zum Bergmann geboren. Bergmann war für mich die wahre Berufung. – Damals sah ich natürlich das alles keineswegs derart klar, nur als ich »Bergmann« hörte, hatte ich ein Gefühl der Düsternis, und gerade die stimmte mich irgendwie froh. Wenn ich mich jetzt daran erinnere, erscheint es mir wie die Geschichte eines Andern.

Ich wandte mich an den *Dotera*:

»Ich werde nach besten Kräften arbeiten. Machen Sie mich denn zum Bergmann?«

In generösem Ton meinte dieser: »Es ist gar nicht so leicht, es gleich zum Bergmann zu bringen. Aber wenn ich dich da empfehle, gibt es bestimmt keine Probleme.«

Ich dachte, wenn der das so sagt, wird es auch stimmen, und nach kurzem Schweigen fing plötzlich die Wirtin an: »Der Chōzō braucht da nur ein Wort für dich einlegen, dann bist du quasi schon Bergmann.«

Da erfuhr ich zum ersten Mal, dass der Name dieses *Dotera* Chōzō war. Als wir anschließend mit dem Zug fuhren, hab ich den Mann selber auch ein paar Mal beim Namen Chōzō gerufen. Aber wie man Chōzō genau schreibt, weiß ich bis heute nicht. Hier schreib ich den Namen einfach so, wie er gesprochen wird. Dieser Mann, der mich, als ich damals gerade von zu Haus weggerannt war, unvermittelt bei der Nase packte und mich in eine

Richtung lenkte, die mir bis dahin völlig unvorstellbar gewesen war, gab damit meinem Leben die entscheidende Wende, und obwohl ich seinen Namen vom Hören kenne, kann ich ihn, so seltsam es klingt, nicht einmal exakt schreiben.

Da sich dieser Chōzō und die Wirtin darin einig waren, dass ich Bergmann werden sollte, war ich auch davon überzeugt, einer zu werden.

»Also, dann bitte ich inständig darum.«

Wie und wohin jemand, der in einer solchen Teebude herumsaß, losgehen und durch welche Formalitäten er zum Bergmann werden konnte, entzog sich allerdings völlig meiner Kenntnis.

11

Na, sei's drum, wo es mir schon derart angepriesen wurde, da wird Chōzō bestimmt auf meine Bitte hin irgendwas unternehmen, daher schwieg ich und fragte gar nicht erst nach. Und siehe da, mit Schwung erhob er sich mit seinem *Dotera*-Hintern vom Klappstuhl.

»Ja dann, lass uns gleich mal losgehen. Junge, hast du alles beieinander? Pass auf, dass du nichts vergisst.«

Da ich nur mit den Kleidern auf dem Leib von zu Hause losgezogen war, konnte ich schwerlich mehr als meinen Körper vergessen.

»Hab nix bei mir.«

Damit erhob ich mich, aber da blickte ich ins Gesicht der Wirtin. Da hätte ich doch glatt die Rechnung dieser *Manjū* vergessen. Chōzō machte ein unbeteiligtes Gesicht und war schon halb an der Schilfrohrmatte vorbei nach draußen getreten und überblickte die Straße. Ich holte aus meiner Tasche den Geldbeutel mit den zweiunddreißig *Sen* und zahlte die drei Teller *Manjū,* für den Tee legte ich noch fünf *Sen* drauf. Wieviel die *Manjū* ausmachten, ist mir völlig entfallen, ich erinnere mich nur daran, dass die Wirtin sagte: »Wenn du als Bergmann richtig was zusammengespart hast, dann schau bei der Rückkehr wieder vorbei.«

Später hab ich zwar als Bergmann aufgehört, hatte aber nie mehr Gelegenheit, an diesem Teehaus vorbeizukommen.

Ich folgte also Chōzō und trat auf die Kiefernallee, von der ich die Nase gründlich voll hatte, und stapfte, dass der Staub aufwirbelte, den geraden Weg entlang, aber was sich vorhin ewig hingezogen hatte, war jetzt ungewöhnlich schnell überstanden. Im Nu waren also die Kiefern verschwunden und wir kamen zu einer schäbigen Poststation, wie man sie an der Hauptstraße in *Itabashi* findet. Und tatsächlich fuhr wie in Itabashi ein klappriger Pferdeomnibus vorüber. Chōzō, der einen Schritt voranging, wandte sich um und fragte:

»Will er nicht mit der Kutsche fahren?«

»Hab nichts dagegen«, antwortete ich.

Darauf er umgekehrt: »Ist es auch recht, wenn wir nicht damit fahren?«

»Ist mir auch recht«, antwortete ich.

Chōzō setzte ein drittes Mal nach: »Was machen wir also?«

»Mir ist's egal.«

Unterdessen war der Pferdewagen längst vorüber gefahren.

»Na, dann marschieren wir eben.«

Damit ging Chōzō wieder los. Ich ebenfalls. Von Ferne sah ich, wie der Staub der Kutsche ins Sonnenlicht getaucht war und die Straße gelblich trüb schimmerte.

Die Straße wurde zusehends belebter und das Stadtbild allmählich ansehnlicher. Zu guter Letzt kamen wir auf einen Platz, der etwas von der Pracht des *Kagurazaka* in Ushigome hatte. Die Art der Geschäfte und das Aussehen der Leute, auch ihre Kleider waren ganz wie in Tōkyō. Jemand wie dieser Chōzō war kaum auszumachen.

»Wo sind wir denn hier?«

Als ich das Chōzō fragte, schien er erschrocken.

»Hier? Du kennst das hier nicht?«

Umstandslos und ohne einen Anflug von Lachen sagte er es mir. Damit wusste ich den Ortsnamen, werde ihn hier aber absichtlich nicht nennen. Dass ich den Namen dieser belebten Stadt nicht kannte, schien Chōzō reichlich zu verwundern, denn er fragte:

»Wo ist er denn geboren?«

Recht bedacht hatte mich Chōzō bisher mit keinem einzigen Wort zu meiner Vergangenheit befragt; dafür, dass er jemandem eine Stelle vermitteln wollte, war er diesbezüglich recht unbekümmert, erst später verstand ich, dass diesem Kerl derlei Dinge völlig gleichgültig waren. Seine Frage zu jenem Zeitpunkt war nichts mehr als Neugier, die der Schrecken über meine Unwissenheit geweckt hatte. Das zeigte sich schon daran, dass er auf mein »Aus Tōkyō«, nur ein kurzes »Ach ja!« fallen ließ und ohne ein weiteres Wort darüber zu verlieren, mich förmlich hinter sich her schleppend, in eine Seitengasse einbog.

12

Offen gesagt, ich bin der Spross einer ziemlich hoch gestellten Familie. Aufgrund verwickelter Umstände konnte ich es nicht mehr länger aushalten und bin von zu Hause durchgebrannt, aber nicht, wie oft der Fall, aus Missmut oder Boshaftigkeit meinen Eltern gegenüber. Irgendwie hatte ich die Welt satt, sogar mein Zuhause wurde mir lästig, die Gesichter meiner Eltern und der ganzen Verwandtschaft konnte ich nicht mehr länger ertragen. Als ich bemerkte, wie schlimm es um mich stand, versuchte ich ernsthaft, meine Gefühle wieder in den Griff zu bekommen, aber es war zu spät. Ich mühte mich, wieder Boden unter den Füßen zu gewinnen, aber je hastiger ich danach trachtete, desto schlimmer wurde meine Abscheu. Zu guter Letzt sprang mir der Spund aus all meiner verkrampften Anstrengung, das Gebäude meines Geduldspiels brach in sich zusammen. An dem Abend bin ich schließlich abgehauen.

Wenn ich nach der Ursache forsche, stand da im Mittelpunkt ein Mädchen. Und neben diesem Mädchen stand noch ein weiteres Mädchen. In der Nähe der beiden Mädchen ihre Eltern. Ihre Familien. Alle Welt war darin verwickelt. Und da begann das erste Mädchen sich mir gegenüber mal rund, mal eckig zu machen. Aus irgendeinem Grund blieb mir gar nichts anderes übrig, als selber auch erst rund, dann eckig zu werden. Aber indem ich so rund und wieder eckig wurde, blieb ich dem zweiten Mädchen gegenüber ein von Geburt an bestehendes Versprechen schuldig. Trotz meiner jungen Jahre hatte ich eine klare Vorstellung von meiner gesellschaftlichen Stellung. Aber je unverzeihlicher ich es selbst empfand, desto heftiger wurde ich mal rund, mal eckig. Zu guter Letzt hatte sich nicht nur meine Gestalt, sondern auch meine innere Struktur verwandelt. Das alles hat das zweite Mädchen mit vorwurfsvollen Augen beobachtet. Desgleichen meine Eltern und die Verwandtschaft. Die ganze Welt sah es. Ich habe versucht, mein Herz, das sich streckte und zusammenzog, verbog und verdrehte, irgendwie zu verbergen, aber das erste Mädchen hat einfach nicht locker gelassen und sich gedehnt und gestreckt, wie es ihr gefiel, da war nichts zu verbergen. Die Eltern sahen es und die Verwandten. Schändlich sei das. Ich selbst fand das Ganze nicht weniger schändlich, aber in der Beurteilung, was nun schändlich sei, gab es ziemliche Unterschiede. Ich habe Ausflüchte gesucht, aber sie wollten nichts davon hören. Selbst meine Eltern schenkten mir kein bisschen Vertrauen, das war das größte Problem, zugleich war mir klar, solange ich an der Seite des ersten Mädchens bleiben würde, wäre alles im Ungewissen und unter Umständen käme es tatsächlich zu einer durch nichts mehr zu entschuldigenden Schande. Aber ich konnte mich einfach nicht trennen. Dabei tat mir das zweite Mädchen leid und mein Schuldgefühl ihr gegenüber wurde von Tag zu Tag heftiger. –

Derart stürzten aus allen Richtungen die widersprüchlichsten Gefühle auf mich ein, und es war als hätten sich fünf verschiedenfarbige Fäden ineinander verheddert, zieht man hier, verknotet sich's dort, lockert man dort, verwurstelt sich's hier, da war klar, dass sich in meinem wirren Kopf nichts würde auflösen können. Ich habe alles Mögliche versucht und mir bis zum Überdruss den Kopf zerbrochen, aber da kam keine Lösung in Sicht; an diesem Punkt angelangt, erkannte ich endlich: Ich war es ja, der sich quälte, und es gab keinen anderen Ausweg, als selbst diese Quälerei einzustellen. Bisher hatte ich von Qualen getrieben nur versucht, andere Leute statt meiner zum Handeln zu bringen; um eine gute Lösung für mich zu finden, hatte ich mich völlig auf andere verlassen. Ganz so, als wenn ich jemanden auf der Straße träfe, einfach stehen bliebe und mein Gegenüber veranlasste, auf den matschigen Straßenrand auszuweichen. Es war nichts anderes, als den andern davon zu überzeugen, dass ich bleibe wo ich bin, während er sich nach meinem Willen hätte bewegen sollen. Mich vor diesen Spiegel zu stellen und mich über mein eigenes Spiegelbild aufzuregen, das brachte nichts. Wenn sich dieser Spiegel, nämlich die Gebote der Gesellschaft, nicht so ohne weiteres bewegen ließ, dann gab es keine bessere Lösung, als selber von dem Spiegel wegzutreten.

13

Angesichts dieser vertrackten Beziehungen beschloss ich zu verduften. Aber um sich wirklich in Luft aufzulösen, blieb keine andere Lösung, als mir das Leben zu nehmen. Ich hab es wiederholt versucht. Aber stets, wenn es ums Ganze ging, hab ich entsetzt abgebrochen. Ich musste einsehen, Selbstmord lässt sich trotz eifriger Übung nicht meistern. Wenn ich mich schon nicht spontan umbringen konnte, dann würde ich mich eben selbst zugrunde richten. Wie erwähnt, habe ich ziemlich hochgestellte Eltern und bin von einem Rang, dem es von morgens bis abends an nichts fehlt, damit war in unserem Hause etwas wie Selbstvernichtung undenkbar. Mir blieb nichts anderes übrig, als mich aus dem Staub zu machen.

Auch wenn ich verschwinde, dachte ich, wird es unmöglich sein, all diese Beziehungen zu vergessen. Andererseits, warum sollte ich nicht doch alles vergessen können. Kurzum, solange ich es nicht wage, werde ich das nie wissen. Selbst wenn sich mir das ganze Leiden auf der Flucht an meine Fersen heften würde, beträfe das immerhin nur mich allein. Zweifellos wäre mit meinem Verschwinden allen Zurückbleibenden geholfen. Obendrein stand fest, dass wer durchbrennt, nicht sein ganzes Leben lang auf der Flucht sein würde. Da ich mich nicht auf der Stelle auslöschen konnte, wollte ich fürs erste durchbrennen. Falls ich aber von der Vergangenheit eingeholt und gequält werden würde, wäre es nie zu spät, nochmals über einen Plan nachzudenken, mich selber zugrunde zu richten. Und falls das alles nicht klappt, mache ich eben doch Selbstmord. –

Wie ich das hier beschreibe, stehe ich als durch und durch schrecklicher Kerl da, aber was soll ich da beschönigen, solange es die unverblümte Wahrheit ist. Gerade durch die Beschreibung klingt es so schäbig, würde ich dagegen meinen verschwommenen Enthusiasmus von damals hier mit dem gleichen verschwommenen Enthusiasmus beschreiben, dann hätte ich sogar das Zeug zu einem veritablen Romanhelden.

Und wenn nicht, würde ich nur einfach alles aufschreiben, wie es sich damals in Wirklichkeit zugetragen hat, etwa die beiden Mädchen, all die Ereignisse und Vorkommnisse, meine Ängste und Qualen, die Ansichten der Eltern, die Ermahnungen der Verwandtschaft. Würde ich all das naturgetreu aufschreiben, ergäbe das eine recht interessante Fortsetzungsgeschichte, aber da ich weder das Zeug noch die Zeit dazu habe, lass ich's und beschränke mich auf die lang erwartete Bergmannsgeschichte.

Kurz gesagt, ich wurde zu einer Art Deserteur und war bereit, mich bei lebendigem Leib begraben zu lassen, entschlossen, mich selbst lebendig zu begraben, aber den Namen meiner Eltern und meine Vergangenheit wollte ich, egal, wie verzweifelt, um nichts in der Welt diesem Chōzō preisgeben. Und nicht nur Chōzō, ich wollte mit niemandem darüber reden. Keinem einzigen Menschen wollte ich davon erzählen, wenn möglich selbst mir nicht, derart erbärmlich und unsicher fühlte ich mich. Dass Chōzō, auf den etwas wie Arbeitsvermittler nicht so recht passen wollte, sich mit keinem Wort nach meiner Herkunft erkundigte, darüber war ich, obgleich es mir eigenartig vorkam, im Innern froh. Offen gestanden, hatte ich damals noch keine große Übung im Lügen, und Leute anzuschmieren, schien mir immer noch etwas unglaublich Böses zu sein, so dass ich wohl danach befragt, zweifelsohne in der Klemme gesteckt hätte.

Also bin ich dem Chōzō hinterher und wir bogen in eine Seitenstraße ein, wo kaum zwei Blöcke weiter die Häuser immer weniger wurden und hie und da vereinzelt Reisfelder hervorlugten. Dabei dachte ich mir, dass es wohl nur nach vorne zur Straße raus so lebhaft zugegangen war. Da bogen wir plötzlich in eine Seitenstraße, in der es wieder lebendiger zuging. Am Ende davon befand sich der Bahnhof. Da kapierte ich erst, dass sich die Formalitäten, um ein Bergmann zu werden, nicht erledigen ließen, ohne mit der Bahn zu fahren. Eigentlich hatte ich angenommen, es gäbe hier in der Stadt eine Zweigstelle, wo ich hingeführt werden würde, um dann von einem Mitarbeiter zum Berg gebracht zu werden.

Als wir uns dem Bahnhof etwa auf zehn Meter genähert hatten, fragte ich von hinten: »Chōzō, nehme ich denn den Zug?«

Es war das erste Mal, dass ich diesen Mann Chōzō gerufen hatte. Ohne eine Spur der Überraschung, von einem wildfremden Menschen beim Vornamen gerufen zu werden, drehte sich Chōzō um.

»Ja, so ist es!« Er nickte und betrat den Bahnhof.

14

Ich stand im Eingang des Bahnhofs und überlegte. Hat der Kerl wirklich vor, mit mir im Zug bis dorthin zu fahren. Das ist schon fast zu viel der Freundlichkeit. Der kennt mich doch gar nicht, wie kommt er darauf, sich derart für mich einzusetzen, das ist doch komisch. Wahrscheinlich ist der Kerl ein Schwindler. Erst jetzt dämmerte mir dieser Gedanke und plötzlich verging mir jede Lust aufs Zugfahren. Ich überlegte, aus dem Bahnhof hinauszustürmen und lenkte meine Schritte vom Bahnsteig weg Richtung Ausgang. Aber ich konnte mich nicht recht entschließen loszugehen und starrte gedankenverloren auf den roten Ladenvorhang eines Teehauses vor dem Bahnhof, da wurde ich plötzlich von weitem durch eine laute Stimme angehalten. Sofort erkannte ich Chōzōs Stimme, die gleiche wie im Kiefernhain. Als ich mich umdrehte, schaute er weit hinten, nur das Gesicht schräg hervorgestreckt, heftig mit seinem Kopf nickend angestrengt zu mir herüber. Sein übriger Körper war wohl hinter einer Klowand versteckt. Nun da er mich gerufen hatte, ging ich in Richtung seines Gesichtes.

»Wär besser, er erledigt sein Geschäft, bevor wir in den Zug steigen.«

Ich spürte keinen Drang und winkte ab, aber da er nicht locker ließ, stand ich schließlich neben Chōzō, und nun ja, unappetitliches Thema, pinkelte. Da hat sich meine Meinung wieder geändert. Bis auf meinen Körper besaß ich nichts. Mir konnte niemand etwas wegnehmen oder mich betrügen, ich hatte weder Ehre noch Besitz und es war von weitem zu erkennen, dass an mir nichts von Wert dran war. Indem ich mein Selbst von heute mit dem von gestern vermischt hatte, bekam ich Angst vor Chōzō, und das war gerade so, als wenn sich einer, der bereits entlassen wurde, Sorgen macht, sein Gehalt würde gepfändet. Chōzō mochte zwar keine Bildung haben, aber weder Bildung noch sonst was bedarf's, um nicht auf den ersten Blick festzustellen, wie es um mich bestellt war. Vermutlich wird er, falls er mich als Bergmann vermittelt, eine Vermittlungsgebühr verlangen. Und wenn schon, wär in Ordnung. Etwas vom Lohn abgezweigt, und schon hätte es sich, all das ging mir beim Pinkeln durch den Kopf.

Um zu dieser Lösung zu kommen, bedurfte es zwar wenig Zeit, aber jede Menge Hin- und Herüberlegens. Trotz meiner Anstrengungen konnte ich nicht erkennen, dass Chōzō ein Schlepper im einfachen Sinne des Wortes war, was einfach meinen jungen neunzehn Jahren zuzurechnen war.

Ein junger Spund hat einfach Lehrgeld zu zahlen: Da war ich also an diesen Schlepper geraten und es war geradezu lächerlich, mir den Kopf darüber zu zerbrechen, ob seine Hilfe nicht doch aus reiner Gefälligkeit, einem Gefühl liebenswürdiger Fürsorge geschuldet, geschehen würde. Nachdem wir beide unser Geschäft verrichtet hatten und Richtung Eingang zum Warteraum Dritter Klasse gingen, sagte ich einigermaßen förmlich zu Chōzō:

»Es ist wirklich nicht nötig, dass Sie mich bis ans Reiseziel begleiten, deshalb reicht es bis hierher.«

Da machte Chōzō ohne zu antworten, ein verwundertes Gesicht, und da er mich schweigend anschaute, nahm ich an, ich hätte meinen Dank nicht angemessen ausgedrückt.

»Vielen Dank für alles, was Sie für mich getan haben. Von jetzt an komme ich alleine zurecht, bitte machen Sie sich deshalb keine weiteren Umstände.« Damit verneigte ich meinen Kopf vor ihm.

»Alles allein schaffen?«, sagte Chōzō. Nur dieses Mal ersparte er sich sein »Er«.

»Ich schaff es schon«, entgegnete ich.

»Wie denn?«, fragte er zurück.

»Wenn ich jetzt von Ihnen alles Nötige erfahre, dann werde ich vor Ort Ihren Namen nennen und es wird schon klappen«, gab ich bedrängt und verlegen zurück.

Da ließ er mich abblitzen: »Wenn er meint, so einfach Bergmann zu werden, indem er nur meinen Namen nennt, täuscht er sich gewaltig. Bergmann, sowas wird man nicht so leicht.«

Schließlich blieb mir nur noch entschuldigend abzuwiegeln: »Aber das ist doch zu viel verlangt.«

»Was soll denn diese Zurückhaltung, bring ihn bis dorthin, keine Sorge. Ist halt Schicksal, dass wir uns über den Weg gelaufen sind. Hahaha.« Er lachte.

»Das ist aber …Vielen Dank auch!«, lenkte ich zuletzt ein.

15

Wir setzten uns nebeneinander auf die Bank und allmählich füllte sich der Bahnhof mit Leuten. Meist waren es Leute vom Land. Darunter auch welche, die wie Chōzō einen *Hanten*, respektive *Dotera* trugen und dazu noch eine Tragestange schulterten. Daneben waren Kaufleute, die wie Großstadtkerle mit speckiger Schürze und seltsam verdelltem Filzhut herumliefen. Da war noch so allerhand auf den Beinen, und um unsere Bank herum wimmelte es von Geräuschen und Stimmen. Endlich öffnete sich scheppernd die Tür zum Fahrkartenschalter. Alle die es kaum erwarten konnten, erhoben sich eilends und drängten sich vor das Drahtgitter. Hier war Chōzō die Ruhe selbst. Indem er sich eine seiner zu Flundern platt gedrückten *Asahi* zwischen die dicken Lippen steckte, wandte er mir sein kantiges Gesicht zu zwei Dritteln zu und fragte:

»Hat er denn Fahrgeld?«

Schon wieder galt es, meine Unreife bloßzustellen, denn offen gestanden, an Fahrgeld hatte ich bis auf jenen Moment keinen einzigen Gedanken verschwendet. Es war der Gipfel an Dummheit, mit dem Zug fahren zu wollen, ohne auch nur auf die Idee zu kommen, dass dafür Geld nötig sei. Meine Dummheit gebe ich uneingeschränkt zu, denn Tatsache ist, dass ich bis zu jener Frage schlicht unbesorgt war, so als könnte ich gratis mitfahren. Ich weiß nicht recht, aber im Grunde meines Herzens hatte ich mich wohl unterschwellig darauf verlassen, solange ich mich nur an Chōzō dranhängte, würde der für alles sorgen. Ich hab das allerdings nicht im Geringsten so empfunden. Dass dem so gewesen sei, lässt sich heute, auch wenn es um mich selbst geht, schwer behaupten. Aber angenommen, ich hätte kein solches Geborgenheitsgefühl gehabt, dann wäre es, egal, wie dumm und neunzehn Jahre jung, kaum denkbar, dass ich einen Bahnhof betreten hätte, ohne auch nur an die ersten Buchstaben von »Fahrgeld« zu denken. Zu allem Überdruss hatte ich trotz dieser Abhängigkeit diesem Chōzō gerade erklärt, »Ich brauche jetzt Ihre Hilfe nicht mehr, besten Dank auch, von jetzt an komme ich alleine zurecht«, und entschieden seine Begleitung abgelehnt. Was ging da bloß in meinem Kopf vor? Da ich immer wieder solchen Situationen begegnet bin, habe ich mir schließlich eine Theorie zurechtgelegt. –

Wie es bei Krankheiten eine Inkubationszeit gibt, genauso gibt es für unsere Gedanken und Gefühle eine Inkubationszeit. Während dieser Inkubationszeit sind wir uns, obwohl wir bestimmte Gedanken haben oder von bestimmten Gefühlen gelenkt werden, dessen nicht im Geringsten bewusst. Und solange diese Gedanken und Gefühle nicht durch einen Auslöser von außen an die Oberfläche unseres Bewusstseins gelangen, werden wir stets abstreiten, dass wir ein Leben lang unter deren

Einfluss gestanden hätten. Und zum Beweis reden und tun wir in einer Tour genau das Gegenteil. Aber all das Reden und Tun ist von außen betrachtet voller Widersprüche. Sogar einem selbst kommen dabei gelegentlich Zweifel. Und wenn wir solche Zweifel gar nicht verspüren, kommt es vor, dass wir furchtbare Qualen leiden. Jene Qualen wegen des Mädchens, die ich vorhin schilderte, sie gehen letztlich auch darauf zurück, dass ich diese Inkubationssache an mir selbst nicht erkennen konnte. Könnte man dieses Unbekannte, bevor es unser Herz überfällt, durch die Injektion einer Art Radikalmedizin zum Absterben bringen, wie viele Widersprüche des Menschen, wie viel Unglück auf dieser Welt würden gar nicht erst entstehen. Aber die Dinge verlaufen nun mal nicht so, wie wir es uns wünschen, und das ist für uns Menschen und insbesondere für mich äußerst bedauerlich. –

Nun, als ich von Chōzō gefragt wurde, »Hat er denn Fahrgeld?«, war ich platt und fiel aus allen Wolken. Von den zweiunddreißig *Sen* konnte nach Abzug der Schmalzkrapfen und des Tees so gut wie gar nichts übrig sein. Kein *Sen* für das Fahrgeld und dabei eine Miene machen, Bergmann zu werden, das war reichlich unverfroren, und indem mir das bewusst wurde, fingen meine Wangen plötzlich an zu glühen. Im Nachhinein finde ich das richtig niedlich. Wenn mich heute, sagen wir mal in der Tram, jemand auffordern würde, meine Schulden zurückzuzahlen, wär das zwar unangenehm, aber auf keinen Fall würde ich rot anlaufen. Selbstredend würde mir heute nicht im Traum einfallen, jemandem wie diesem Schlepper Chōzō gegenüber auch nur den Hauch heiliger Schamröte zu verschwenden.

16

Ich wollte, warum auch immer, Chōzō gegenüber sagen, ich hätte das Fahrgeld. Da dem aber nicht so war, konnte ich schlecht lügen. Wenn es mit einer Lüge abgegangen wäre, hätte ich wohl entschlossen gelogen, aber da es darum ging, jetzt auf der Stelle die Fahrkarte zu kaufen, wär ich sofort aufgeflogen, und saß in der Patsche. Hingegen gerade heraus zu sagen, ich hätte das Fahrgeld nicht, bereitete mir unerträgliche Qualen. Ich war halt ein Kind, aber nicht einfach nur so, sondern schon ein wenig größer, bereits von Begierden und Kummer umgetrieben, ein Kind, mal von durchschnittlichem Menschenverstand, mal davon verlassen – das alles verkomplizierte die Sache. Deshalb konnte ich weder sagen, ich hab das Fahrgeld, noch, ich hab es nicht, beides fiel mir schwer, daher antwortete ich: »Ein bisschen hab ich.«

Hätte ich es nur frei von der Leber weg hervorgebracht – aber nachdem ich schon rot angelaufen war, brachte ich Idiot auch das nur schrecklich gewunden über die Lippen.

»Ein bisschen! Wieviel hat er denn?«, fragte Chōzō zurück. Ihn kümmerten weder meine roten Backen noch meine Gewundenheit. Er wollte nur wissen, wieviel ich noch hatte. Aber leider wusste ich das selber nicht genau. Jedenfalls konnte von den zweiunddreißig Sen nach Abzug der drei Teller *Manju* und den fünf *Sen* für den Tee nicht mehr allzu viel übrig sein. Gerade so viel, dass es unerheblich war, ob da noch etwas war oder nicht.

»Wirklich nur noch sehr wenig. Es reicht wohl auf keinen Fall«, gab ich endlich offen zu.

»Was nicht reicht, geb ich dazu, kein Problem. Jetzt gib erst mal, was noch da ist«, meinte er gelassener, als ich erwartet hatte. In dem Augenblick schien es mir unseriös, Münze für Münze abzuzählen oder auch den Eindruck zu erwecken, ich wolle etwas davon zurückhalten, deshalb holte ich meinen Geldbeutel raus und überreichte ihn als Ganzes Chōzō. Es war ein Luxusartikel, aus Krokodilleder gefertigt, edle Ware, und als ich ihn von meinem Vater bekam, hielt er mir ausdrücklich einen wahren Vortrag darüber, dass es sich um ein sehr teures Stück handele. Als Chōzō den Geldbeutel in Empfang nahm, betrachtete er ihn kurz und meinte: »Hmm, nicht gerade billig, was?«, und steckte ihn ohne auch nur den Inhalt zu prüfen in die Tasche seiner Arbeitsschürze. Es war ja in Ordnung, dass er den Inhalt nicht weiter prüfte, aber er sagte:

»Na, dann werd ich die Fahrkarten kaufen, inzwischen musst du hier auf alle Fälle warten, verstanden! Wenn wir uns aus den Augen verlieren, ist es aus mit Bergmann.«

Indem er das klarstellte, entfernte er sich von der Sitzbank und verschwand rasch in Richtung Fahrkartenschalter. Er mischte sich unter die Menge und wartete ohne sich umzuschauen, bis die Reihe an ihn kam die Fahrkarten zu kaufen. Seit wir vorhin das Teehaus verlassen hatten, war Chōzō bis hierher keinen Schritt von meiner Seite gewichen, und wenn, dann rief er mir sogar aus dem Pissoir nach, aber jetzt beim Fahrkartenkauf, als er den Geldbeutel in Empfang genommen hatte, schien es ganz so, als hätte er mich vergessen. Vermutlich hatte er keine Zeit, einen Blick herüber zu werfen, weil derart viele Leute da waren. Im Gegensatz dazu beobachtete ich eindringlich Chōzōs Gestalt von hinten, und seltsam angespannt verfolgte ich, wie Chōzō, immer, wenn einer nach dem anderen sein Ticket bekam, allmählich dem Fahrkartenschalter näher kam. Der Geldbeutel an sich war zwar prächtig, aber sobald er geöffnet werden würde, kämen nur Kupfermünzen heraus. Sobald er ihn öffnet, wird Chōzō zweifellos entsetzt sein, »Was ist denn das, nur noch so wenig?« Er tut mir jetzt schon leid. Wieviel wird er noch drauflegen müssen, während ich derlei überflüssigen Sorgen nachhing, kam Chōzō mit gelassener Miene zurück.

»Also, das ist seine hier«, und dabei steckte er mir eine rote Fahrkarte zu, ohne etwas davon zu sagen, um wieviel es nun nicht gereicht hatte.

»Danke!«, sagte ich knapp, denn es wäre mir peinlich gewesen, von mir aus nachzufragen, wieviel ich nun schuldig sei. Aber auch die Sache mit dem Geldbeutel habe ich auf sich beruhen lassen. Wie auch Chōzō nie mehr darauf zu sprechen kam. Folglich lief es darauf hinaus, dass ich ihn Chōzō gegeben hatte.

17

Dann stiegen wir also zusammen in den Zug ein. Hier geschah nichts Bemerkenswertes. Nur als sich ein Mann voller Furunkel, dazu mit entzündeten Triefaugen und mit Pockennarben übersät, neben mich setzte, verdarb es mir die Laune und ich wechselte auf die andere Seite. Wenn ich mir das heute so betrachte, befand ich mich damals in einem ziemlich eigenartigen Zustand. Ich war von zu Hause durchgebrannt, hatte mich entschlossen, als Bergmann zu verkommen, nun, da sollte man meinen, ich würde vor nichts mehr zurückschrecken, und dennoch wollte ich dem Hässlichen unter keinen Umständen zu nahe kommen. In dieser Stimmung wäre ich sicher auch noch einen Tag vor meinem Selbstmord vor dem triefäugigen Nachbarn geflohen. Das heißt leider nicht, dass ich in allen Dingen derart konsequent gewesen wäre. Vor allem war ich, als ich dem Chōzō und der Wirtin vom Teehaus begegnete, entgegen meiner sonstigen Art, ohne auch nur ein Stöhnen vernehmen zu lassen, in meinem Innersten die Sanftheit in Person. Da war weder etwas von Debattieren oder Insistieren noch etwas wie Rückgrat, nichts davon. Natürlich muss dabei in Rechnung gestellt werden, dass ich zu dem Zeitpunkt ausgehungert war, aber Hunger allein kann es nicht gewesen sein. Also ein Widerspruch – wieder mal ein Widerspruch. Ich geb's auf!

Ich hab die dumme Angewohnheit, sobald ich auch nur ein wenig Zeit dazu finde, über dieses schillerndste Abenteuer meines Lebens nachzudenken. Und sobald ich darüber nachdenke, schwinge ich ohne mit der Wimper zu zucken, das Autopsiemesser kreuz und quer, zerlege meine damaligen Gefühlsregungen nach Strich und Faden, um immer wieder zur gleichen Einsicht zu kommen, dass ich sie nicht verstehe. Sage niemand, ich hätte das alles vergessen, weil es in der Vergangenheit liegt. Derart eindringliche Erlebnisse hatte ich in meinem Leben kein zweites Mal. Grundverkehrt wäre es zu meinen, alles gehe auf den unerfahrenen Leichtsinn eines Jungspunds zurück, der noch keine zwanzig war, wodurch alles chaotisch durcheinander sei und nicht auf den Punkt gebracht werden könne. Zum Zeitpunkt meiner Erlebnisse kann man nicht anders als von chaotischem, blindem Handeln sprechen, aber um zu verstehen, wie es zu dieser Unbesonnenheit kam, bedarf es des Urteils meines jetzigen, gelassenen Verstandes. Denn es ist ja so, dass diese Reise zum Bergwerk heute für mich wie ein alter Traum ist, und nur deshalb kann ich darüber für Leute verständlich schreiben. Nicht nur weil die Leidenschaftlichkeit von damals abgeklungen ist, finde ich den Mut, hier alles ganz schonungslos niederzuschreiben. Hätte ich nicht die Muße und die Gelassenheit, mein damaliges Selbst vor meine gegenwärtigen Augen zu zerren und bis ins kleinste Detail zu untersuchen, ich könnte das alles auf diese Weise gar nicht beschreiben. Laien denken, die an Ort und Stelle beschriebene Erfahrung sei am authentischsten, aber das ist ein großer Irrtum. Denn die Umstände im Augenblick des Geschehens führen, vom momentanen Gefühlsimpuls fortgerissen, meist zu unglaublichen Beschreibungsfehlern. Hätte ich meine Reise ins Bergwerk unmittelbar in meiner damaligen Gefühlsstimmung etwa als Tagebuch aufgeschrieben, wäre dabei nichts als eine unreife, überspannte und mit Lügen gespickte Geschichte herausgekommen. Jedenfalls wäre es nichts geworden, was ich wie hier jetzt den Leuten hätte zum Lesen vorlegen können.

Um mir den Anblick des Triefauges zu ersparen, setzte ich mich auf die andere Seite, während Chōzō kurz auf mich und das Triefauge blickte, aber unverändert auf seinem ursprünglichen Platz sitzen blieb. Wie bewunderte ich Chōzō für seine so viel stärkeren Nerven. Als er aber auch noch anfing, sich seelenruhig mit dem Triefauge zu unterhalten, kühlte meine Bewunderung etwas ab.

»Geht's wieder in den Berg?«

»Ja, bring wieder einen hin.«

»Der da?«

Das Triefauge blickte zu mir herüber. Chōzō wollte gerade antworten, aber da trafen sich kurz unsere Blicke, und seine dicken Lippen blieben geschlossen, er drehte sich zur Seite. Das Triefauge wandte sich seinem Gesicht zu und meinte: »Wird wieder mächtig verdienen, was!«

Bei den Worten steckte ich meinen Kopf eilends zum Fenster hinaus. Draußen vor dem Fenster spuckte ich aus. Durch den Fahrtwind flog mir die Spucke geradewegs wieder ins Gesicht. Eklig! Auf der vorderen Bank unterhielten sich zwei fremde Männer.

»... also, nehmen wir an, da steigt ein Dieb ein.«

»Auf leisen Sohlen oder was?«

»Was denn, ein richtiger Raubüberfall! Und da bedroht er ihn mit einem gezückten Schwert.«

»Und weiter?«

»Da hat ihm der Hausherr, weil es ja nun mal ein Dieb war, nehmen wir mal an, Falschgeld gegeben und geschafft, dass er umkehrt.«

»Und dann?«

»Später stellt der Dieb fest, dass es sich um Falschgeld handelt, und von da an erzählt er jedem, der es hören will, der Hausherr da, das ist ein Geldfälscher, ein Geldfälscher sei das. Was meinst du, Tsune, mein Alter, wessen Verbrechen wiegt schwerer?«

»Was wessen?«

»Na, der Dieb oder der Hausherr.«

»Tjaa, na jaa ...«

Sein Gegenüber schien um eine Entscheidung verlegen. Ich wurde schläfrig, legte meinen Kopf ans Fenster und döste vor mich hin.

18

Sobald man schläft, verschwindet die Zeit. Jeder, für den der Fluss der Zeit eine Qual ist, sollte schlafen. Sterben ist allem Anschein nach ähnlich. Es scheint so einfach und ist doch ziemlich schwierig. Für den gewöhnlich Sterblichen ist zunächst der Schlaf die einfachere Alternative. Judoka lassen sich manchmal von einem Kameraden die Gurgel zudrücken. An einem ewig langen Sommertag ohne Atemzug für fünf Minuten tot im *Dōjō* zu liegen, um sich dann wiederbeleben zu lassen, da fühlt man sich wie neu geboren – zumindest hat mir das mal jemand erzählt. Vor Angst, etwas könnte schief laufen und tatsächlich tödlich enden, habe ich selbst nie um eine derart rabiate Behandlungsweise gebeten. Der Schlaf mag nicht von so großer Wirkung sein, aber dafür besteht auch keine Gefahr, ungewollt sein Leben zu lassen, und für jemanden, der Sorgen hat, unter Seelenqualen leidet, wer Schmerzen zu ertragen hat, insbesondere wenn er als Vorstufe zur Selbstvernichtung entschlossen war, sein Leben als Bergmann zu fristen, für den war der Schlaf die größte Gabe der Natur. Diese Naturgabe kam nun zufällig auch auf mich herab. Und ehe ich mich versah, ohne auch nur ein Wort des Dankes sagen zu können, war ich vollkommen weggetreten und ich habe diese Zeit, die wir, solange wir leben, unausweichlich bewusst erleben müssten, ganz und gar totgeschlagen. Aber ich wachte auf. Im Nachhinein wurde mir erst klar, dass ich die ganze Zeit, während der Zug in Bewegung war, tief und fest geschlafen hatte, und erst als er anhielt, wurde mein Schlaf in seinem Rhythmus unterbrochen und war wie verflogen. Es scheint, dass ich im Schlaf zwar die Zeit vergaß, aber irgendeine Fähigkeit hatte, unverändert auf die Bewegung im Raum zu reagieren. Daher musste ich, um meine Qualen tatsächlich zu vergessen, wohl auch wirklich sterben. Aber sobald ich meine Qualen hinter mir gelassen hätte, hätte ich mit Sicherheit wieder leben wollen, das heißt um ganz offen zu sein, mein Ideal wäre ein Sterben und Leben im ständigen Wechsel, das wäre das Beste.

Einfach so dahin geschrieben, scheint das ein billiger Scherz zu sein, aber nichts liegt mir ferner, hier drollige Witze zu machen. Ich meine das mit vollem Ernst. Dieses Ideal habe ich nicht eben aus der Laune heraus und von Erinnerungen an meine Vergangenheit fortgerissen leichtfertig erfunden. Dieser Gedanke kam mir, als ich beim Anhalten des Zuges plötzlich aufwachte. Etwas derart Albernes wird jeder witzig finden, aber damals hab ich ganz aufrichtig so empfunden, da ist nun nichts zu ändern. Aber je lächerlicher dieser Gedanke wirkt, desto bemitleidenswerter erscheint mir mein Zustand im Rückblick. Ernsthaft eine derart übergeschnappte Hoffnung zu hegen, das allein zeigt schon, in welch elendem Zustand ich mich damals befand.

Als ich die Augen kurz öffnete, stand der Zug bereits. Vor dem Gedanken, ah, der Zug hat angehalten, war das erste, was ich dachte, ich bin ja in einen Zug eingestiegen. Aber halt, aus dem Innern meines Kopfes sprudelte, was sich da zusammengebraut hatte, mit einem Mal wie zu einem Klumpen verdichtet heraus, ah ja, Chōzō ist ja da, ich werde ja Bergmann, hab ja kein Fahrgeld, bin ja von zu Hause abgehauen, ja was war denn da, ah ja so war's ja, ja, ja … Die Geschwindigkeit, mit der alles hervorkam, wie soll ich sagen, war nicht mit Worten zu fassen, irgendwie blitzartig, irgendwie beängstigend. Ich habe später von jemandem gehört, der in dem Moment, als er drauf und dran war zu ertrinken, sein ganzes bisheriges Leben im Großen wie im Kleinen vollständig vor seinen Augen hatte, und wenn ich an meine damalige Erfahrung denke, handelte es sich dabei keineswegs um eine Lüge. Kurzum, etwa mit der gleichen Geschwindigkeit erfasste ich damals meine Situation und meine Lebensumstände in der realen Welt. Und indem ich sie erfasste, überkam mich plötzlich ein Gefühl des Ekels. Mit dem Wort Ekel lässt es sich nicht annähernd fassen, trotzdem habe ich nicht vor, es anderweitig zu beschreiben, daher belasse ich es bei dem Wort Ekel. Jeder der ein ähnliches Gefühl erfahren hat, wird auch damit sofort intuitiv spüren, ach ja, das muss es sein. Wer diese Erfahrung noch nicht gemacht hat, sollte sich glücklich schätzen, denn darauf kann man durchaus verzichten.

19

Inzwischen erhoben sich in unserem Abteil zwei, drei Leute. Von draußen kamen wiederum zwei, drei Leute herein. Platz suchende Blicke, Hab-ich-was-vergessen-Gesichter, wiederum Leute, die einfach nur ihre Sitzposition wechselten, ihren Kopf aus dem Fenster steckten oder gähnten, das alles zusammen genommen, diese Unruhe begann den momentanen Zustand aufzulösen und ich war mir bewusst, dass alles in meiner unmittelbaren Umgebung in Betriebsamkeit geriet. Indem ich mir dessen bewusst wurde, empfand ich, dass ich mich, während alle Leute betriebsam waren, anders als normale Menschen, in keiner Weise davon mitgerissen fühlte und ein Außenseiter war. Obwohl sich unsere Ärmel berührten, unsere Knie aneinander stießen, hatte ich das Gefühl, meine Seele sei ohne den geringsten Bezug, ein Gespenst, das sich aus dem Jenseits hierher verirrt hatte. Bisher war ich so recht und schlecht wie die andern auch mitgekommen, aber sobald der Zug anhielt, wurde alle Welt plötzlich heiter und aufsteigend. Ich dagegen wurde schlagartig trübsinnig und sank tiefer, und bei dem Gedanken, dass ich nie mit ihnen werde Kontakt haben können, schwand mit einem Mal die Ausdehnung zwischen Rücken und Brust, meine Eingeweide wurden so dünn wie ein Blatt Papier zusammengepresst. In dem Moment rutschte mir die Seele allein runter auf den Boden. Ich schlotterte vor Schamgefühl und war niedergeschlagen.

Aber da stand unvermittelt Chōzō vor mir und mahnte: »Ist er immer noch nicht wach. Wir steigen hier aus.«

Da kam ich endlich wieder zu mir und stand auf. Es ist schon eigenartig, auch wenn dir die Seele auf den Boden rutscht, solange Blut in den Gliedern zirkuliert und sobald sie gerufen wird, kommt sie zurück. Aber wenn das nur noch ein klein wenig heftiger wäre, käme sie wohl nie mehr in den Körper zurück. Als ich später einmal in der Bucht von Taiwan in schwere Seenot kam, war ich von meiner Seele so gut wie verlassen und in größter Verlegenheit. Alles kann tatsächlich noch überboten werden. Immer wenn ich glaubte, hier sei der Endpunkt, hier sei Schluss und mich in Sicherheit wiegte, kam es noch schlimmer. Aber damals war dieses Gefühl für mich eine völlig neue, eine äußerst schreckliche Erfahrung.

Im Schlepptau von Chōzōs *Dotera*-Hintern ging ich durch die Fahrkartenkontrolle nach draußen. Wir kamen auf die Straße einer großen Stadt. Es war eine normale Straße, aber ungewöhnlich breit und nicht nur das, sie war derart gerade, dass es fast meine Stimmung aufhellte. Ich stand mitten auf der breiten Straße und konnte bis zum entfernten Ende der Stadt hinabschauen. Da überkam mich ein seltsames Gefühl. Dieses Gefühl überkam mich zum ersten Mal in meinem Leben, daher will ich hier kurz darüber schreiben.

Als meine Lunge vorhin in sich zusammensank, war die Seele dabei, sich zu entfernen, dem konnte ich gerade noch Einhalt gebieten und wieder Gedanken eines normalen Menschen fassen; und da ich gerade eben auf die Straße trat, kam zwar meine Seele mit jedem Atemzug wieder in meinen Leib zurück, aber ich war immer noch ganz benommen. Ich war kein bisschen beruhigt. Denn wenn ich mich auch in dieser Welt befand, aus dem Zug ausgestiegen und zum Bahnhof hinausgegangen war, wenn ich auch hier mitten auf der Straße stand, war mein Bewusstsein doch derart abgestumpft, als würde meine Seele nur widerwillig, aus lästiger Schuldigkeit und keineswegs aus wahrem Entschluss heraus arbeiten und ihre Aufgabe als ureigene Verpflichtung anerkennen. Als ich anfing zu schwanken, der Ohnmacht nahe war und alles Interesse verlor, als ich da meine tief eingefallenen Augen aufmachte, öffnete sich der bisher im Zug wie in einer Schachtel eingepferchte nach allen Seiten hin begrenzte Blick, folgte augenblicklich der geraden Straße hinab an die zehn Blöcke weit. Am Ende der Straße begrenzte ein Berg von fast überfließendem Grün den Blick, ohne ihn einzuschränken und saugte meine glasigen Pupillen in das Innere dieses Grüns. – An diesem Punkt überkam mich jenes vorhin erwähnte Gefühl.

20

Zuallererst hat eine schnurgerade Straße, die sprichwörtlich eben wie ein *Wetzstein* ist, etwas unbefangen Erfrischendes. Einfacher gesagt, das Auge verirrt sich nicht darin. Sie liegt da, als würde sie einladen, »keine Sorge, komm einfach her«, und sie gibt keinerlei Anlass, zurückhaltend oder befangen zu sein. Und nicht nur das. Folgt man dieser Einladung und geht immer dieser Geraden nach, kann man ewig weit gehen. Eigenartigerweise will das Auge in keine Nebengasse einbiegen. Je länger die Straße schnurstracks verläuft, desto mehr fühlt sich auch der Blick, sobald es nicht immer geradeaus geht, eingeengt und unbehaglich. Ich glaube fest daran, dass so eine Straße parallel zur freien Bewegung des Auges geschaffen wurde.

Und wenn man die Häuserreihen zu beiden Seiten betrachtete – da gab es Ziegeldächer und Strohdächer –, egal, ob Ziegel- oder Strohdächer, das macht hier keinen Unterschied. Je weiter man ging, desto niedriger wurden allmählich die Dächer, und hunderte Häuser bildeten, wie auf einem Draht aufgereiht, fein säuberlich eine schräg abfallende Reihe, die bis ins Unendliche fortging. Und je weiter weg, desto stärker näherten sie sich dem Erdboden an. Während hier die einstöckigen Häuser zu beiden Seiten, vor denen ich stand – ich glaube es waren Herbergen –, von einer Höhe waren, dass ich hinaufblicken musste, so waren die Dächer am Ende der Stadt derart niedrig, dass sie zwischen zwei gespreizten Fingern Platz fanden. Dazwischen flatterte hier ein Türvorhang im Wind oder da war eine Venusmuschel auf die *Shōji* gemalt, solche kleinen Unterschiede gab es natürlich schon, aber wenn man nur die Häuserreihe bis in die Ferne verfolgte, dann fielen einem mehrere Kilometer in nicht mehr als einer halben Sekunde ins Auge. Derart klar war das.

Wie vorhin erwähnt, fühlte sich meine Seele durch und durch verkatert und betäubt. Aber sobald ich aus dem Bahnhof heraustrat, traf ich ganz unvermittelt auf diese klare – man möchte meinen –, selbst für einen Blinden klare Landschaft. Da musste meine Seele erschrecken. Und wie sie erschrak! Zweifellos war sie erschrocken, aber da sie bisher widerwillig herumgestreunt war, brauchte es etwas Zeit, bis sie aus ihrer Trägheit herausgerissen und wieder ernst wurde. Jenes seltsame Gefühl, von dem ich vorhin sprach, stellte sich genau in jenem heiklen Augenblick ein, bevor sich meine Seele wieder wegdrehen konnte und nachdem ich wahrgenommen hatte, wie klar diese Landschaft hier war.

Diese Landschaft in ihrer Weite und strahlenden Helligkeit war meinen bisherigen Empfindungen völlig fremd und einfach wunderbar, aber meine Seele horchte auf, denn wer sich wirklich auf diese Außenwelt einließ, für den würde sie, egal wie strahlend und egal wie beschaulich, zu einer völlig trivialen Gegebenheit der Wirklichkeit werden. Und angesichts der Gegebenheiten der Wirklichkeit bekam aller Glorienschein einen schalen Geschmack.

Zum Glück war meine Seele in einem besonderen Zustand – obwohl sie die Kraft hatte, die sichtbare Außenwelt als solche wahrzunehmen, war ihre Fähigkeit, sie als unmittelbares Gefühl zu erkennen, ziemlich eingeschränkt –, deshalb sah ich diese schnurgerade Straße, diese schnurgeraden Häuserreihen als einen der Realität entsprechenden klaren Traum. Mit der Klarheit und Gewissheit, die es nur hier im Diesseits gibt, begleitet von einem starken Glücksgefühl, war mir, als berührte ich eine Erscheinung des Jenseits. Ich stand mitten auf der großen Straße. Diese Straße war absolut lang und ebenso gerade. Würde ich gehen, könnte ich bis ans Ende davon gehen. Gewiss könnte ich aus dieser Stadt hinausgehen. Die Häuser links und rechts könnte ich berühren. Ich könnte in den ersten Stock hinaufsteigen, wenn ich wollte. Ich wusste genau, dass ich das alles konnte, aber ich hatte die Vorstellung, etwas tun zu können, komplett verloren, ich stand nur da und nahm lediglich den Eindruck dieser heftigen Empfindungen in meine Pupillen auf.

Ich bin kein Gelehrter und weiß daher nicht, wie man solch ein Gefühl nennt. Und weil ich leider keinen Begriff dafür kenne, hab ich es derart umständlich beschrieben. Aus der Sicht Gebildeter mag es etwas Banales sein, und sie werden mich auslachen, sei's drum. Auch später noch habe ich manchmal ein ähnliches Gefühl empfunden, aber nie mehr so stark wie dieses eine Mal. Deshalb dachte ich mir, vielleicht sei es von Nutzen, es hier ausführlicher zu schildern. Allerdings war dieses Gefühl so schnell verschwunden, wie es entstanden war.

21

Mir fiel auf, dass sich die Sonne bereits tiefer neigte. Da die Tage des Frühsommers bereits länger geworden waren, musste es dem Lichteinfall nach zu urteilen, bereits vier Uhr vorbei, aber noch keine fünf sein. Es war wohl die Bergnähe, denn das Wetter war nicht ganz so gut, wie ich erwartet hatte, aber immerhin schaute die Sonne heraus, von schlechtem Wetter konnte also nicht die Rede sein. Indem ich die Sonne betrachtete, die die langgestreckte Straße in schrägen Strahlen beleuchtete, wusste ich, da also liegt der Westen. Als ich von Tōkyō losrannte, wollte ich einfach nur nach Norden, immer gen Norden, aber seit ich aus dem Zug ausgestiegen war, hatte ich jedes Gefühl für die Richtung verloren. Die Straße führte schnurgerade durch die Stadt hindurch, und am Ende davon war ein Berg, der von der Richtung her schätzungsweise im Norden lag, also waren ich und Chōzō weiterhin Richtung Norden unterwegs gewesen.

Der Berg lag vermutlich in ziemlicher Entfernung. Und er war keineswegs klein. Er war von einem strahlenden Blaugrün, und während die schräg von der Sonne beschienene Seite leuchtete, schien der im Schatten liegende grüne Bergfuß nahezu schwarz zu sein. Das lag aber wohl weniger am Lichteinfall, als an der Menge an Zedern und Zypressen. Jedenfalls wirkte der Bergwald üppig und unergründlich. Als ich den Blick von der tief liegenden Sonne hin zum grünen Berg schweifen ließ, überlegte ich, ob er frei stehend sei oder ob er sich dahinter weiter fortsetzen würde. Während ich neben Chōzō allmählich Richtung Berg ging, schien er sich mir untrüglich immer tiefer werdend grenzenlos fortzusetzen und alle Berge dahinter sich immer weiter gegen Norden zu erstrecken. Der Eindruck, förmlich vom Berg tiefer und tiefer hineingezogen zu werden, kann daran gelegen haben, dass wir zwar immer weiter darauf zugingen, ohne jedoch bis zum Fuß des Berges zu gelangen. Die Sonne neigte sich zusehends tiefer und der Schatten machte den eigentlichen Bereich des oberen blaugrünen Bergrands und des unteren dunkelblauen Himmelsaums vergessen, als würden sie gegenseitig ins Gebiet des Anderen eindringen, und auch meine forschenden Augen vergaßen, da Berg und Himmel nicht mehr zu unterscheiden waren, beim Hinübergleiten vom Berg zum Himmel, dass sie sich bereits vom Berg gelöst und den Himmel als Fortsetzung des Berges wahrnahmen. Und dieser Himmel war riesengroß. Und er erstreckte sich grenzenlos gen Norden. Und ich und Chōzō gingen gen Norden.

Gestern Abend war ich von Tōkyō los, kam bis zur großen *Brücke von Senju*, lief mit meinem hinten hochgesteckten, gestreiften Kimono die Kiefernallee entlang, setzte mich ins Teehaus, stieg in den Zug, und das alles mit bloßen Unterschenkeln. Trotzdem war mir fast zu heiß. Aber seit wir hier in diese Stadt gekommen waren, spürte ich die Kälte um meine blanken Waden herum. Mehr noch als die Kälte machte mir die Verlassenheit zu schaffen. Wie ich schweigend neben Chōzō nur die Beine bewegte, kam es mir vor, als würden wir durch den Herbst laufen. Und da wurde ich auch noch hungrig. Wenn ich hier immer wieder vom Hunger schreibe, mag das trivial klingen, überhaupt hier an dieser Stelle hungrig zu werden, hat so gar nichts Poetisches, ist aber nicht zu ändern. Ich hatte tatsächlich Hunger. Seit ich mich von zu Hause aufgemacht hatte, war ich nur am Gehen, und da ich kaum was Menschenwürdiges zwischen die Zähne bekommen hatte, überfiel mich immer wieder Hunger. Egal wie schlecht man sich fühlt, wie sehr man leidet oder ob einem die Seele aus dem Leib fährt, allein der Magen knurrt mit schöner Regelmäßigkeit. Um es treffender zu sagen, gerade um seine Seele zu beruhigen, muss einer was zu sich nehmen. Es spricht nicht gerade von Vornehmheit, aber während ich neben Chōzō mitten im Verkehr dahin marschierte, fing ich an, die Esslokale zu beiden Seiten auszuspähen, und auf diese Art gingen wir die ewig lange Straße hinab. Übrigens gab es in dieser Stadt jede Menge Lokale. Auch wenn für uns feine Herbergen und Restaurants nicht in Frage kamen, einfache Kneipen, die für mich und Chōzō wie geschaffen schienen, gab es allerorts. Aber Chōzō machte nicht die geringsten Anstalten, irgendwo einzukehren. Er ließ sich auch nicht herbei, wie bei dem Klapperbus vorhin zu fragen, »Will er kein Abendessen?« Dabei ließ er genau wie ich seine Augen unruhig nach beiden Seiten schweifen, als suchte er etwas ganz Bestimmtes. Ich war mir sicher, dass Chōzō jeden Augenblick einen passenden Ort ausmachen und mich hineinführen würde, um das Abendessen einzunehmen, nur so konnte ich geduldig ausharren und die lange Straße immer weiter gen Norden marschieren.

22

Ich spürte zwar deutlichen Hunger, war aber nicht so hungrig, dass ich umgekippt wäre. Im Magen schien noch ein wenig von jenen *Manju* zu sein. Deshalb konnte ich gehen, solange ich am Gehen war. Es war nur so, als ich ganz niedergeschlagen vom Zug heraus plötzlich mitten auf diese Straße geschleudert wurde und endlich wieder zu mir kam, da berührte die frische Bergluft durch die Abendsonne hindurch meine Haut, und ich fühlte mich wie ein neuer Mensch und bekam glatt Lust zum Essen. Vorerst ging es noch ohne. Es war nicht so schlimm, als dass ich Chōzō hätte fragen wollen, ob ich nicht etwas zu essen haben könnte. Aber irgendwie war mir nach etwas zum Beißen, so dass mir die Kneipen, Garküchen und Speiselokale keine Ruhe ließen. Als hätten wir uns abgesprochen, schielte auch mein Begleiter nach wie vor links und rechts, was meine Essbegier umso stärker anregte. Während wir hier die lange Straße entlangzogen, hatte ich immerhin neun für uns wie geschaffene einfache Speiselokale gezählt. Als wir bis zum besagten neunten Lokal kamen, da war selbst für diese wahrhaft langgestreckte Stadt das Ende in Sicht und wenn wir noch ein Viertel weitergingen, waren wir aus dieser Stadt hinaus. Mir wurde nun doch ziemlich bange. Da schaute ich nach rechts und stieß auf das Schild einer weiteren Imbiss-Stube. Das ist wohl die letzte Chance, dachte ich. Folglich brannten sich die fett auf die verrußte *Shōji* geschriebenen Zeichen »GETRÄNKE–IMBISS–SNACK« mit unglaublicher Prägnanz in meinem Kopf ein. Diese Zeichen sind bis heute nicht verloschen. »GETRÄNKE–IMBISS–SNACK«, ich sehe sie lebhaft vor mir. Egal, wie senil ich mal werden sollte, aber diese drei Worte werde ich wohl immer exakt aufs Papier bringen. Wie ich dieses letzte »GETRÄNKE–IMBISS–SNACK« derart eindringlich anschaute, starrte merkwürdigerweise auch Chōzō angestrengt in Richtung dieser *Shōji*. Ich dachte, selbst der unnachgiebige Chōzō wird jetzt garantiert zum Essen reingehen. Aber er ging nicht rein. Stattdessen blieb er wie angewurzelt stehen. Beim näheren Hinschaun bewegte sich hinter der *Shōji* etwas Rotes. Als ich Chōzōs Gesicht musterte, schien er eben dieses Rot zu fixieren. Das Rote war natürlich eine Person. Aber ich hatte keine Ahnung, warum Chōzō stocksteif stehen blieb, um diese rote Person zu begaffen. Es war zweifellos eine Person, aber weder Gesicht noch sonst was, nur ein schwaches Rot war zu sehen. Halb verwundert blieb ich selber stehen, da stürmte ein rotes Wolltuch hinter der *Shōji* hervor. Richtig ist, selbst hier in den Bergen war für den Maienhimmel kein Wolltuch notwendig, aber dieser Mann hier hatte sich fest in ein rotes Wolltuch eingewickelt. Dafür trug er darunter nur einen handgewebten ungefütterten Kimono, also kein großer Unterschied zu meinem eigenen Aufzug. Dass er sich nur mit einem dünnen Kimono behalf, hab ich erst später bemerkt, aber als er hinter der *Shōji* hervorstach, sah ich nur Rot. Da ging Chōzō zielstrebig auf den roten Mann zu und fragte:

»Er da, hat er keine Lust zum Arbeiten?«

Als mich Chōzō aufgegriffen hatte, war das die gleiche Frage die ich zu hören bekam: »Keine Lust zum Arbeiten?« Daher schloss ich, aha, er will mal wieder jemanden zum Arbeiten bringen und beobachtete beide voller Interesse. Denn da erst begriff ich mit einem Schlag, dass Chōzō ein Mann war, der sobald er einen halbwegs passenden jungen Kerl traf, sofort an ihn mit seinem »keine Lust zur Arbeit« herantrat. Chōzō betrieb demnach die Arbeitsvermittlung als Geschäft und keineswegs hatte er gerade mich speziell qualifiziert befunden, um mich als Bergmann zu empfehlen. Egal wo, egal wer, egal wie oft, er war ein Mann, der stets beharrlich seine Standardfrage wiederholte:

»Er da, hat er keine Lust zum Arbeiten?«

Schon beachtenswert, wie unverdrossen er dieses Geschäft über lange Zeit hin betreiben konnte. Chōzō war ja alles andere als ein begnadeter Anwerber mit seinem »Er da, keine Lust zum Arbeiten?«. Irgendwelche Umstände zwangen ihn wohl, stets sein »Er da ...« zu wiederholen. Eigentlich kann der Mann ja nichts dafür. Weil er zu nichts taugte, konnte er ja auch nichts anderes tun, aber statt sich dessen bewusst auch nur von ferne zu grämen, ging er seinem »Er da«-Geschäft mit derart selbstbewusster Miene nach, als gäbe es unter dem weiten Himmelszelt keinen Zweiten, der besser dafür geeignet war.

23

Hätte ich doch damals schon dieses Chōzō-Bild gehabt, wäre alles viel interessanter gewesen, aber wie gesagt, ich war da gerade drauf und dran, von meiner Seele verlassen zu werden und damit allein schon ziemlich überfordert. Dieses Chōzō-Bild taucht gerade jetzt erstmals in Ansätzen auf, wo ich auch mich selbst wie einen anderen Menschen anschaue und die Erinnerungen meiner Jugend aufs Papier bringe. Und darum wird es nur auf dem Papier sein und auch wieder verschwinden. Aber verglichen mit meinem Chōzō-Bild zu jener Zeit unterscheidet sich dieses hier schon beträchtlich.

Als ich Chōzō und dem Bauerntölpel im Rotwolltuch zuhörte, wie sie sich im Stehen unterhielten, dämmerte mir, dass Chōzō meine Persönlichkeit nicht im Geringsten anerkannt hatte. – Natürlich ist es lächerlich, hier von Persönlichkeit zu sprechen. Bei jemandem von Persönlichkeit oder so zu reden, der von Tōkyō durchbrennt, um zum Bergmann abzusinken, ist nichts als ein grotesker Widerspruch. Ich gebe das zu. Deshalb kam es mir, als ich gerade dieses »Persönlichkeit« hinschrieb, irgendwie töricht vor und ich war nah dran, unwillkürlich loszulachen. Wenn ich auf die eigene Vergangenheit zurückblickend in Lachen ausbrechen möchte, dann bin ich heute wesentlich besser dran, denn damals war mir ganz und gar nicht zum Loslachen. – Chōzō hatte ganz offensichtlich meine Persönlichkeit nicht anerkannt.

Das heißt, er hat den jungen Mann, der da plötzlich aus diesem »GETRÄNKE–IMBISS–SNACK«-Ort herausgeschneit kam, aufgegriffen, als wäre er eine Wiedergeburt meiner selbst, und hat ihn im gleichen Ton, mit der gleichen Haltung, mit den gleichen Worten, genauer gesagt, mit der gleichen Leidenschaftlichkeit dazu überredet, Bergmann zu werden. Das fand ich, warum auch immer, ein wenig unverschämt. Wenn ich das hier versuche zu erklären, dann hatte das wohl folgenden Grund.

Dass Bergmann, wie Chōzō sagte, ein überaus achtbares Gewerbe sei, konnte selbst ich, obwohl ich damals grade meinen gesunden Menschenverstand verpfändet hatte, keineswegs für bare Münze nehmen. Es heißt ja, nach Ochs und Pferd kommt gleich der Bergmann, folglich war mir durchaus bewusst, Bergmann zu werden, war keine ehrenvolle Angelegenheit. Mir war klar, dass es dabei nichts zum Prahlen gab. Sollte ich mir die Haare raufen, nur weil ich geglaubt hatte, der einzige Kandidat für den Bergmann zu sein, und nun plötzlich kam ein anderer in Gestalt eines Landburschen im roten Wolltuch aus einer Kneipe heraus geschossen. Es ging nicht darum, dass der Bauerntölpel im roten Wolltuch genauso wie ich behandelt wurde und ich darin eine Ungerechtigkeit empfunden hätte, vielmehr lief es darauf hinaus, dass mir bewusst wurde, ganz wie der Rotwollbetuchte einfach nur ein gewöhnlicher Mensch zu sein. Indem ich diese Gleichbehandlung weiterdachte, kam ich zu der seltsamen Schlussfolgerung, sie rühre daher, dass die so Behandelten völlig identisch waren. Ich kam ganz unabsichtlich darauf. Chōzō verhandelte mit dem Rotwolltuch, ob er nicht arbeiten wolle, folglich war das Rotwolltuch kein anderer als ich. Irgendwie konnte ich mir nicht vorstellen, dass jemand anderes so ein rotes Wolltuch umlegen würde. Meine Seele hatte mich sitzengelassen und war in dieses Rotwolltuch geschlüpft und wurde von Chōzō überredet, Bergmann zu werden. Da kam ich mir einfach erbärmlich vor. Als ich direkt mit Chōzō zu tun hatte, waren Persönlichkeit und dergleichen vergessen, aber als ich zum Rotwolltuch wurde und mich selbst so von der Seite beobachtete, wie auf diese Erscheinung eingedrungen wurde, »Du, machst 'ne Menge Geld!«, da war's einfach nur katastrophal. Steht es wirklich so schlimm um dich, dachte ich, und musterte indigniert das Rotwolltuch.

Da gab dieses Rotwolltuch eigenartiger Weise genau die gleiche Antwort wie ich selber. Nicht nur das rote Wolltuch, der junge Mann war im Grunde seines Herzens der gleiche Mensch wie ich. Da hatte ich erst richtig die Nase voll. Dazu kam, dass Chōzō von geradezu boshafter Unparteilichkeit war und auch nicht nur andeutungsweise zu erkennen gab, ich sei besser zum Bergmann geeignet als dieser Rotwolltuchmensch. Er machte alles geradezu mechanisch. Ich war immerhin der erste, da wäre es recht und billig gewesen, er hätte mich auch nur ein klein wenig bevorzugt. – Gut erkennbar, wie sich der Mensch seine Eitelkeit bis zuletzt nicht austreiben lässt. Selbst an dem Punkt, wo ich soweit war, Bergmann zu werden, selbst da war ich noch voller Eitelkeit. Das gehört in die gleiche Kategorie wie wenn ein Dieb auf Ehrgefühl oder ein Bettler auf Etikette pocht. – Aber von meiner Eitelkeit war ich weit weniger frustriert als von der Tatsache, dass Rotwolltuch und ich ein und der selbe waren.

24

Während ich also frustriert und benommen daneben stand, wurden sich die beiden umgehend einig. Nicht dass Chōzō derart geschickt gewesen wäre. Schon eher, weil der Rotwolltuch-Kerl ein derart in der Wolle gefärbter Dummkopf war. Ich nenne diesen Kerl kurzerhand Dummkopf, was keineswegs heißt, ich hätte überheblich auf ihn herabgeschaut. Sei es, dem Chōzō ganz Ohr zu sein, sei es, sofort einzuwilligen, Bergmann zu werden, oder in all den andern Punkten, ich entsprach genau diesem jungen Mann, will sagen, ich selbst war ein solcher Dummkopf. Gälte es, unter allen Umständen einen Unterschied festzumachen, dann lag der wohl darin, dass er sich ein rotes Wolltuch umgelegt hatte, während ich einen *Kasuri*-Kimono trug; das war aber so ziemlich alles. Mit Dummkopf meine ich im Übrigen, dass er mindestens ein genauso bemitleidenswerter Bursche war wie ich selber, und mit diesem Dummkopf will ich etwas wie Mitgefühl ausdrücken.

So kam es, dass zwei Dummköpfe von Chōzō zur Kupfermine abgeschleppt wurden. Schulter an Schulter mit dem Rotwolltuch, da war, eh ich mich versah, meine anfängliche Abscheu verflogen. Es gibt wohl nichts Unbeständigeres als menschliche Meinungen. Du denkst, da hast du eine, worauf du dich verlassen kannst, schon ist sie weg. Glaubst, es geht auch ohne, ist sie wieder da. Hast du nun eine Meinung oder keine, es bleibt ein ewiges Rätsel. Später mal in einem Thermalbad hab ich mir aus purer Langeweile ein Buch bei meiner Pension ausgeliehen, und darin stand unter all den billigen Sprüchen aus den Sutren, das menschliche Herz sei in allen *drei Welten* nicht zu begreifen. »In allen drei Welten«, wieder mal so eine dieser maßlosen Übertreibungen, aber das mit der Unbegreiflichkeit trifft es wohl, was ich meine. Jemand, dem ich davon erzählte, widersprach mir und meinte, damit sei das Denken und nicht das Herz gemeint. Ich schwieg, weil man das eine wie das andere sagen konnte. Derlei Diskussionen sind völlig überflüssig, aber warum ich trotzdem darüber reden will, liegt daran, dass es viele Menschen auf der Welt gibt, die obwohl sie unglaublich schlau sind, das Herz des Menschen nicht im Geringsten verstehen. Wie entmutigend, wenn viele glauben, nur weil das Herz ein fester Körper ist, bleibe es, solange es nicht von Maden zerfressen wird, jahrein jahraus unverändert. Geradezu erschreckend ist auch, wie sie mit dieser leichtsinnigen Anschauung die Menschen nach Gutdünken handhaben, sie erziehen und manipulieren, wie es ihnen zupass kommt. Dabei kehrt einmal geflossenes Wasser nie mehr zurück, und träge verweilendes verdampft.

Jedenfalls reicht es, sich zu merken, dass mein Widerwille von vorhin völlig verdampft war, als ich neben dem Rotwolltuch einherging. – Zu meiner eigenen Überraschung empfand ich es sogar als angenehm, neben diesem Rotwolltuch einherzugehen. Allerdings war der Mann eine Landpomeranze irgendwo aus Ibaraki oder so und hatte eine eigenartig näselnde Aussprache. Ich greif da zwar den Ereignissen vor, aber Kartoffel klang bei ihm etwa wie »Kattoffe«, und als wir losgingen hatte ich rechte Mühe mit seiner Aussprache. Dazu kam, dass seine Gesichtsform irgendwie nicht normal war. Gegenüber diesem Kerl wirkte Chōzō mit seinem eckigen Kiefer und den dicken Lippen geradezu majestätisch. Obendrein hatte dieser aus dem provinziellen Ibaraki daher gelaufene Typ noch nie einen Fuß auf Tōkyōter Boden gesetzt. Und dann verströmte seine rote Wolldecke einen eigenartig strengen Geruch. Trotzdem war ich von dem Gefühl, hier in dieser verlassenen Berggegend auf dem Weg zum Kupferbergwerk einen Gefährten gefunden zu haben, geradezu beglückt. Gewiss, ich hatte mich schon aufgegeben, aber besser als alleine unterzugehen, war es doch, einen Begleiter zu haben. Wieviel einsamer ist es, allein auf den Hund zu kommen, als zu zweit. Es klingt vielleicht unverschämt, das so offen zu bekennen, aber es gab ja nichts, was mich für diesen Mann einnahm, außer der Tatsache, dass er zusammen mit mir untergehen würde, nur in diesem Punkt war er mir willkommen und ich empfand darin eine ungemeine Freude. Sobald wir losgingen und nachdem wir ein paar Worte getauscht hatten, wurden wir bereits innige Gefährten. Daraus schließe ich, dass ich, im Falle, drauf und dran in einem Fluss zu ertrinken, gerne noch ein, zwei

Bootsleute mit hinunterziehen würde. Und sollte ich nach dem Tod in die Hölle kommen, würde ich bestimmt einer menschenleeren Hölle eine mit Teufeln bevölkerte vorziehen.

25

Langer Rede kurzer Sinn, ich schloss Rotwolltuch im Nu in mein Herz, aber als wir zwei, drei Straßen weitergingen, entsann ich mich wieder meines Hungers. Es scheint, dass ich oft an meinen Hunger dachte, aber es handelt sich hier nur um die Fortsetzung von vorhin und keineswegs um einen neuen Hunger. Um es der Reihe nach zu sagen: zunächst war ich mental völlig geschwächt und ohne jede zeitliche Orientierung aus dem Zug ausgestiegen, und erst als ich auf der schnurgeraden Landstraße hinunterschaute bis zum Fuß des Berges, da hatte ich das erste Mal das Gefühl, endlich angekommen zu sein, wie ich es vorhin schon berichtet hatte. Das war der Anlass, dass wiederum das Hungergefühl hochstieg, dann wurde mir bewusst, dass ich als Persönlichkeit nicht anerkannt wurde, was mich äußerst deprimierte, aber da fand sich ein gleiches Exemplar an Bergmann ein, wodurch ich mich ein wenig erholte. Wenn ich nun erkläre, dass sich in der Folge wieder der Hunger meldete, wird das doch gut nachvollziehbar sein. Nun war ich zwar hungrig, aber die letzte Imbissbude hatten wir längst hinter uns gelassen. Das Ende der Ortschaft kam unerbittlich näher. Wir hielten auf einen dunklen Bergweg zu. Es sah keineswegs so aus, als würde mein Wunsch irgendwie in Erfüllung gehen. Und dieses Rotwolltuch da hatte sich wohl gerade den Bauch vollgeschlagen und ging beherzt voran. Ich war auf ganzer Linie geschlagen. Da griff ich zum letzten mir verbleibenden Mittel und sprach Chōzō an.

»Herr Chōzō, werden wir jetzt diesen Berg da überqueren?«

»Den Berg da vor uns? Den da überqueren, das packen wir nicht. Wir gehen da links herum«, sagte er und stapfte unverdrossen weiter. Irgendwie kam ich nicht auf den entscheidenden Punkt.

»Ist es denn noch recht weit? Ich bin ein wenig hungrig geworden.« Endlich gestand ich meinen Hunger ein.

Da meinte Chōzō: »Ach so, wollen wir ein paar Süßkartoffeln essen?«

Stehenden Fußes trat er rechts in eine Bataten-Garküche ein. Wie abgemacht, stand da zu meinem Erstaunen tatsächlich eine Garküche. Übertrieben ausgedrückt, könnte man von göttlicher Fügung sprechen. Noch heute, wenn ich mich an diesen glänzenden Zufall erinnere, finde ich das nicht nur amüsant, ich bin geradezu glücklich darüber. Nun, es war kein so sauberer Süßkartoffel-Laden, wie in Tōkyō. Es entzieht sich fast der Beschreibung, derart schwarz verräuchert war er, und es war zwar auch ein Süßkartoffel-Laden, aber es war nicht die Spezialität des Hauses. Ich hab glatt vergessen, was außer Süßkartoffeln noch verkauft wurde. Das liegt bestimmt daran, dass meine Aufmerksamkeit ganz und gar vom Mampfen absorbiert wurde. Denn endlich kam Chōzō bedächtig mit beiden Händen voller Süßkartoffeln aus dem schwarz verkohlten Laden heraus. Da es keinen Behälter gab, streckte er beide Hände vor:

»Haut rein!«

»Danke!«

Ich betrachtete die Süßkartoffeln, die mir vor die Nase gehalten wurden. Nicht, dass ich etwa überlegte, welche ich nehmen sollte. Es waren beileibe keine Süßkartoffeln, die eine Auswahl erlaubt hätten. Rot, schwarz, verschrumpelt, irgendwie feucht, und an manchen Stellen war die Haut ab und daraus blickte das Fleisch wie Grünspan hervor. Alle waren im Großen und Ganzen gleich. Es war durchaus nicht so, dass ich angesichts dieser abstoßenden Auswahl gezögert hätte, die Hand auszustrecken. Vom Standpunkt meines Magens aus betrachtet, gab es ausreichenden Appetit, sich diese ja man muss fast sagen, *Parias* unter den Süßkartoffeln geradezu beherzt auf der Zunge zergehen zu lassen. Aber von dem »Haut rein« fühlte ich mich fast eingeschüchtert und verpasste so den entscheidenden Augenblick »Na endlich!« und die Hand danach auszustrecken. »Haut rein« war denkbar schlecht formuliert.

Als Chōzō sah, wie ich zögerte, deutete er leicht unwilligen Blicks mit seinem besagten Kiefer auf die Süßkartoffeln, »Na ...«, und gab mir mit seinen hingestreckten Händen, indem er die Handgelenke etwas vorstreckte, das Zeichen »Nun iss schon«. Genau betrachtet waren seine beiden Hände durch die Süßkartoffeln in Beschlag genommen und so lange ich keine davon nehmen würde, konnte Chōzō, wie sehr er auch davon essen wollte, selber keine zum Mund führen. Kein Wunder, dass er ungeduldig wurde. Als mir das klar wurde, führte ich endlich mit meinem Oberarm eine eigenartige Kurve beschreibend die rechte Hand in Richtung Süßkartoffeln, aber ehe ich zugreifen konnte, kullerte eine davon auf die Straße. Flink las sie Rotwolltuch auf. Und wie er sie aufhob meinte er: »De Siasskattoffe, des is a guade Siasskattoffe! De niehm goa i.«

Auf diese Art bekam ich mit, dass er Süßkartoffel als Siasskattoffe aussprach. Ich erinnere mich, dass ich damals von Chōzō zwei Mal welche erhalten habe, zunächst drei Stück, zuletzt noch eine, insgesamt *fünf Stück*. Indem wir diese hingebungsvoll verspeisten, erreichten wir zu guter Letzt den Ortsrand, wo sich wieder ein kleiner Vorfall ereignete.

26

Am Ortsende gab es eine Brücke. Darunter floss ein Fluss mit blauem Wasser. Ah, wir verlassen jetzt die Stadt, kam mir beiläufig in den Sinn, denn meine Aufmerksamkeit galt ganz und gar den Süßkartoffeln, und so bemerkte ich zunächst gar nicht, dass da ein Fluss war, ehe wir an die Brücke kamen. Aber plötzlich war da Wasserrauschen, und davon hellhörig geworden, trat ich auf die Brücke. Ah, ein Fluss! Wasser rauscht! – Alles irgendwie dummes Gerede, aber ich versuche meine Darstellung möglichst der Wirklichkeit anzunähern, daher passt es am besten, es auf diese Weise aufzuschreiben. Es handelt sich somit keineswegs um die üblichen Schilderungen, mit denen Romanschriftsteller herumspielen und von denen siebzig Prozent aus der Luft gegriffen sind. Wenn es sich hier also nicht um Ausschmückungen handelt, dann zeigt das nur aufs Deutlichste, wie sehr mir die Kartoffeln geschmeckt hatten. Erschrocken vom Wasserrauschen, blickte ich vom Brückengeländer hinab und es war mir klar, warum es derart rauschte, denn im Fluss befanden sich jede Menge riesiger Felsen. Und diese waren derart wild durcheinander gewürfelt, als wollten sie dem Wasser den Weg verbauen. Das Wasser wiederum stürzte ungestüm darauf zu. Noch dazu gab es ein starkes Gefälle. Als wolle es die Wucht, mit der es von den Bergen herabstürzte, abmildern, teilte es sich auf und suchte sich tanzend gegenseitig zu überholen. Eher als um einen Fluss handelte es sich um einen Wasserfall auf Raten. Das vergleichsweise wenige Wasser war außerordentlich ungestüm. Es hatte die waghalsige Hemmungslosigkeit eines aggressiven Hauptstadt-Typen aus Edo. Mal weißen Schaum spritzend, mal wie blaue Bonbons glitzernd, wand und schlängelte es sich und schoss immer tiefer hinab. Ein Höllenlärm. Zur gleichen Zeit ging allmählich die Sonne unter. Ich blickte hoch, aber von Sonnenschein war weit und breit nichts mehr zu sehen. Nur in der Richtung, wo die Sonne untergegangen war, war es noch leicht hell und der Berg, der sich deutlich davon abhob, färbte sich blauschwarz. Es war zwar Mai, aber es war kalt. Allein schon das Wassergeräusch vertrieb jeden Gedanken an Sommer. Dazu noch die Farbe des Berges mit der untergehenden Sonne im Rücken und die Vorderseite in Schatten getaucht – wie nennt man wohl diese Farbe? Wenn es nur um die Beschreibung ginge, wäre es egal, ob violett, schwarz oder blau, aber die Stimmung dieser Farbe auszudrücken, da versagt jede Beschreibung. Ich hatte das Gefühl, dass sich dieser Berg jeden Moment in Bewegung setzen und sich mir mit seinem ganzen Gewicht über den Kopf stülpen würde. Deshalb war mir wohl kalt. Und tatsächlich würde in ein, zwei Stunden alles um mich herum vollständig diese schaurige Farbe des Berges annehmen, ich selber, auch Chōzō, die »Ibaraki-Provinz« auch, die ganze Welt würde vollends in diese eine Farbe getaucht werden, das wurde mir irgendwie bewusst, und diese Farbe, die sich in zwei Stunden einstellen würde, die habe ich vor zwei Stunden beim Sonnenuntergang als Farbe einer einzigen Stelle erkannt, und davon verführt, würde sich diese Farbe des Berges ausbreiten, das ahnte ich, und daraus bildete sich mein Gefühl, der Berg würde sich bewegen und sich über meinen Kopf stülpen – so habe ich das jetzt an meinem Tisch analysiert. Schrecklich, wenn man Zeit hat, unternimmt man die überflüssigsten Sachen. Damals war mir einfach nur kalt. So sehr, dass ich fast auf die Wolldecke aus Ibaraki neidisch wurde.

Aber da, vom andern Ende der Brücke her, da drüben war ja nur der Berg, links und rechts der Wald, keine menschliche Behausung weit und breit. – Tatsächlich hätte ich nie im Leben gedacht, dass wir alle Häuser so schnell hinter uns lassen würden, ehe ich die Brückenbretter mit eigenen Füßen betreten hatte. – Von diesem verlassenen Berg nun kam ein junger Bursche daher. Er war so an die dreizehn, vierzehn Jahre alt und trug einfache Strohsandalen. Zunächst konnte ich sein Gesicht kaum erkennen, er kam ja auf dem sich nur schwach hell abzeichnenden Geröllweg, der aus dem dunkel schimmernden Wald herausführte, leichtfüßig daherspaziert. Keine Ahnung, woher und warum er da auftauchte. Der Weg, der durch das dunkle Unterholz führte, bog in ein- bis zweihundert Metern vorne ab, daher konnte man nicht weiter sehen, geradezu wie eine Vorrichtung, um die Gestalt plötzlich freizugeben oder sie zu verbergen; jedenfalls jetzt um diese Zeit an diesem Ort war ich davon ein wenig erschrocken. Ich war gerade im Begriff, mir die vierte Kartoffel an den Mund zu führen, vergaß aber, meinen Kiefer zu bewegen und betrachtete für eine Weile diesen Jungen. Für eine Weile, das heißt, nicht länger als knappe zwanzig Sekunden. Zweifellos habe ich mich umgehend wieder meiner Süßkartoffel gewidmet.

27

Ob der Junge seinerseits erschrak, als er uns sah, kann ich nicht mit Sicherheit sagen, er kam jedenfalls ohne Zögern näher. Als er etwa auf zehn Meter herankam, sah ich einen runden Kopf, ein rundes Gesicht, eine runde Nase, irgendwie war an dem Jungen alles rund. Verglichen mit dem Rotwolltuch war er aber von wesentlich besserer Gestalt. Wir drei, die wir nebeneinander standen, versperrten den Weg diesseits der Brücke, was ihn aber nicht davon abhielt, ohne Zaudern sich an uns vorbei zu drängen. Er war von ungewöhnlicher Gelassenheit.

Da rief Chōzō, wieder einmal: »Hey, Junge!«

»Was gibt's?«, entgegnete der Junge ohne den Anflug von Schüchternheit. Er hielt unvermittelt an. Ich erschrak auch ob seiner Kühnheit. Nur so einer konnte in der Abenddämmerung ganz allein vom Berg herunterkommen. Unsereinem bereitete in seinem Alter der Gedanke, nachts etwa den Aoyama-Friedhof zu durchqueren, nicht wenig Qualen.

Während ich von Bewunderung ergriffen war, fragte Chōzō: »Wie wär's mit Süßkartoffeln?« und hielt ihm freigiebig zwei von den übrig gebliebenen Kartoffeln vor die Nase. In dem Augenblick riss er die beiden Kartoffeln geradezu gewaltsam an sich und fing sofort ohne ein Wort des Dankes an, eine davon zu verdrücken.

Unverwandt beobachtete ich sein flinkes Handeln und sagte mir wiederum bewundernd, wer alleine vom Berg herunterkommt, bei dem läuft manches eben anders als bei einem selber. Davon ungerührt verschlang dieser fremde Junge selbstvergessen seine Kartoffeln. Und zwar verschlang er, was er im Mund hatte, ohne es richtig einzuspeicheln, so dass seine Gurgel dumpf würgende Töne von sich gab. Es wäre angenehmer, langsamer zu essen, aber allen besorgten Gedanken zum Trotz schlang er weiter, als wolle er sagen, es ist weit weniger qualvoll, als es den Anschein hat. Es sind ja Süßkartoffeln und natürlich nicht mehr hart. Egal, wie sehr sie geschlungen werden, die Kehle wird dadurch kaum verletzt, stattdessen ist, solange die Kehle vollgestopft und die Süßkartoffel die Speiseröhre nicht passiert hat, der Atem blockiert. Das war dem Jungen völlig egal. Da bewegte sich seine Kehle mit einem Ruck, und nun schon wieder. Die zweite Batate folgte der ersten nicht weniger ungestüm in den Magen hinterher. Die beiden Süßkartoffeln waren recht große Exemplare, aber sie waren im Handumdrehen weggeputzt. Der Junge zeigte keine Anzeichen davon, dass etwas nicht in Ordnung sei.

Wir drei sahen schweigend jeder für sich zu, wie der Junge die Süßkartoffeln verschlang, und wir wechselten kein Wort, solange bis alles aufgegessen war. Irgendwie fand ich ihn eigenartig. Zugleich spürte ich auch etwas wie Erbarmen. Es war nicht bloß Mitleid. Die Erinnerung daran, wie ich eben vor Hunger Chōzō um die Süßkartoffeln angebettelt hatte, war mir noch schmerzhaft nahe, und die Essweise des Jungen besagte, dass er doppelt, ja dreifach so viel Hunger hatte wie ich.

Chōzō, der bis hier gewartet hatte, fragte: »Hat's geschmeckt?«

Bevor ich selbst die Hand nach den Süßkartoffeln ausgestreckt hatte, war es mir ein Bedürfnis gewesen, Dank zu sagen, und mich interessierte nun, was der Junge sagen würde, nachdem er bereits davon gemampft hatte, aber leider sagte der wiederum kein Wort. Schweigend stand er da. Dann sah er in Richtung des Berges in der Dämmerung. Erst später wurde klar, der Junge war völlig verwildert und kannte keinerlei Worte des Dankes. Als ich das verstanden hatte, fand ich nichts weiter dabei, aber in diesem Augenblick dachte ich, dass er, ganz im Gegensatz zu seinem Gesicht, ein ungebügelter Kerl sei. Aber als er seinen runden Kopf umwandte und einen seltsamen Blick zum Gipfel des hohen, tiefdunklen Berges hinaufwarf, tat er mir hingegen leid. Dann wiederum kam eine gewisse Unsicherheit auf. Wodurch sie ausgelöst wurde, war mir nicht ganz klar. Der kleine Junge, der hohe Berg, die Nachtdämmerung und der Bergort hier, alles war vielleicht durch irgendeine tiefe Fügung miteinander verbunden. Ich hab nicht so viele Gedichte oder Prosa gelesen, aber vermutlich handeln sie gerade mit Vorliebe von solchen Schicksalsdingen. Dann würden die Gedichte und Geschichten ja an den seltsamsten Orten aufgelesen und verfertigt werden. Ich bin lange Jahre hier und dort herumgezogen und immer wieder auf solch schicksalshafte Dinge gestoßen, und selbst ich fand es manchmal höchst eigenartig. – Aber das alles lässt sich in Ruhe bedacht meist auflösen. Dieser Junge hier ist wohl eine missglückte Wiedergeburt aus dem Kinderlied »Vom Berg herab ein Bube kam««, das ich als Kind gehört hatte. Alles Übrige wäre reine Spekulation, daher belasse ich es dabei. Der Junge machte nur so ein eigenartiges Gesicht als er den schwarzen Berggipfel anschaute.

28

Da fragte Chōzō: »Wohin geht er denn?«

»Ich gäh niagans hie«, antwortete er, indem er sofort seinen Blick vom schwarzen Berg abwandte.

Seine außergewöhnliche Unfreundlichkeit passte irgendwie nicht zu seinem Gesicht. Aber es focht Chōzō nicht weiter an und er fragte nach: »Geht's also heim?«

»Gäh a ned hoam«, sagte der Junge ebenso ungerührt. Bei diesem Hin und Her fühlte ich mich mehr und mehr beunruhigt. Der Junge war zweifellos obdachlos und ich konnte mir bisher nicht im Traum einen so jungen, einsamen und derart forschen Obdachlosen vorstellen, aber dennoch hatte ich, was naheliegend war, weniger Mitleid und Bedauern als ein Gefühl des Unheimlichen. Chōzō allerdings schien von solchen Gefühlen nicht im Geringsten berührt. Für Chōzō reichte es offensichtlich herauszufinden, ob der Junge nun obdachlos war oder nicht. Da wandte er sich an ihn, der nirgendwohin ging und nirgendwohin zurückkehren wollte.

»Dann geh halt mit uns. Ich sorg dafür, dass du Geld verdienst«, worauf der Junge ohne lange Überlegung zustimmte: »Hm!«

Sei es beim Rotwolltuch, sei es hier bei dem Jungen, ich erschrak, wie unglaublich schnell der Handel jeweils zustande kam. Wären alle Menschen stets so einfach gestrickt, gäbe es wohl kaum große Probleme miteinander. Dabei habe ich, der hier das so sagt, verglichen mit dem Rotwolltuch und dem Jungen wohl am allerwenigsten Mühe bereitet. Ich war ob der Leichtgläubigkeit des Jungen nicht wenig erschrocken, bemerkte aber zugleich, dass es auf der Welt eine Menge Leute gab, die sich ganz wie ich in jede beliebige Richtung völlig frei und wurzellos treiben ließen. In Tōkyō laufen so viele Leute herum, dass es einem die Augen verdreht, aber stets in Bewegung, sind doch alle fest verwurzelt; und als ich zufällig wurzellos wurde, dachte ich, ich sei weit und breit der Einzige, dem es so ergeht, hab meinen Kimono hochgesteckt und bin von Senju aus losmarschiert. Deshalb war meine Unsicherheit doppelt groß, aber in der Stadt vorhin hatten wir ja ganz unbeabsichtigt das Rotwolltuch aufgegabelt. Und keine zwanzig Minuten, nachdem uns das Rotwolltuch in die Hände gefallen war, hatten wir den Jungen aufgegabelt. Und die beiden waren weitaus stärker als ich entwurzelt. Nun da ich einen Gefährten nach dem andern bekommen hatte, war ich ganz unbekümmert, ob wir in die Berge gingen oder an einen Fluss. Zum Glück oder Unglück war ich in eine gehobene Familie geboren worden und führte bis gestern Abend um neun Uhr das makellose Leben eines Muttersöhnchens. Meine Leiden waren natürlich die eines ebensolchen, und der Ausbruch von Zuhause auf dem Höhepunkt meiner Qualen war letztlich nichts mehr als der eines verwöhnten Bürschchens. Gerade weil ich diesem Ausbruch eine übergroße Bedeutung beimaß, empfand ich dafür zwar nicht gerade Dankbarkeit, aber ich hielt ihn doch für das größte Ereignis meines Lebens. Für mich war es, als würde ich an der Weggabelung von Leben und Tod stehen. Das heißt, in meinen Augen als Muttersöhnchen gab es auf der ganzen Welt keinen einzigen Menschen, der da je von zu Hause weggerannt wäre. Und wenn schon mal, dann höchstens in der Zeitung. Aber in der Zeitung wird so eine Durchbrenn-Geschichte in die Fläche gebannt und treibt da auf einem Blatt Papier daher, quasi in unsichtbarer Tinte, nichts Richtiges zum Reinbeißen. Das war wie ein Telefonat aus einer anderen Welt, »ach was, so was, ja ja«. Daher vermittelt einem der wirkliche Ausbruch aus innerstem Drang heraus das dankbare Gefühl, es selbst ganz allein zu machen. Natürlich habe ich einfach nur gelitten, bin einfach nur durchgebrannt und ich hatte, da ich kaum je Gedichte noch schöne Literatur gelesen hatte, nicht im Geringsten vor, die Qualen und die Verzweiflung meiner Lebensumstände als Roman zu verstehen, um dann in diesem Roman von vorn bis hinten herumzuwirbeln, ganz groß zu leiden, ganz groß zu verzweifeln, gleichzeitig dann meinen miserablen Zustand von außerhalb zu beobachten und ihn – »ach, wie poetisch« – zu bestaunen. Auf eine derart frühreife Idee wäre ich nie gekommen. Wenn ich sage, dass ich meine Flucht von Zuhause unangemessen hoch schätzte, will ich damit nur andeuten, dass ich allein aufgrund meiner Unerfahrenheit etwas, das auch ohne große Übertreibung denkbar war, maßlos überschätzt hatte, und ganz auf mich gestellt, völlig aus der Fassung geraten war. Aber diese Fassungslosigkeit schwächte sich umgehend ab, als ich dem Rotwolltuch begegnete, als ich dem Jungen begegnete und als ich beider Gelassenheit sah, eben darin bestand das Geschenk dieser Erfahrung. Offen gestanden, waren sowohl das Rotwolltuch als auch der Junge damals im Vergleich zu mir bei weitem bewundernswerter.

29

Mühelos ließ sich Rotwolltuch fangen. Ebenso der Junge. Auch ich selber war ja ohne großen Widerstand eingenommen worden, da muss man zugeben, dass Chōzōs Geschäft keineswegs vergebliche Plackerei war. »Kannst Bergmann werden!« – »Ah, wirklich? Na dann werden wir's halt!« Jemanden, der bei diesem lächerlichen Frage-Antwortspiel sofort einwilligt, dachte ich, so einen Idioten gäbe es auf der ganzen weiten Welt nur einen, nämlich mich, der nachts mit hochgeschürztem Kittel von Zuhause abgehauen war. Folglich wäre es vollkommen ausreichend, wenn es in ganz Japan nur einen von der Sorte Chōzōs mit seinem bequemen Geschäft gäbe, und der wäre einzig und allein dazu ausersehen, ausgerechnet mir zu begegnen. Zugegeben, damit wäre nun wahrlich kein Geschäft zu machen gewesen. Deshalb nahm ich an, verstehe sich von selbst, dass diese Arbeit weitaus mehr Geduld und Ausdauer verlangt, als vom Flussufer des *Okawa*-Stroms aus einen drei Fuß langen Karpfen zu angeln, aber Chōzōs Gesichtsausdruck besagte, derlei Bedenken seien völlig überflüssig, und ohne jede Spur von Minderwertigkeitsgefühl las er Männer von der Straße auf in einer Art, als sei es der alltäglichste, öffentlich anerkannteste Beruf. Und seltsamer Weise willigten die so Aufgegabelten ohne großes Zögern ein. Damit erweckte er tatsächlich den Eindruck, es handle sich nun wirklich um das normalste Geschäft der Welt. Ja derart erfolgreich sei dieser Job, dass nun einer allein für ganz Japan bei weitem nicht ausreichte, und sich beliebig viele in diesem Gewerbe betätigen könnten. – Er selber denkt wohl sicher so. Und auch ich habe es geglaubt.

Und so folgten der sorglose Chōzō, der noch sorglosere Bursche, das Rotwolltuch und ich, der allen nacheiferte und dabei war, ganz und gar sorglos zu werden, so wie wir waren, dem Weg jenseits der Brücke nach links. Von jetzt an ging es den Fluss entlang aufwärts und wir sollten Acht geben, wurde uns beschieden. Da ich gerade die Bataten gegessen hatte, war ich zumindest nicht hungrig. Meine Beine waren seit gestern Abend in Bewegung und reichlich schlapp, aber fürs erste machten sie's noch. Nun hielt ich mich an den Hinweis, möglichst achtsam zu sein und blieb Chōzō und dem Rotwolltuch auf den Fersen. Da der Weg nicht sehr breit war, konnten wir nicht zu viert nebeneinanderher gehen. Deshalb hing ich mich hinten dran. Der Junge war klein, weshalb auch er ganz dicht hinter mir her folgte. Ich hatte einen vollen Magen und schwere Beine, folglich keine Lust, mich zu unterhalten. Selbst Chōzō hatte sich, seit wir die Brücke überquert hatten, nicht mehr mit seinem »Er da« an uns gewandt. Rotwolltuch war bereits, als wir uns vor der Imbissbude unterhalten hatten, nicht gerade gesprächig, nun war er, warum auch immer, ganz verstummt. Der Junge war von vornherein verstockt. Nur das Klatschen seiner billigen Strohsandalen war zu vernehmen. Wo alle derart verstummten, war ein Bergweg eine stille Angelegenheit. Besonders bei Nacht kam man sich umso verlassener vor. Da die Sonne gerade eben untergegangen war, sah man den Weg trotz der Dunkelheit noch gerade irgendwie. Es mochte täuschen, aber das linker Hand herabschießende Wasser schien allmählich anzufangen zu leuchten. Nicht gerade glitzernd. Irgendwie schien das sich dunkelschwarz Bewegende zu leuchten. Da wo es auf Felsen stürzte und auseinanderspritzte, war es vergleichsweise deutlich weiß. Und es rauschte unaufhörlich. Ein ziemliches Tosen. Ziemlich verlassen. Allmählich hatte ich das Gefühl, dass der Weg anstieg. Der Anstieg allein war nicht sehr anstrengend, aber der Weg war recht uneben. Die Felsen reichten vom Bett des Flusses bis hierher und ragten hier und dort hervor. Daran stieß man mit den Holzsandalen. So richtig dagegen getreten, hob es einem förmlich die Eingeweide. Das Gehen wurde zusehends beschwerlich. Chōzō und das Rotwolltuch schienen mit Bergwegen gut vertraut zu sein und marschierten flott voran. Was soll's, aber der Kleine, der war richtig unheimlich. Mit seinen schmatzenden Strohsandalen sprang er hurtig über die dunklen Unebenheiten. Das alles ohne ein Wort zu verlieren. Bei Tage würde ich mir nichts dabei denken, aber so im Halbdunkeln ging mir das schmatzende Klatschen seiner Sandalen auf die Nerven. Mir war, als marschierte ich neben einer Fledermaus.-

30

Inzwischen ging es immer steiler voran. Unbemerkt entfernten wir uns vom Fluss. Ich kam außer Atem. Der Weg wurde immer holpriger. Heftiges Pochen in den Ohren. Wenn ich hier nicht gerade dabei wäre, durchzubrennen, hätte ich schon seit geraumer Zeit einige Beschwerden aneinander gereiht, aber da alles mit einem misslungenen Selbstmordversuch begann, und das hier der erste Versuch der Selbstvernichtung war, verbot es sich schlicht, übertriebene Forderungen zu stellen, egal, wie hart und mühsam es auch sein mochte. Wer andres war denn schon mein Gegner als ich selber. Wenn es darauf ankam, hatte ich keinen Mut, bis ans Ende zu gehen. Die da vorn waren derart gelassen, die würden mich als Gegner gar nicht ernst nehmen. Die gingen nur einfach flott drauf los. Ließen keine Silbe fallen. Da gab es schlicht keinen Angriffspunkt. Außer Atem und mit sausenden Ohren ging ich gehorsam hinterdrein. Das Wort für gehorsam kannte ich seit meiner Kindheit, aber die Bedeutung davon hab ich hier zum ersten Mal so richtig verstanden. Es war geradezu lachhaft, dass der Beginn dieser Erkenntnis bereits schon das Ende davon sein sollte, aber nachdem ich sie gewonnen hatte, zog sie sich ziemlich lang hin und erreichte im Bergwerk ihren absoluten Höhepunkt. Wenn es bis ans Äußerste der Gehorsamkeit kam, dann nahm man sogar von den allfälligen Tränen Abstand. Es heißt oft, es kommen einem fast die Tränen, aber solange einem Tränen kommen, hat es noch etwas Beruhigendes. Fest steht, wer Tränen vergießt, kann auch noch Lachen.

Seltsam genug, dass jemand, der derart unter Gehorsamkeit litt, inzwischen völlig anteilslos nicht mehr die Spur davon aufbringen konnte, folglich von den Leuten als ein Drückeberger angeschaut wurde. Chōzō, der sich damals meiner angenommen hatte, würde mich heute bestimmt für einen übergeschnappten Kerl halten. Während ein Freund von heute vermutlich sagen würde, damals sei ich bedauernswert gewesen. Egal, ob unverschämt oder bedauernswert. Früher gehorsam, jetzt anmaßend, das ist einfach nur der Lauf der Dinge. Der Mensch ist nun mal so, da ist nichts zu machen. Es wäre ja auch absurd, beim Gefühl des Winters stehenzubleiben und auch noch im Sommer zu schlottern. Nur weil man im Fieberzustand mal kein Rindfleisch essen wollte, macht der Befehl, die Stäbchen nie mehr zum Fleischtopf führen zu dürfen, keinen Sinn, und käme er von einem Fürsten. Es heißt ja, ist's erst mal durch die Kehle, ist auch die Hitze vergessen, dagegen wird oft so getan, als wäre es unverzeihlich etwas zu vergessen, dabei ist das Vergessen ganz selbstverständlich und gerade das Nichtvergessen eine Lüge. Das mag etwas spitzfindig klingen, ist es aber nicht. Ich sage nur die reine Wahrheit. Ich finde es unmöglich, dass sich Menschen einbilden, ein solides Ding zu sein. Wie oft kommt es vor, dass einen Leute, ohne überhaupt die momentane Situation in Betracht zu nehmen, einfach nur so in irgendwas hineinzwingen wollen. Ich versteh ja noch, dass man einen anderen gern dazu bewegen will, aber sich selber liebend gern in die Zange zu nehmen, das habe ich noch nie gehört. Wenn alle auf den gleichen Nenner gebracht werden sollen, dann bleibt einem nichts anderes, als sich aus der Welt der Körper in die der Fläche zu flüchten. Leute, die stets aufs Geradewohl hin die Untreue, Unzuverlässigkeit oder den Wankelmut der anderen tadeln und alles von vorn bis hinten dem Gegenüber in die Schuhe schieben, das sind Leute, die sich ganz im Flachland des Gedruckten eingebürgert haben und sich nichts anderes als in Drucklettern gesetzte Herzen vorstellen können und das auf ihre Fahne geschrieben haben. Unter guten Töchtern und verwöhnten Bürschchen, unter Forschern und

Weltfremden und auch unter großen Fürsten gibt es davon nur allzu viele und das macht die Sache kompliziert. Hätte ich mich damals nicht aus dem Staub gemacht, sondern wäre als braves Söhnchen brav zum Erwachsenen geworden – nie hätte ich gewusst, dass sich mein Gefühl verändert, sondern stets nur besorgt gedacht, da bewegt sich nichts, da darf sich nichts bewegen, und wenn sich was ändert, ist es um mich geschehen, ja es ist geradezu eine Sünde, und ich wäre einfach nur älter geworden –, hätte einfach nur irgendein Metier betrieben, mein Gehalt kassiert, mich mit einer friedlichen Familie und mittelmäßigen Freunden begnügt, wäre nicht vor die Notwendigkeit der Selbstbetrachtung gestellt worden; ja, hätte mich dieser Umschwung der Gemütsstimmung erst gar nicht heimgesucht, dass man so etwas wie Selbstbetrachtung betreiben konnte, hätte ich nicht alle diese Qualen, diese Not, dieses Herumziehen, dieses Nomadenleben, diese Erschöpfung und diese Angst, dieses Gewinnen und Verlieren, und mehr als alle Vor- und Nachteile, hätte ich diese Erfahrungen nicht gemacht, und hätte ich diese zu guter Letzt nicht in aller Offenheit sezieren und über jeden einzelnen Schritt dieser Analyse kritisch hinausgehen können, hätte ich dazu nicht die Fähigkeit gehabt – zum Glück hatte ich dieses übergroße Geschenk –, wäre das alles nicht gewesen, würde ich keineswegs etwas derart Verwegenes behaupten. Und egal wie verwegen, ein Grund zur Einbildung ist es allemal nicht. Ich sage nur wie es ist, mehr nicht. Hingegen kann man nie sagen, dass jemand, der ehedem bescheiden, sich jetzt aber überheblich gibt, nicht wieder mal gehorsam werden würde. – Die Beine, die schier abfielen, steif wie Stöcke gestreckt, von weitem drang das Rauschen des Wassers an die dröhnenden Ohren. Ich wurde unaufhörlich gehorsamer.

31

In diesem Zustand war ich ziemlich weit gekommen. Keine Ahnung, wie viele Meilen. Wegen der Nacht allein schon kam einem der Weg länger als gewöhnlich vor, und durch den holprigen Anstieg schwollen einem die Waden an, die Kniescheiben rieben Knochen an Knochen, die Oberschenkel wollten einem abfallen, so ging man dahin, ob nun weit oder nicht so weit, das allein war ja schon ein Zeichen, dass man lebte, und irgendwie schaffte ich es, mich nicht weiter als zehn, zwölf Meter von Chōzō abhängen zu lassen. Das war nicht das Ergebnis selbstloser Entsagung eines sich gehorsam verleugnenden Selbst. Wenn ich nur mehr als zehn Meter zurückfiel, drehte sich Chōzō um und weil er fünf, sechs Schritte wartete, blieb einem nichts anderes, als wieder aufzuholen. Bevor ich aber aufholte, ging er wieder los. Was blieb mir anderes, als mich schleppend und stückweise immer wieder aufzuraffen. Abgesehen davon hatte Chōzō hinter sich alles im Blick. Es war ja mitten in der Nacht. Links und rechts ragten schwarze Bäume eindrucksvoll in die Höhe, erst ein Blick nach oben ließ ahnen, dass da oben tatsächlich ein schmaler Streifen Himmel lag, derart dunkel war der Weg. Man spricht zwar vom Sterneleuchten, aber darauf war hier kaum Verlass. Natürlich hatte keiner etwas wie eine Fackel bei der Hand. Für mich war Rotwolltuch, der mir voranging, der Orientierungspunkt. Nicht etwa, dass man bei Nacht das Rot besonders gut sehen konnte, aber irgendwo musste da das Rotwolltuch sein. Solange es hell war, hatte ich das Wolltuch, eben jenes Wolltuch so ehrfürchtig wie ein Heiligtum angestarrt, wohl nur deshalb konnte ich bei Dunkelheit, wo plötzlich weder Tuch noch sonst irgendetwas zu unterscheiden war, da konnte nur ich allein eben jenes Rotwolltuch sehen. Die sogenannten Wohltaten eines ehrfürchtigen Glaubens entstanden vermutlich aus derlei Erscheinungen. Kurz gesagt, ich hatte für mich selber eine Art Wegweiser bestimmt, aber in welchem Abstand ich tatsächlich Chōzō hinterher gelaufen war, konnte ich beim besten Willen nicht sagen. Aber sobald es mehr als zehn, zwölf Meter waren, blieb er stehen. Ob er für mich oder einfach nur aus eigenem Belieben anhielt, war unklar, jedenfalls blieb er stehen. Für einen Laien war das ein Ding der Unmöglichkeit. Bei aller Beschwerlichkeit empfand ich nicht wenig Bewunderung für Chōzō, der sich diese Fertigkeit, die ja für sein Metier unentbehrlich war, durch lange Übung angeeignet und perfektioniert hatte. Da Rotwolltuch mit Chōzō auf gleicher Höhe ging, blieb der bestimmt auch stehen, wenn Chōzō anhielt. Sobald Chōzō weiterging, ging auch er wieder unverdrossen los. Ein Mann, der ganz und gar wie eine Puppe funktionierte. Zweifellos war dieses Rotwolltuch wesentlich einfacher zu handhaben, als ich, der ich dazu tendierte, zurückzufallen. Der Junge, na das Bürschchen von vorhin, der war einfach verschwunden. Anfangs fürchtete ich noch, als Kleiner würde er bestimmt zurückbleiben, und war entschlossen ihn anzufeuern, falls er schlapp machen sollte, aber als ich dann das aufdringliche Klatschen seiner speckigen Strohsandalen hörte, mit denen er flink den holprigen Weg voranhüpfte, war mir klar, soweit wird es nicht kommen, aber das war nun schon eine ganze Weile her. Das Klatschen war zunächst beim Anstieg ganz dicht neben mir, nun war um mich herum auch nicht die Spur seines Schattens. Als wir so gleichauf gingen und er, ein Junge, derart energisch drauflos marschierte – nicht nur energisch, darüber hinaus auch noch äußerst schweigsam –, war's mir geradezu unheimlich. Wer darüber lacht, der soll sich ein äußerst kleines, unglaublich aktives, aber ganz schweigsames Tier vorstellen. So etwas gibt es doch kaum. Jedem wird unheimlich zumute, der mit solch einem Tierchen einen Berg bei Nacht überquert. Wenn ich mir jenen Jungen damals vorstelle, dann überkommt mich auch heute noch ein eigenartiges Gefühl. Eine Art Schauer. Vorhin sprach ich von einer Fledermaus, und er war absolut eine Fledermaus. Da Chōzō und Rotwolltuch dabei waren, ging es einigermaßen, aber mit der Fledermaus zu zweit allein – ehrlich gesagt, da hätte ich gepasst.

32

Und plötzlich im Dunkeln Chōzōs Stimme: »Heeey!«, schrie er.

Ich weiß nicht, wer schon mal auf einem gottverlassenen Weg mitten in der Nacht plötzlich eine menschliche Stimme gehört hat, jedenfalls hat es etwas sehr Eigenartiges. Es ginge noch an, wenn es eine normale Sprechstimme wäre, aber dieses »Heeey«, das er so unvermittelt hinausschrie, hatte etwas durchweg Markerschütterndes. Auf einem Bergpfad im Stockdunkeln, noch dazu in Begleitung einer Fledermaus, so richtig in einem unheimlichen Moment der Unachtsamkeit, genau da erhob Chōzō aus Leibeskräften seine Stimme. Dieses »Heeey« kam schlicht zur falschen Zeit und am falschen Ort, Überraschung und Vorahnung wurden eins und hinterließen in meinem Kopf ein seltsames Echo. Hätte die Stimme mir gegolten, wäre ich einfach nur erschrocken und hätte angenommen, da sei etwas vorgefallen, aber die Stimme war derart laut, dass ich nicht davon ausgehen konnte, sie gelte mir, da ich nun mal nur zehn, zwölf Meter weit zurücklag. Die Stimme tönte zudem in eine andere Richtung. Jedenfalls nicht in meine. Das »Heeey« hatte zwar eine gewisse Richtung, aber es wurde von den Bäumen abgeschirmt und drang den schmalen Weg weit hinüber und schallte als Echo von ziemlich weit drüben zurück. Es gab zweifellos ein Echo, aber da kam keine Antwort. Daraufhin hob Chōzō nochmals mit einer wesentlich lauteren Stimme als vorhin erneut an: »Jungeee!«

Wenn ich jetzt darüber nachdenke, war es schon komisch, ohne den Namen zu kennen, einfach nur »Junge« zu rufen, aber damals kein bisschen. In dem Augenblick, als ich die Stimme hörte, hatte ich den Eindruck, die Fledermaus habe sich versteckt. Es schien klar, anzunehmen, er sei entweder vorausgegangen oder er habe sich einfach aus dem Staub gemacht, aber an erster Stelle daran zu denken, er habe sich versteckt, das zeigt, dass ich zweifellos von der Fledermaus verhext worden war. Dieser Fluch hat sich am nächsten Morgen ganz und gar aufgelöst, und ich selbst sagte mir sogar, wie dumm ich doch war, aber als ich dieses hinausgerufene »Jungeee« gehört hatte, wurde mir zweierlei. Wie vorhin breitete sich das Echo wieder nach drüben aus und da keine Begrenzung da war, erlosch es geisterhaft wie der Schweif einer Menschenseele, und als alle Bäume, Berge und Täler daraufhin wieder in Stille versanken, war da keine Spur von einer Antwort. Solange, bis das sich bange hinziehende Echo verklungen und die ganz Welt wieder still war, standen wir drei, Chōzō, das Rotwolltuch und ich, die Nasen im Dunkeln zusammengesteckt schweigend da. Es herrschte keineswegs eine angenehme Stimmung. Folglich sagte Chōzō: »Wenn wir uns ranhalten, holen'ma den ein. Er da, isses in Ordnung?«

Natürlich war da nichts in Ordnung, aber was blieb mir anderes übrig, als einzustimmen und eilig loszugehen. Eigentlich war es mir an dem Punkt kaum möglich, etwas derart Vorwitziges wie Eilfertigkeit an den Tag zu legen, aber wie das Leben so war, weder Lust noch Energie zur Eile, willigte ich dennoch artig ein. Vermutlich habe ich dabei ziemlich dumm dreingeschaut, so oder so, Tatsache ist, dass wir uns zuletzt wahnsinnig beeilt haben. Auf welchem Wege und wie wir hierher gekommen sind, davon habe ich offen gesagt nicht die geringste Ahnung. Erst als Chōzō abrupt anhielt, wurde ich es gewahr. Wir waren vor einem Haus angekommen. Eine Lampe brannte. Der Schein der Lampe fiel auf den Weg. Was war ich glücklich. Das Rotwolltuch konnte ich ganz deutlich sehen. Und der Junge war auch da. Der Schatten des Jungen fiel quer über die Straße und erstreckte sich bis ins Tal hinüber. Für den Jungen war der Schatten recht lang. Es überstieg meine Vorstellungskraft, dass hier in dieser Gegend ein bewohntes Haus sein könnte, dazu kam, dass mir die Augen flimmerten, die Ohren dröhnten, da wir einfach nur besinnungslos drauflos gehetzt waren, ohne zu wissen, wie weit wir hetzen würden, ohne Ziel und ohne Hoffnung; entsprechend erschrak ich, als mir in dem Augenblick, wo wir anhielten, eine Lampe gleißend in die Augen leuchtete. Es war einfach ganz und gar unerwartet. Über meinen Schrecken hinaus empfand ich zugleich, wie sehr eine Lampe etwas zutiefst Menschliches ausstrahlte. Bis dato hatte ich noch nie für eine Lampe so viel Dankbarkeit empfunden. Später haben wir auch erfahren, dass der Junge bis zu diesem Lampenschein vorausgeeilt war und hier auf uns gewartet hatte. Er habe uns zwar rufen gehört, aber einfach nicht geantwortet. Ein Prachtkerl.

33

Nun waren wir alle wieder traulich vereinigt, ich aber ergeben wie je fragte mich, wie es denn nun weitergehen würde, als uns Chōzō plötzlich am Straßenrand stehen ließ und allein ins Haus hineinging. Ich spreche hier nur aus Verlegenheit von Haus, denn in Wahrheit ist das Wort dafür zu schade. Mit einer Kuh drinnen wäre es ein Kuhstall, würde ein Pferd wiehern, ein Pferdestall. Offenbar werden hier Strohsandalen verkauft. Außer der Wand, den Strohsandalen und der Lampe war rein gar nichts zu sehen, daher hab ich das mal angenommen. Die Vorderfront war knapp zwei Meter breit, und im Eingang war der eine Flügel der Regentür halb verschlossen. Die andere Hälfte schien die ganze Nacht über offen zu stehen. Vielleicht hatte sich diese in der Fuge der Türschwelle verklemmt und ließ sich gar nicht mehr bewegen. Selbstredend war es ein Strohdach, aber es sah mit dem alten, vom Regen durchweichten Stroh halb verfallen und recht mitgenommen aus. Die Linie zwischen Nachthimmel und Dach war kaum auszumachen, beide schienen eins zu sein. Da ging Chōzō rein. Es wirkte geradezu als sei er in ein Loch hinein gekrochen. Und er redete. Wir warteten zu dritt draußen. Keine Ahnung, ob mein eigenes Gesicht für die anderen sichtbar war, aber das von Rotwolltuch und dem Jungen konnte ich im Schein der Lampe, das schräg aus der Hütte fiel, gut erkennen. Rotwolltuch wirkte nach wie vor abwesend. Zweifellos machte er selbst in kritischen Situationen, etwa bei einem Erdbeben mit herabstürzenden Balken oder am Sterbebett seiner Eltern, das gleiche Gesicht. Der Junge schaute zum Himmel. Er hatte nach wie vor etwas Unheimliches. Dann kam Chōzō zum Vorschein. Er trat aber nicht vor das Haus auf den Weg heraus. Er blieb uns zugewandt auf der Türschwelle und nur das Licht der Lampe fiel schmal zwischen seinen Beinen hindurch. Es wirkte, als sei die Position der Lampe plötzlich tiefer. Das Gesicht Chōzōs konnte ich natürlich nicht erkennen.

»Leute, alle mal herhören. Jetzt noch den Berg zu überqueren, schaffen wir nicht, deshalb übernachten wir hier. Kommt alle rein.«

Als ich diese Worte hörte, fiel aller Gehorsam ab und mein Körper sackte förmlich in sich zusammen. Bisher hatte ich beim Anblick dieses Kuhstalls nicht im Entferntesten daran gedacht, welch ungemeine Erleichterung es wäre, hier zu übernachten. Mir schien, dass sich infolge meines Gehorsams das Bedürfnis zum Übernachten erst gar nicht eingestellt hatte, selbst als wir einen passenden Ort dafür gefunden hatten. Das zeigt, wie einfach der Mensch zu manipulieren ist. Egal, wie unmöglich, er akzeptiert bedingungslos alles von oben her, und er scheint schon damit glücklich zu sein, wenn nur kein Missmut aufkommt. Immer wenn ich mich daran erinnere, bin ich sicher, damals der gewissenhafteste und gehorsamste Mensch gewesen zu sein. Ich denke bisweilen sogar, gerade Soldaten müssen wohl genau so sein. Zugleich habe ich erkannt, wenn es möglich ist, dass ein Mensch bewusst ignoriert, wofür bestimmte Dinge da sind, er zuletzt sogar völlig vergessen kann, wofür sie gebraucht werden. –

Bis hierher hab ich versucht, diesen Gedanken niederzuschreiben, aber beim Durchlesen bemerke ich, wie kompliziert und unverständlich das alles ist. In Wirklichkeit ist alles viel einfacher, aber beim Versuch, es kurz zu fassen, ist es mir derart kompliziert geraten. Es ist ungefähr so, wie wenn wir etwa fest überzeugt sind, kein Recht auf Sake zu haben, und wir den Wert von Sake völlig aus dem Blick verlieren, dann werden wir selbst angesichts einer ganzen Reihe von Sake-Flaschen gar nicht auf die Idee kommen, Sake sei zum Trinken. Dass wir uns gegenseitig nicht bestehlen, ist auch nur dadurch möglich, dass wir von Kindheit an künstlich an diese Art von Grenze gewöhnt werden. Aber anders herum ausgedrückt, diese Grenzen sind das Ergebnis davon, einen Teil des Lebens zu lähmen, und wenn man es damit übertreibt, werden alle Menschen Idioten. Kurz, meine bescheidene Überlegung geht dahin, dass es solange man kein Dieb wird, eine Gnade ist, wenn es uns gelingt, alle unsere Fähigkeiten entsprechend ihrer Bestimmung einzusetzen. Wäre ich bis heute der geblieben, der ich damals war, egal, wie gewissenhaft und gehorsam, ich wäre zweifellos ein ziemlicher Trottel geworden. Jeder würde mich für einen Trottel halten. Ein jeder

Mensch sollte gelegentlich wütend werden. Jeder sollte aufbegehren. Jemanden, der zornig werden und aufbegehren kann, dazu zu bringen, unter keinen Umständen wütend zu werden, niemals aufzubegehren, so jemand macht sich wohl einen Spaß daraus, sich selbst zum Trottel zu erziehen. Das ist das schlimmste Gift für den Körper. Wem das ein Ärgernis ist, wäre es da nicht das Naheliegenste, alles dafür zu tun, keinen Anlass für Wut und Aufbegehren zu geben?

34

Ich habe damals in den verschiedensten Situationen zu jedem und allem, was Chōzō von sich gab, Ja und Amen gesagt, und das war für mich damals das Natürlichste auf der Welt. Aber so wie ich heute bin, muss ich sagen, und wären da hundert Chōzōs, die mich sieben Tage und sieben Nächte herumschleifen wollten, ich würde keinen Finger rühren. Letzteres ist für mich heute das Natürlichere. Und dieser Wandel entspricht am ehesten dem Menschen. Nur der Anschaulichkeit halber habe ich hier Chōzō herangezogen, genauer betrachtet, ändert sich aber der Charakter eines Menschen von Stunde zu Stunde. Dieser Wandel ist selbstverständlich und dass dabei Widersprüche zu Tage treten ebenfalls, das heißt, der menschliche Charakter ist voller Widersprüche. Daraus folgt, dass es am Ende aufs Gleiche rauskommt, ob jemand einen Charakter hat oder nicht. Wer glaubt, das sei gelogen, der mache nur einen Versuch. Um sich nicht durch das Experimentieren mit andern Menschen zu versündigen, sollte man mit der Prüfung bei sich selber beginnen. Das geht auch, ohne gleich bis zum Bergmann abzusinken. Wer sich an Gott und seinesgleichen wendet, der wird auch nicht recht viel mehr verstehen. Der Gott, der dieses Problem versteht, derjenige wohnt im eigenen Herzen.

Et cetera, et cetera, da doziere ich hier quasi wie ein großer Gelehrter, ohne überhaupt vom Fach zu sein, ich bitte um Entschuldigung! Ich hatte nicht die leiseste Absicht, etwas derart

Spitzfindiges zu sagen, aber um offen zu sein, geht es im Detail um Folgendes. Leute haben sich immer wieder beschwert, ich sei ein Mensch voller Widersprüche und es stehe schlimm um mich. Derart angegriffen, habe ich jedes Mal ein saures Gesicht gemacht und mich entschuldigt. Mit der Zeit fand ich mich selbst unmöglich, glaubte, kein normaler Mensch zu sein und mich irgendwie bessern zu müssen, fürchtete insgeheim, dass ich alles Vertrauen und alle Orientierung verlieren würde. Da hab ich mich in den verschiedensten Lebenslagen, wie vorhin erwähnt, selbst geprüft und festgestellt, dass weder eine Verbesserung noch sonst was notwendig sei. Das war ich selber und es war nichts weiter als einfach nur menschlich. Und da fing ich an, mal auch andere Leute zu prüfen. Und siehe da, die waren genauso wie ich. Und es war zu komisch, alle, die sich über mich beschwert hatten, waren Leute, über die man sich nicht weniger hätte beschweren können. Kurz, wer hungert, der will essen, wer den Bauch voll hat, wird müde, steht er mit dem Rücken zur Wand, haut er um sich, verrichtet dann wieder seine Pflicht, verliebt sich, kommt zusammen und, wenn es mit der Liebe vorbei ist, trennt er sich, das alles ist also ausnahmslos von den Umständen abhängig. Das und nichts anderes zeichnet den Menschen aus. Das ist es, was ich erkannt habe und was ich versuche auszudrücken. Nun gibt es auf der Welt reichlich schwierige Genossen wie Gelehrte, Bonzen und Erzieher und ein jeder forscht auf seinem Gebiet, da ist es nicht angebracht, so zu tun, als hätte ich ganz allein alles verstanden.

Bei dieser beherzten Aufschneiderei will ich es belassen und wieder zur ursprünglichen, demütigen Haltung zurückkehren, um die Geschichte im Berg weiter zu erzählen.

Als uns Chōzō in der Tür stehend auf dem Weg hinaus zurief, dass wir hier übernachten werden, da wurde mir zum ersten Mal bewusst, selbst in einer derart zerfallenen Hütte kann man ja übernachten, vielmehr sind ja alle Häuser ursprünglich fürs Übernachten gebaut, derart unvorbereitet war ich darauf, hier wirklich zu übernachten. In diesem Augenblick überkam mich eine Erschöpfung, als wären alle meine Knochen aus Gelee. Im Normalfall hätten sich alle Gedärme danach zerrissen, zu übernachten, aber in diesem Fall war ich ja dabei, aus Selbstverleugnung Bergmann zu werden, und so fasste ich die ganze Erschöpfung als Vorübung zur Selbstauslöschung auf, wozu Untergang und Selbstaufgabe gehörten, folglich gab mein Körper, egal, wie sehr er der Ruhe bedurfte, meinem Geist keinerlei Bestellung zu einer Übernachtung auf. Als nun aber vom Himmel herab dem Geist die Übernachtung angeordnet wurde, war dieser leicht aus der Fassung, gab aber die Nachricht an die Gliedmaßen weiter, woraufhin diese ungemein glücklich waren; da endlich empfand auch der Geist etwas wie Erleichterung und verspürte zum ersten Mal ein Gefühl der Dankbarkeit gegenüber Chōzōs Herzensgüte. So verhielt es sich.

Irgendwie klingt das alles nach einer kabarettistischen Blödelei, aber ohne auf solche Beispiele zurückzugreifen, lässt sich meine damalige Gemütslage nicht erklären. Sobald ich also Chōzōs Worte vernahm, haben sich bei mir mit einem Schlag alle Nerven gelöst und ich habe mich als erster auf meinen Beinen, auf denen ich schon kaum mehr stehen konnte, Richtung Eingang geschleppt. Rotwolltuch kam auch mit. Der Junge kam herbeigeflogen. Natürlich flog er nicht, aber seine Sandalen klatschten derart heftig an seinen Fersen, dass es etwas Herbeigeflogenes hatte.

35

Drinnen machte sich strenger Geruch breit. Keine Ahnung wonach es roch. Der Junge schnupperte mit der Nase, also nahm auch er den Gestank wahr. Chōzō und Rotwolltuch zeigten keinerlei Reaktion. Vom Estrich ging es eine Stufe hinauf und ich dachte, da gäbe es vielleicht einen Abtreter, aber der Kleine kümmerte sich nicht um solche Kleinigkeiten, entledigte sich der Sandalen und stieg zum Wohnraum rauf. Die Absätze der Sandalen waren völlig abgewetzt, weshalb er halb barfuß unterwegs war. Schrecklicher Kerl, staunte ich, aber da meinte Chōzō:

»Bist doch in *Getas* unterwegs, da kannst ruhig reingehen.«

Widerwillig stieg ich also ohne den Staub abzuklopfen zum Wohnraum rauf. Als ich meinen Fuß auf die *Tatami* setzte, gaben sie schwammig nach. Der Junge hatte sich darauf bereits der Länge nach hingestreckt. Ich ließ mich nieder und zwar vor den *Shōji* – es waren zwei –, vor die setzte ich mich im Schneidersitz hin. Diese *Shōji* befanden sich am vorderen Eingang zum Wohnraum, und als ich daran vorbei nach hinten schaute, zogen sich gerade Chōzō und Rotwolltuch ihre Strohschuhe aus. Beide nahmen aus ihrer Seitentasche ein Tuch und klopften sich damit die Füße ab. Und schon waren auch sie im *Tatami*-Raum. Füße waschen schien hier nur lästig. Da kam der Hausherr aus dem Nebenraum mit Tee und einem Tabakstablett. Ob nun Hausherr, Nebenraum, Tee oder Tabakstablett, das alles hört sich reichlich normal an, aber wollte man alles im Einzelnen erklären, bekäme man nur frustriert zu hören, dass ja alles schrecklich missverständlich dargestellt sei. Also, jedenfalls kam zweifellos der Hausherr aus dem Nebenraum und brachte Tee und Tabakstablett. Und dann begann er, sich mit Chōzō zu unterhalten. Worüber genau sie sprachen, hab ich vergessen, aber es schien, dass sie Bekannte waren und es zwischen beiden irgendwelche Geldgeschichten, geliehen oder geborgt, gab. Immer wieder war von einem Pferd die Rede. Für den Hausherrn existierten weder ich noch Rotwolltuch oder der Junge. Das heißt nicht, dass wir völlig unbeachtet geblieben wären, vermutlich hatte er bereits von Chōzō, als er allein zum Verhandeln hier war, alles Nötige über uns erfahren. Es konnte auch sein, dass Chōzō, der öfter solch Unbedarfte wie uns zum Bergwerk brachte, naturgemäß beim Hin- und Herweg stets seine Mithilfe in Anspruch nahm und er daher schon gar keine Notiz mehr davon nahm.

Während ich dem Gespräch der beiden lauschte, überkam mich der Schlaf. Wann genau, weiß ich nicht. Da redete der eine von einem misslungenen Pferdehandel, aber von da an wurde alles allmählich diffus und damit verschwand Chōzō. Rotwolltuch verschwand. Der Junge verschwand. Der Hausherr samt Tee und Tabakstablett verschwanden, selbst die Bruchbude verschwand, aber da riss es mich wieder jäh aus dem Schlaf. Mein Kopf war auf die Brust gesunken. Erschrocken wollte ich den

Kopf heben, aber er war unglaublich schwer. Der Hausherr sprach immer noch vom Pferd. Immer noch das Pferd, wunderte ich mich und war schon wieder weg. Ganz weggeschlummert und mitten im Dämmerzustand riss ich unversehens wieder die Augen auf. Im halbdunklen Zimmer saßen Chōzō und der Hausherr wie zu Schatten geworden eng beieinander. Gerade sprach der Hausherr etwas von einem Darlehen und lachte. Seine Stirn zog sich weit bis zum Scheitel des Kopfes hinauf, so dass sie von der Seite steil wie der *Kiridoshi*-Steigaussah. Je weiter es nach oben ging, desto mehr Haar gab es. Es war unregelmäßig zwischen einem und fünf Zentimetern geschnitten, spärlich, ungeordnet und strubbelig war es. Als ich von meinem Schlummer plötzlich hochschreckte und die Augen öffnete, zeichnete sich als erstes dieser Kopf auf meiner Netzhaut ab. Die Lampe war voller Ruß und dunkel, und auch sein Kopf erschien mir verrußt. Noch dazu war er mir ganz nah. Sein Schatten zeichnete sich deutlich ab. Ich sah den Kopf des Hausherrn klar und zugleich verschwommen gerade in dem Moment, in dem ich plötzlich aus meinem wahrnehmungslosen Schlummer zu mir kam. Das war kein angenehmes Gefühl. Schon deshalb schob ich meinen Schlaf ein wenig auf und sah mich im ganzen Zimmer um, und da lag in der Ecke drüben der Junge ausgestreckt. Neben mir lag die Ibaraki-Provinz in ihrer ganzen Länge. Unter dem Wolltuch ragten riesige Füße hervor. Dann kam die Wand und in der Ecke war ein Loch, absolut schwarz. Oben war auf einer Seite ein Dachboden, und in das kalte Schwarz hinein leuchtete das Lampenlicht im Ölqualm, wobei es bei genauem Hinschauen schien, als würde die Unterseite des Strohdachs leicht beben.

36

Ich wurde wieder müde. Der Kopf fiel mir runter. Vor Schwere fiel er, sobald ich versuchte, ihn hochzuheben. Anfangs wurde ich, wenn mein Kopf herabfiel, zunehmend dösig, aber sobald der Kopf ganz auf die Brust gesunken war, kehrte mit einem

Schlag die Besinnung zurück, das wiederholte sich drei, vier Mal, dann hatte ich zwar die Augen geöffnet, war aber nicht bei klarem Bewusstsein. Benommen kehrte ich in die Wirklichkeit zurück, um zugleich wieder in tiefe Unbewusstheit zurückzufallen. Und wie gehabt, fiel mein Kopf herab. Ganz schwach empfand ich noch zu leben. Gedacht und schon wieder in völliger Leere. Zu guter Letzt bin ich, so scheint es, mit nach vorn gekipptem Kopf unbeweglich erstarrt und durch das Gewicht des Kopfes zur Seite gesunken. Jedenfalls habe ich bis zum Morgen tief und fest geschlafen, und als ich aufwachte, war ich nicht mehr dösend dahingekauert. Wie gewöhnlich lag ich mit dem ganzen Körper ausgestreckt auf den *Tatamis*. Speichel troff mir aus dem Mund. – Es hatte damit angefangen, dass ich einnickte, als ich das Gespräch über das Pferd hörte, abermals aufgewacht, hörte ich nun das Gespräch über die Schulden; dieses Einnicken wiederholte sich mehrmals, bis es sich schließlich in richtigen Schlaf verwandelte und dabei blieb, da nun keine Zeichen mehr aus der Seele kamen. Nun wachte ich auf, die Nacht ging zu Ende, die Welt draußen wandelte sich gänzlich vom Dunkel ins Helle, und sabbernd lag ich mit offenen Augen der Länge nach unbeweglich da. So ist es wohl, bei Bewusstsein tot zu sein. Ich lebte zwar, hatte aber keine Lust, mich zu bewegen. Ich erinnerte mich an jede Einzelheit der vergangenen Nacht. Aber dass sich diese Einzelheiten der vergangenen Nacht einfach so bis zum Morgen weiter fortsetzen sollten, wollte mir nicht in den Sinn. Alle meine Erfahrungen von gestern waren derart neu und schmerzhaft, aber diese neuen und schmerzhaften Details lagen irgendwie in weiter Ferne. Genauer gesagt, weniger in der Ferne, als dass sich zwischen gestern Nacht und heute eine dicke Wand geschoben und eine scharfe Zäsur gebildet hatte. Nur dadurch, dass die Sonne ging und kam, sollte die Kontinuität meines Herzens unterbrochen worden sein, das würde ja heißen, dass ich mir meiner selbst nicht sicher sein konnte. Kurz, das Leben wäre schlicht wie ein Traum.

Wie ich da in Gedanken versunken lag, betrübt und sabbernd, streckte sich Chōzō und hob die geballten Fäuste immer noch schlafend bis zu den Ohren. Die Fäuste streiften nun lautlos über die *Tatami*-Matte, aber als die Arme ganz ausgestreckt waren, hielten sie in der Bewegung inne und sanken kraftlos nieder. Jetzt schläft er wieder, glaubte ich, aber in dem Augenblick nahm er seine rechte Hand runter und begann sich geräuschvoll an der eingefallenen Wange zu kratzen. Kann sein, dass er wach ist. Da fing er an, irgendwas zu murmeln, also ist er noch nicht richtig aufgewacht, in dem Augenblick sprang der Junge jäh hoch. Hochspringen meine ich im wörtlichen Sinn, weshalb es auch einen dumpfen Knall gab und die Bodenbalken unter den *Tatamis* förmlich auszubrechen drohten. Daraufhin stellte Chōzō, wie er nun mal war, sein Gemurmel ein, richtete sich auf und stützte sich auf den Ellbogen. Er blinzelte mit den Augen. Da ich nun auch nicht ewig Trübsal blasen konnte, erhob ich mich ebenfalls. Chōzō war auch vollends aufgestanden. Der Junge ebenfalls. Nun schlief nur noch Rotwolltuch. Wie unschuldig er da lag, unverändert die riesigen Füße unter dem Wolltuch hervorgestreckt, schlief er tief schnarchend. Da weckte ihn Chōzō.

»Er da! Hey, er da! Wenn er jetzt nicht aufsteht, kommen wir bis Mittag nicht zum Bergwerk!«

Das ging drei, vier Mal so, aber Wolltuch schlief tief und fest. Da keine andere Wahl blieb, packte ihn Chōzō an der Schulter und fing an, ihn zu rütteln: »Hey, hey!«

Da fing nun Wolltuch ebenfalls an, auf gleiche Weise »Hey!« zu antworten und richtete sich notgedrungen halbwegs auf.

Somit waren wir alle aufgestanden, aber ohne mir das Gesicht zu waschen oder etwas zu essen, war ich unentschlossen, was zu tun sei, da tönte Chōzō zu meiner Überraschung: »Ja dann wollen wir uns mal langsam auf den Weg machen.«

Sagt's und steigt als erster in den Vorraum des Eingangs runter. Der Junge hinterher. Auch Rotwolltuch ließ, etwas unentschlossen zwar, seine schlaksigen Beine zum Eingangsraum runterbaumeln. Mir blieb nichts anderes übrig, als mich irgendwie damit zu arrangieren, zog als letzter meine *Geta* an und wartete, die Hände unbeholfen in die Taschen gesteckt, bis Chōzō und Rotwolltuch die Schnüre ihrer Strohsandalen gebunden hatten.

37

Da wir nun bereits in der Eingangsdiele standen, schienen so naheliegende Fragen nach Morgenwäsche oder Frühstück der reinste Luxus, folglich verging mir glatt die Lust danach. Merkwürdig, wenn etwas, was uns aufgrund von Gewohnheiten geradezu unentbehrlich schien, plötzlich überflüssig wird, aber als ich später diese Ereignisse, die alles auf den Kopf stellten, genauer betrachtete, kam ich zur Einsicht, dass dies gar nicht so selten der Fall ist. Alles was die große Menge macht, wird zur Selbstverständlichkeit, was einer alleine tut, wird als überflüssig betrachtet; wollte er genau das zu etwas Normalem machen, sollte er eine Menge Gefährten finden und unbedingt etwas Ungebührliches tun, so als sei es das Normalste der Welt. Ich hab es nie gemacht, aber damit würde man sicher Erfolg haben. Selbst Leute wie Chōzō und Rotwolltuch haben bei mir derartige Veränderungen hervorgerufen.

Inzwischen hatte Chōzō die Schnüre seiner Strohschuhe gebunden und da er nun mit den Vorbereitungen an den Füßen fertig war, hob er plötzlich sein Gesicht. Er schaute mich an und fragte: »Ihm ist's doch recht, wenn wir jetzt nichts essen, oder?«

Zwar besagt kein Gesetz, es sei besser nichts zu essen, aber das Gegenteil davon zu behaupten, damit kam man hier auch auf keinen grünen Zweig, so entgegnete ich nur: »Mir soll's recht sein.«

Darauf Chōzō schmunzelnd: »Er will doch was zum Beißen, oder?«

Entweder kam in meinem Gesicht irgendwie das Verlangen nach Essen zum Ausdruck oder er entdeckte darin einen Hauch Missfallen darüber, dass es entgegen der seit neunzehn Jahren genährten Erwartung, etwas zwischen die Zähne zu bekommen, gleich zum Aufbruch gehen sollte. Wenn dem nicht so wäre, warum fragte er, als er gerade mit dem Schnüren seiner Strohschuhe fertig war. Und in der Tat hatte Chōzō weder Rotwolltuch noch dem Jungen diese Frage gestellt. Von heut aus betrachtet, hätte er die beiden ruhig auch danach fragen können. Ohne Frühstück aufzubrechen, um zwanzig, dreißig Kilometer zu marschieren, das macht nur ein Obdachloser oder jemand, der kurz davor steht, einer zu werden. Das waren Leute, die morgens aufwachten und die, obgleich die Nacht zu Ende ging, nicht unwillkürlich an dampfende Suppe oder den Duft von eingelegtem Gemüse dachten, sondern den Tag so nahmen wie er kam, ja froh waren, für heute ihr blankes Leben gesichert zu wissen; es waren Leute die, ob zu ihrem Glück oder Unglück, jedem Tag ihr Opfer darbrachten, ohne einen Gedanken an den nächsten zu verschwenden. Mir kam in den Sinn, dass ich mit neunzehn zum ersten Mal mit solchen Menschen übernachtet hatte und jetzt auch mit ihnen losmarschieren würde. In den Mienen von Rotwolltuch und dem Jungen war keine Spur davon, dass sie etwas wie ein Frühstück erwarteten, die beiden kannten schlicht und einfach keine Gewohnheit des Frühstückens, und mein Schicksal wollte es, dass ich, bevor ich überhaupt Bergmann wurde, an Leute geriet, die bereits unter das Niveau von Bergmännern gesunken waren. Trotz dieser Einsicht war ich nicht weiter traurig. Keine Tränen, selbstredend. Aber dass Chōzō diesen an Frühstückserfahrung nicht gerade gesegneten Leuten nicht auch seine Frage stellte, »Leute, wollt ihr wohl auch was zum Beißen haben?«, das finde ich bis heute noch schade. Was hätten sie wohl geantwortet, entweder gemäß ihrer spärlichen Erfahrung, nach der sie kaum je morgens etwas essen, »Brauch nix!«, oder durch die unerwartete Aussicht ermutigt, da könnte es tatsächlich was geben, ein klares »Nur her damit!« – eine müßige Frage, aber ich hätte zu gern gewusst, was von beidem sie geantwortet hätten.

Chōzō stand also da im Eingang, drehte sich etwas um: »Kuma, also wir gehn mal. Danke für alles!«

Dabei stampfte er drei, vier Mal mit dem Bein kräftig auf. Kuma war natürlich der Name des Hausherrn, der hinten im Zimmer immer noch schlief. Ich warf einen kurzen Blick rüber, da kam der Strubbelkopf, der mir gestern Abend so unangenehm war, zum Vorschein. Es schien, dieser Hausherr hatte die Angewohnheit, sich beim Schlafen ganz unter der Bettdecke zu vergraben. Als Chōzō diesen Strubbelkopf anredete, richtete der sich ruckartig hoch. Da kam Kumas Gesicht zum Vorschein. Es war keineswegs so seltsam, wie es mir vergangene Nacht erschienen war. Lediglich seine Stirn wirkte umgekehrt eingefallen, aber unbestreitbar streckte sie sich auch heute Morgen unverändert lange bis zum Scheitel hinauf. Vom Bett aus sagt er: »Nicht der Rede wert!«

Damit traf er den Nagel auf den Kopf. Nur er selber leistete sich richtiges Bettzeug.

»War's nicht kalt?«

Was für ein Spaßvogel.

»Ach, woher denn!«, erwiderte Chōzō, bereits mit einem Bein auf der Straße, da setzte Kuma von hinten her noch gähnend dazu:

»Na, dann! Schau bei der Rückreise wieder vorbei.«

38

Damit trat Chōzō auf die Straße. Ich folgte mit einem Schritt Abstand dem Jungen und dem Rotwolltuch auf den Fersen. Alle eilten in großer Hast voran. Sie schienen mit dieser Art von Reisen durchweg vertraut zu sein. Laut Chōzō würden wir nun den Berg überqueren und weil wir unbedingt bis mittags im Bergwerk ankommen mussten, war größte Eile geboten. Keine Ahnung, warum wir unbedingt bis Mittag dort sein sollten, aber auch keinen Schneid, danach zu fragen, daher hängte ich mich schweigend hinten dran. Und tatsächlich nahm die Steigung bald kräftig zu. Gestern Abend waren wir bereits derart weit hinaufgestiegen, es war kaum zu fassen, dass es immer noch weiter hinaufgehen sollte. Aber wenn ich mich umschaute, waren nach allen Richtungen nichts als Berge zu sehen. Wenn in den Bergen nur Berge und da wieder nichts als Berge sind, besagt das, dass es irrwitzig weit in die Berge reingeht. Es hatte ganz den Anschein, dass dieses Kupferbergwerk bestimmt recht verlassen liegen musste. Während ich schwer atmend weiter hinaufstieg, fühlte ich mich hilflos. Jetzt wo ich soweit hierher gekommen war, zu überlegen, dass es gewiss hart wäre, wieder in die Hauptstadt zurückzukehren, fragte ich mich voller Scham, was mich denn geritten hatte. Dennoch, ich war ja gerade deshalb weggerannt, weil ich nicht in der Hauptstadt bleiben, sondern an einen Ort wollte, von dem ich nicht so einfach wieder umkehren konnte, um keinem meiner Familie unter die Augen zu kommen; irgendwo unbemerkt zugrunde zu gehen, das war ja mein innerster Wunsch gewesen. An einer hohen Steigung angekommen, hielt ich schnaufend inne und sah mich nach allen Seiten um. Alle Berge waren schwärzlich, fast unheimlich dicht mit Bäumen überwachsen, und wenn die Wolken die Aussicht freigaben, reichten sie in unendliche Ferne. Statt fern wäre vielleicht eher schwach der bessere Ausdruck. Was nach und nach immer schwächer wurde, zog sich immer weiter in die Ferne hin, und was eben noch wie ein Schatten geschimmert hatte, zeigte schließlich auch keinen Schatten mehr. Während ich dem Blick nachhing, zogen die Wolken in steter Bewegung über die Bergflächen hinweg. Und sobald sich alles Weiße kräftig zurückzog, kam ganz schwach der Schatten eines Berges hervor. Der Rand des Schattens wurde langsam dunkler und als die Farbe der Bäume heller wurde, zog die Wolke von vorhin bereits zum nächsten Gipfel weiter. Aber schon kommt von hinten eine andere Wolke und lässt die gerade sichtbar gewordenen Farben des Berges wieder verblassen. Zu guter Letzt lässt sich nicht mehr ausmachen, welcher Berg wo ist. Im Stehen betrachtet, lösten sich Bäume, Berge und Täler ins Diffuse auf und tauchten ganz wahllos an die Oberfläche. Selbst der Himmel über uns schien von seiner unendlichen Höhe herab bis auf unsere Reichweite gesunken zu sein.

»Das gibt Regen!«, redete Chōzō im Gehen vor sich hin.

Keiner antwortete. Wie von den Wolken fortgeweht, wie in sie eingewickelt und von ihnen begraben, stiegen wir vier in den Wolken weiter hinauf. Ich war über diese Wolken sehr glücklich. Dank dieser Wolken konnte ich meinen Körper, den ich ja vor der Welt verbergen wollte, gründlich verstecken. Auf diese Weise konnte ich ohne unablässig düstere Gedanken zu wälzen, darin weiter marschieren. Ich konnte meine Glieder frei bewegen ohne irgendwie eingeengt und beschränkt zu sein, und hatte dabei noch den Vorteil, von niemandem entdeckt zu werden. Lebend begraben, das genau war der Zustand. Das war für mich damals das einzig Ideale. Daher war ich diesen Wolken unendlich dankbar. Oder mehr noch als Dankbarkeit empfand ich ein Gefühl der Sicherheit, so völlig von den Wolken begraben zu sein, einfach eine Erleichterung. Noch heute frage ich mich, woher ich eigentlich diese Sicherheit nahm. Kein Wunder, wenn mich jemand völlig für verrückt erklärt. Und trotzdem, so wie ich nun mal bin, kann es je nach Zeit und Umständen immer wieder geschehen, dass ich mir solche Wolken herbeisehne. Bei dem Gedanken ist mir irgendwie komisch. Mir scheint, als könnte ich gar nicht für mich selbst einstehen, ja, als wäre ich gar nicht ich selbst.

Aber damals war ich einfach nur glücklich über diese Wolken. Bis auf den heutigen Tag ist mir die Szenerie unvergesslich, wie wir viermal getrennt, mal wieder in einem Haufen, mal mit Abstand und dann wieder ganz eingehüllt mitten in dieser Wolke marschierten. Der Junge kam und verschwand in der Wolke. Das Wolltuch aus Ibaraki wurde mal rot, mal weiß. Die wattierte Jacke von Chōzō wurde nur auf ungefähr zehn, fünfzehn Metern mal dunkel, mal hell. Und keiner sprach ein Wort. Und wir beeilten uns mächtig. Noch heute ist mir alles klar vor Augen, wie wir vier von der Welt völlig abgetrennte Schatten, mal zurückfielen, mal voraus waren, ohne mehr zu werden, aber auch nicht weniger, immer wir vier, wie wir zusammengezogen, plötzlich auseinander stiebend, doch unbedingt Viere sein mussten, und einfach nur mitten in der Wolke marschierten.

39

Ich war in der Wolke begraben. Die anderen drei auch. Die Welt war zur Wolke geworden, und auf der Welt waren wir mit mir zusammen vier. Die andern drei, die waren alle Obdachlose. Ohne sich morgens das Gesicht zu waschen, ohne einen Bissen Frühstück, irrten diese Gesellen mit mir in der Wolke herum. Als ich mich mit ihnen auf den Weg gemacht hatte, waren wir bei einem Aufstieg von knapp vier Kilometern und einem Abstieg von etwa acht Kilometern so lang wir auch gingen, unablässig von Wolken umweht, dann ging es in Regen über. Keine Uhr, daher keine Ahnung, wie spät es war. Nach dem Himmel zu urteilen, konnte es immer noch morgens sein oder bereits kurz nach Mittag, aber auch gegen Abend, nichts sprach dagegen. Genau wie meine seelische Stimmung schien die ganze Welt gedankenverloren zu sein, was ich jedoch gelegentlich zwischen dem Regen hindurch zu sehen bekam, war die schwache Färbung der Berge. Und diese Farbe hier war nun völlig anders als vorhin. Ganz unbemerkt waren die Bäume verschwunden, alles ganz nackt, hie und da waren, wie zu einem fleckigen Kahlkopf verhext, zinnoberrote Stellen zu sehen. Bisher waren ich und die Welt durch die Wolken mit einem Pinselstrich ausgelöscht, und ich war bis hierher geschwankt, nichts anderes im Kopf als nur meine Beine so schnell wie möglich zu bewegen, aber kaum fiel mir der rote Berg ins Auge, war mir als erwachte ich schlagartig aus meiner Wolke. Dass diese Farbe eine solch heftige Reaktion in mir auslösen würde, hätte ich nicht erwartet. –

Offen gesagt, war ich bislang Farben gegenüber derart gleichgültig, dass ich schon fast vermutete, farbenblind zu sein. – Der rote Berg hatte meine Sehnerven relativ heftig erregt, gleichzeitig ahnte ich, nun endlich in die Nähe des Kupferbergs gekommen zu sein. Vielleicht war es eine Art Vorahnung, aber beim Anblick des Berges hatte ich unwillkürlich an Kupfer gedacht. Jedenfalls, in dem Augenblick, in dem ich intuitiv dachte, endlich angekommen – ich vermute, das entspricht in etwa dem, was gemeinhin intuitiv genannt wird –, also wie man so sagt, als ich intuitiv die Realität wahrgenommen hatte, sagte Chōzō: »Endlich angekommen!«

Damit nahm er mir die Worte aus dem Mund. Nach etwa fünfzehn Minuten kamen wir in eine Stadt. Nachdem wir Berge über Berge überquert und Wolken inmitten von Wolken durchwatet hatten, da traute ich vor Überraschung kaum meinen Augen, als wir plötzlich in diese neue Stadt kamen. Es wär noch angegangen, wenn es sich um eine alte Poststation oder einen Weiler, also einen Ort aus der guten alten Edo-Zeit gehandelt hätte, aber hier waren eine neue Bank, ein neues Postamt, neue Restaurants, alles funkelnagelneu, selbst weiß geschminkte, neue Frauen waren da, ein Gefühl wie im Traum, und eh sich mein Erstaunen Ausdruck im Gesicht verschaffen konnte, hatten wir die Stadt auch schon wieder hinter uns gelassen. Wir kamen an eine Brücke. Chōzō stellte sich auf die Brücke, warf einen kurzen Blick auf das Wasser, aber dann ermahnte er uns:

»Das hier ist der Eingang! Endlich sind wir angekommen, und mit diesem Vorsatz soll man auch dran gehen.«

Allerdings hatte ich keine Ahnung, welchen Vorsatz wir uns nehmen sollten, stand also nur schweigend auf der Brücke und blickte vom Eingang aus nach drüben. Links war ein Berg. Rechts auch. Hier und dort sah man Häuser. Auch hier war die Farbe des Bauholzes frisch. Es war nicht genau zu erkennen, ob sie drinnen mit Mörtel verputzt oder nur weiß angestrichen waren. Jedenfalls alles frisch. Alt und kahl waren lediglich die Berge. Irgendwo hatte ich das Gefühl, wieder in die Realität zurückgeschleift worden zu sein und fühlte mich ein wenig desillusioniert.

Als Chōzō mich so schweigend von der Brücke nach drüben starren sah, fragte er nach: »Alles in Ordnung, er da, alles okay?«

Da entgegnete ich deutlich: »Alles in Ordnung!«

Aber im Innern hatte ich gar kein gutes Gefühl. Warum weiß ich nicht, doch Chōzō schien nur mir gegenüber gewisse Zweifel zu hegen. Weder Rotwolltuch noch den Jungen fragte er, »In Ordnung?«, »Alles okay?« Es war ganz offensichtlich bereits ausgemachte Sache, dass die beiden schon von vorn herein durch irgendeine Schicksalsfügung Bergmänner werden und im Kupferbergwerk ihre Bestimmung bis zum Ende erfüllen würden. Ich allein erregte Argwohn, entsprechend misstrauisch wurde ich von Chōzō beobachtet. Das geschah mir grad recht.

40

Zu viert überquerten wir die Brücke, unter den Häusern rechter Hand befanden sich recht stattliche. Chōzō zeigte auf das imponierendste darunter und erklärte, es sei das Haus des Direktors. Dann wandte er sich nach links: »Und hier sind die Gruben, schau mal. Versteht er?«

Damals hab ich zum ersten Mal das Wort »Gruben« gehört. Zunächst wollte ich unbedingt zurückfragen, was genau das sei, aber ich nahm an, dass das hier wohl die »Gruben« sein müssten und schwieg. Später kam ich nicht umhin, das Wort »Gruben« klar und deutlich zu verstehen, aber dabei bestand zu der anfangs dunkel erahnten Bedeutung kein großer Unterschied. Irgendwann bogen wir links ab und gingen in Richtung der »Gruben«. Als wir an Gleisen entlang weiter einen Hang hochgingen, kamen eine Menge kleiner, primitiver Häuser zum Vorschein. Hier wohnen die Bergleute, hieß es, und daraus schloss ich, dass ich ab heute wohl auch hier wohnen würde, was sich aber als Irrtum erwies. Diese Hütten hatten zwei Räume, jeweils einen Sechsmattenraum und einen Dreimattenraum, und zweifellos wohnten hier alles Bergleute, aber die Bestimmungen besagten, dass nur an solche mit Familie vermietet wurde, daher konnte niemand, auch wenn er wollte, hier wohnen, der wie ich ledig war. Wir schlängelten uns zwischen diesen Häusern durch immer weiter hoch, bis schließlich schmale, aber stark in die Breite gezogene Reihenhäuser unterhalb einer Felswand sichtbar wurden. Von diesen Reihenhäusern gab es eine ganze Menge. Zunächst vermutete ich, da wären nur zwei, drei davon, aber beim weiteren Anstieg kamen immer mehr zum Vorschein. In Größe und Länge waren alle ähnlich, ebenso lagen sie alle unterhalb der Felswand, nur die Richtung war jeweils anders. Da sie unter Nutzung des Berghangs auf engstem Raum gebaut waren, konnte auf die Himmelsrichtung, ob Osten oder Westen, keinerlei Rücksicht genommen werden. Dazu kam vor allem auch, dass der Weg dorthin verschlungen war. Glaubte man, rechts von einem Reihenhaus zu gehen, so stand man im nächsten Augenblick unversehens direkt davor. Erwartest du, jenes da vorn gleich zu erreichen, treibt dich eine plötzliche Biegung des Wegs weit davon ab. Hier war jede Orientierung unmöglich. Zudem erschienen in den Reihenhäusern Gesichter. Dass aus einem Haus Gesichter hervorschauen, ist an und für sich nichts Ungewöhnliches, aber diese Gesichter hier waren anders. Nicht nur ihre Gesichtsform war dürftig, auch die Gesichtsfarbe war wirklich schlecht. Und die schlechte Gesichtsfarbe überstieg die übliche Vorstellung davon. Grünlich, schwärzlich, bräunlich, schwer zu beschreiben, denn so eine Farbe kann sich in der Stadt keiner vorstellen. Etwa auch mit Krankenhauspatienten waren sie nicht vergleichbar. Als ich das erste Mal diesen Bergweg hinaufgestiegen bin, ohne überhaupt die Bedeutung von »Grube« zu kennen, kam mir beim Anblick dieser Gesichter einfach nur in den Sinn, das hier also ist sie: »die Grube«. Aber was auch immer »die Grube« sein sollte, derartige Gesichter, so nahm ich an, kann es nicht so viele geben, jedoch so oft wir an einem Reihenhaus vorbei kamen, tauchten Gesichter auf, und alle sahen gleich aus. Letztendlich wurden mir derart viele schreckliche Gesichter gezeigt, dass ich am Ende überzeugt war, »die Grube« sei ein Ort des Grauens. Dazu kam, dass auch mein Gesicht ausgiebig angeschaut wurde – alle Gesichter in den Reihenhäusern haben natürlich auch uns gesehen. Sie starrten uns irgendwie aus wilden Augen an. – Endlich kamen wir nachmittags gegen eins bei einer »Kantine« an.

Warum sie hier von »Kantine« sprachen, war mir nicht ganz klar. Möglicherweise hieß sie so, weil hier auch die Essensausteilung stattfand. Später mal habe ich einen Bergmann nach der Bedeutung von »Kantine« gefragt, bekam aber gehörig eins aufs Dach, »Isser blöde, eh! Eene Kantine is ne Kantine, Mann, was faselt er denn da.« Alle Fachbegriffe, die hier in dieser Gesellschaft üblich waren, sei es »Grube«, sei es »Kantine«, sei es ein »Schepperer«, alle waren zufällig entstanden und haben sich zufällig eingebürgert, und wer schon mal gedankenlos nach der Bedeutung fragte, löste einen Wutanfall aus. Keine Zeit zum Fragen, keine Zeit zum Antworten, und wenn doch einer fragte, war er schlicht ein Idiot, so einfach und pragmatisch war das hier.

41

Folglich ist mir bis heute die genaue Bedeutung von »Kantine« nicht ganz klar, aber man darf sich darunter auf alle Fälle die unterhalb der Felswände verstreut liegenden, länglichen Reihenhäuser vorstellen. Und bei einer davon waren wir jetzt endlich angekommen. Warum unter den vielen Reihenhäusern gerade diese Baracke ausgewählt worden war, hatte Chōzō ganz allein entschieden und entzog sich meiner Kenntnis. Es schien auch keineswegs so zu sein, dass er gerade zu dieser Kantine eine besondere Geschäftsbeziehung unterhalten hätte. Und sobald mich Chōzō in diese eine Kantine gesteckt hatte, zog er auch schon mit Rotwolltuch und dem Jungen zu einer anderen weiter. Folglich nahmen die beiden, wie ich später bemerkte, ihren täglichen Reis fortan in einer anderen Kantine ein. Darüber hinaus habe ich von den beiden nie mehr etwas gehört. Auch im Kupferbergwerk sind wir uns kein einziges Mal begegnet. Genau betrachtet, war es schon seltsam. Das Zusammentreffen mit dem Rotwolltuch, der plötzlich aus dem Billigrestaurant heraus geschossen kam, mit dem Jungen, der vom abendlichen Berg herunter kam, und wie er in der Sommernacht mal hinterher lief, mal wieder vorne war, wie wir zusammen unter dem baufälligen Strohdach bis zum nächsten Morgen schliefen, dann den halben Tag mitten in den Wolken brauchten, um endlich unser Ziel, die Kantinen, zu erreichen, und wie zu guter Letzt, sowohl Rotwolltuch als auch der Junge verschwanden. Daraus wird nie und nimmer ein Roman. Aber auf der Welt gibt es jede Menge Geschichten, die halb zusammenpassen und doch hinten und vorne nicht stimmen und denen ein Hauch von gescheitertem Roman anhaftet. Blickt man aber nach langer Zeit darauf zurück, dann sind oft die ungeordneten Geschichten, deren Ende sich irgendwo im Blauen verliert, die weitaus interessanteren. Gerade jene Vergangenheit, die es wert ist, erinnert zu werden, ist ganz Traum, aber gerade weil dieses Traumhafte etwas Nostalgisches hat, braucht die faktische Wirklichkeit der Vergangenheit an sich etwas Vages und Unbestimmtes, um diese traumhafte Illusion zu erhalten. Folglich ist die Szene von den eineinhalb Tagen des Rotwolltuchs, die sich ohne Anfang und Ende irgendwo im Obskuren verliert, wie sie mittendrin vor den Augen auftaucht, interessanter als eine Geschichte, die sich lang und breit entwickelt, nur um die kausalen Erwartungen zu befriedigen. Sie hat was Romanhaftes, ohne doch zum Roman zu werden, weil sie erfrischend und ohne jeden Alltagsmief ist. Das gilt nicht nur für Rotwolltuch. Auch beim Jungen ist es so. Und Chōzō. Und die Wirtin im Teehaus. Noch allgemeiner gesagt, gilt das für diese ganze Geschichte »Der Bergmann« hier. Es geht nur darum, eine unabgeschlossene Realität als bloße Realität darzustellen. Weil sie nicht als Roman aufbereitet ist, ist sie auch nicht so interessant wie ein solcher. Stattdessen ist sie wesentlich geheimnisvoller. Alle vom Schicksal geschaffenen natürlichen Wahrheiten sind wesentlich ungesetzmäßiger, als jeder von einem Menschen erdachte Roman. Daher auch geheimnisvoll. Davon bin ich zutiefst überzeugt.

Dass Rotwolltuch und der Bursche weggebracht wurden, das geschah später, als wir zur Kantine kamen, waren die beiden selbstverständlich noch dabei. Hier begann Chōzō schließlich auch mit den Verhandlungen über mein Gesuch, Bergmann zu werden. Verhandlung, das hört sich wer weiß wie kompliziert an, ging aber denkbar einfach vonstatten. Er sagte einfach nur, der Kerl hier will Bergmann werden, bitte nehmen Sie ihn auf. Weder meinen Namen noch Geburtsort, weder Abstammung noch Werdegang, nichts von alledem hat er gesagt. Natürlich konnte er darüber beim besten Willen nichts sagen, wie hätte er auch, ohne einen blassen Dunst davon, aber ich hätte nicht gedacht, dass er entschlossen war, alles derart zügig und simpel abwickeln zu wollen. Aus meiner Erfahrung beim Eintritt in die Mittelschule hatte ich geschlossen, auch wenn es sich nur um einen Bergmann handelte, dass es da entsprechende Einstellungsformalitäten geben würde. Irgendjemand würde wohl als Bürge oder dergleichen für mich eine Beglaubigung unterzeichnen müssen, und da hatte ich im Voraus schon daran gedacht, Chōzō darum zu bitten. Entgegen meiner Erwartung hat der Leiter der Kantine – damals hatte ich natürlich keine Ahnung, dass er der Leiter sei; ein kräftiger Mann in den Vierzigern, mit buschigen Augenbrauen und starkem Bartwuchs, der sich bläulich unter der rasierten Haut abzeichnete –, kaum also hatte sich dieser Mann Chōzōs Anliegen angehört, sagte er ohne weitere Umstände: »Aha! Na, dann lass ihn mal hier.«

Grade so, als wenn ein Kohlenhändler eine Ladung Holzkohle für die Küche geliefert hätte. Dass da ein Mensch von weit her die Berge überquert hatte, um Bergmann zu werden, wurde gar nicht

weiter registriert. Da empfand ich gegenüber diesem Kantinenleiter eine gewisse Wut im Bauch, was aber mein eigener Fehler
war. Den Grund wird man sogleich verstehen.

42

Ein Kantinenchef ist der Gruppenleiter all der Bergmänner, die
in seiner Kantine untergekommen sind, und alle Bergmänner
dieses Reihenhauses sind gänzlich vom Wohlwollen dieses Menschen abhängig. Daher ist er unglaublich mächtig. Und mit diesem Kantinenleiter hatte Chōzō innerhalb einer geschlagenen
Minute seine Verhandlungen abgeschlossen.

»Also dann, passen Sie mir bitte gut auf ihn auf.« Damit zog
er auch schon mit Rotwolltuch und dem Jungen von dannen. Er
wird schon wieder zurückkommen, sagte ich mir, aber von da an
war auch nicht mehr die Spur seines Schattens zu sehen, was darauf hinauslief, dass ich regelrecht ausgesetzt worden war.
Genauer bedacht, war er ein schrecklicher Kerl. Solange er mich
bis hier her geschleppt hatte, hatte er bei seinem Hin- und Her-
gerede so getan, als würde er weiß Gott was alles für mich tun,
und als es drauf ankam, verschwand er ohne auch nur einen
Anflug von Abschied. Dabei ist mir bis heute schleierhaft, wann
und wo er seinen Lohn für seine Schlepperdienste eingetrieben
hatte. Letztlich war ich für den Kantinenleiter auch nichts weiter
als eine Art von Chōzō reingeschleuderter Sack Holzkohle für
den irdenen Kochherd. Das hatte so gar nichts Menschliches an
sich und wie ich ziemlich niedergeschlagen dasaß, wandte sich
der Kantinenleiter, der eben noch den Dreien hinterher geschaut
hatte, plötzlich mir zu. Sein Gesichtsausdruck hatte sich verändert. Er machte keineswegs den Eindruck, einen Menschen wie
einen Sack Holzkohle zu behandeln. Es war das Gesicht eines
durch harte Erfahrungen abgeklärten Mannes, wie man ihn
jederzeit in Tōkyō antraf.

»Sie scheinen mir nicht gerade als Arbeiter auf die Welt
gekommen zu sein ...«

Schon bei diesen Worten war mir plötzlich zum Heulen. Nachdem ich derart abschätzig von oben herab mit »Hey, er da!« tituliert und abgespeist worden war und mich damit bereits abgefunden hatte, nie mehr anders behandelt zu werden, an so einem Tiefpunkt plötzlich wie früher mit »Sie« angesprochen und damit an einem Ort, wo ich alles andere erwartet hätte, wieder als ich selbst anerkannt zu werden, diese Freude und Rührung, die Erinnerung an das Vergangene – ich ging bis vorgestern noch als respektiertes »Sie« durch –, als mir da so dies und das in der Brust hochstieg, mein Gegenüber noch dazu derart höflich und freundlich war, da war mir einfach nur noch zum Weinen. Mir ist später noch manches begegnet, wo mir zum Weinen war, aber mit meiner jetzigen Welterfahrung betrachtet, war da wenig, was sich wirklich zum Weinen gelohnt hätte. Allerdings glaube ich, dass ich selbst heute in der gleichen Situation die Tränen, die sich damals in meinem Kopf ansammelten, nicht zurückhalten könnte. Durch Erfahrung lassen sich Tränen des Schmerzes, der Härte, der Enttäuschung und der Angst unterdrücken. Auch Tränen der Dankbarkeit müssen nicht unbedingt vergossen werden. Aber die Tränen des Glücks, die einer empfindet, der völlig gescheitert plötzlich von jemandem wieder als sein ursprüngliches Selbst anerkannt wird, diese Tränen verfolgen einen wohl ein ganzes Leben lang. Derart stark ist nun mal der Eigendünkel des Menschen ausgeprägt. Diese Tränen aber als solche der Dankbarkeit zu nehmen und sich darauf etwas einzubilden, das wäre in etwa das Gleiche, als würde man sich der eigenen Bequemlichkeit halber einen Studiosus als Hausboy anstellen und sich brüsten, das alles sei zu dessen Vorteil.

Kurz, sobald ich die Worte von diesem Kantinenchef zu hören bekam, war mir urplötzlich zum Weinen zumute, aber ich hab es unterlassen. Ich war zwar niedergeschlagen, aber zugleich auf der Hut. Und ich weiß nicht woher, in mir regte sich ein Gefühl des Widerstands. Aber ich brachte nichts heraus und daher hörte ich nur schweigend zu. Der Kantinenchef indes fuhr zu meiner Freude in unglaublich freundlichem Ton weiter fort:

»… ich kann mir ganz gut vorstellen, warum Sie hier aufgetaucht sind, da Sie von jenem Kerl hergebracht wurden – aber wollen Sie es sich nicht noch einmal überlegen? Bestimmt hat er Ihnen irgendeinen Blödsinn erzählt, von wegen, dass Sie mit einem Schlag Bergmann werden und 'ne Menge Geld machen, nicht wahr? Aber in Wirklichkeit kommt man damit nicht einmal auf ein Zehntel davon. Es fängt schon damit an, dass man mit einem Wort von Bergmann spricht. Das ist keine Arbeit, die einer so einfach machen kann, besonders jemand wie Sie, der zur Schule gegangen ist und etwas wie Erziehung genossen hat, der schafft das schon überhaupt nicht ...«

Dabei blickte mir der Kantinenchef fest ins Gesicht. Irgendwas musste ich jetzt sagen. Glücklicherweise hatte ich mein Bedürfnis zu weinen bereits überwunden und konnte endlich auch wieder reden. Da erwiderte ich :

43

»Ich, ich – bin nicht derart auf Geld aus. Ich bin nicht gekommen, um hier das große Geld zu machen, da kenn ich mich aus, ich kenn mich da aus.«

Ich erinnere mich genau, dass ich zweimal wiederholt hab, mich auszukennen. Das war gehörig überspannt und unverschämt. In jungen Jahren wurde ich, egal, wie mutlos ich eben noch war, gleich anmaßend, sobald das Gegenüber es erlaubte. Es treibt mir die Schamröte ins Gesicht. Und von wegen wissen: Wenn ich mir bewusst mache, um was für ein Wissen es sich dabei handelte, nämlich dass der Kerl, der mich eben hierher gebracht hatte, dieser Chōzō, eine Art Vermittler und wie all diese Typen ein unglaublicher Aufschneider war, wenn ich mir das bewusst mache, dann war da rein gar nichts, worauf ich mir hätte was einbilden können. Hier auch noch zu beteuern, dass ich keineswegs betrogen worden sei, über alles bestens Bescheid gewusst hätte, als ich mich als Bergmann bewarb, das war zu jenem Zeitpunkt völlig überflüssig. Aber ich war in jungen Jahren maßlos eingebildet – ich kann nicht sagen dass ich es jetzt weniger wäre, aber diese Dummheit, mich in Ausreden zu flüchten, verursacht mir noch heute einen kalten Schweißausbruch.

Zum Glück war mein Gegenüber für seine Art Gewerbe ein unglaublich rechtschaffener Mann, der meine Unverfrorenheit zwar durchschaute, sie aber angesichts meiner völligen Unerfahrenheit vor Mitleid tolerierte, ohne mich deswegen anzudonnern. Das war schlicht und einfach dankenswert. Als ich eine Weile in dieser Arbeiterbaracke wohnte und allmählich erkannte, welches Ausmaß an Macht dieser Leiter hatte, stieg mir insgeheim die Schamröte ins Gesicht, sobald ich mich an mein naseweises »Ich kenn mich da aus« erinnerte. Übrigens war der Name des Leiters Hara Komakichi. Auch heute noch finde ich den Namen gut.

Hara verzog keine Miene und hörte schweigend meine Ausreden an, dann aber schüttelte er den Kopf. Es war ein riesiger Kopf mit Bürstenhaarschnitt, nur an der Stirn waren die Haare wie von einer Kendō-Maske abgerieben.

»Ist doch alles nur aus einer Laune heraus. Wenn man schon mal hier ist, dann möchte man es unbedingt mal probieren; dabei haben Sie doch nie im Geringsten daran gedacht, Bergmann zu werden, als Sie von zu Hause weg sind, oder? Anders gesagt, es handelt sich um eine fixe Idee, nicht wahr! Garantiert haben Sie sofort die Nase voll, wenn Sie's erst mal probieren, drum lassen Sie gleich die Finger davon. Es gibt keinen einzigen Studenten, der hier auch nur ganze zehn Tage durchgehalten hätte. Was? Natürlich kommen welche. Und nicht wenige. Kommen tun viele, aber alle nehmen geschockt Reißaus. Das ist auch wirklich keine Arbeit für einen normalen Menschen. Ich sag kein böses Wort, aber bitte gehen Sie wieder nach Hause. Auch ohne Bergmann zu werden, der Lebensunterhalt lässt sich leichter verdienen.«

Dabei begann er, sich aus seinem Schneidersitz zu erheben. Es sah ganz danach aus, als würde ich mein Ziel nicht erreichen. Ich saß in der Klemme. In meiner Not begann ich mich im Gedanken vom Bergmann zu lösen und nur mich selber zu prüfen – da wurde mir plötzlich ganz kalt. Meine Kleider waren vom Regen noch ganz nass. Eine lange Unterhose trug ich nicht.

Auch wenn in Tōkyō bereits Mai war, hier tief in den Bergen herrschte noch ein Wetter wie im Februar oder März. Solange ich bergan gestiegen war, hatte ich es wegen der Körperwärme kaum gespürt. Und bis zu dem Punkt, wo ich von Hara abgewiesen wurde, war ich derart angespannt und merkte nichts. Aber sobald ich mich hier in der Arbeiterbaracke ausruhte und die Aussicht darauf, Bergmann zu werden, so gut wie geplatzt war, da verbanden sich mein Elend und die Kälte, und plötzlich schüttelte es mich. Zu dem Zeitpunkt hatte ich bestimmt eine grässliche Gesichtsfarbe. Da begann ich irgendwie Chōzō, der mich gerade eben ohne auch nur ein Wort des Abschieds sitzen gelassen hatte, zu vermissen. Wäre er hier, er würde sich schon reinhängen, mich zum Bergmann zu machen. Auch wenn es nicht bis zum richtigen Bergmann reicht, irgendwie würde er schon etwas arrangieren. Er hat mir immerhin das Zugticket bezahlt, und er würde mich auch wieder in die richtige Richtung schicken. Seit mir von Chōzō das Portemonnaie abgenommen worden war, hatte ich keinen *Sen* mehr bei mir. Wenn ich jetzt zurückkehre, breche ich auf halbem Wege vor Hunger mitten in den Bergen zusammen.

Vielleicht sollte ich doch versuchen, Chōzō hinterher zu eilen. Wenn ich alle Arbeiterbaracken absuchte, könnte ich ihn vielleicht noch treffen. Ich würde mich flehend an ihn heften, und nach allem, was uns bisher verband, war es keineswegs ausgeschlossen, dass er sich irgendwas Gutes einfallen lassen würde. Aber das ist ja ein Typ, der beim Abschied kein einziges Wort verloren hatte, also unter Umständen ... Da saß ich also vor Hara und hab mir hin und her den Kopf zermartert. Ich kann mir gar nicht erklären, weshalb ich mir vor dem sympathischen Hara sitzend ausschließlich diesen unzuverlässigen und vom Erdboden verschwundenen Chōzō zum Ratgeber wünschte. Aber es ist gar nicht so selten, dass wir im Ernstfall eben nicht automatisch einen Feind als Feind und einen Freund als Freund abstempeln, vielmehr suchen wir unter Feinden einen Partner und glauben unter Freunden einen Feind auszumachen, das heißt, wir müssen, um uns nicht von der einen Seite einnehmen zu lassen, frei handeln können.

Der Schwächling, der ich war, hatte von dieser Art Entschlossenheit noch nichts begriffen und da stand ich also schlotternd vor Hara und wusste weder ein noch aus, da schien er sich schließlich meiner zu erbarmen.

»Wenn Sie nur irgend zurückkehren wollen, dann helfe ich Ihnen schon, so gut ich kann«, wandte er sich an mich.

Als ich das vernahm, verspürte ich schlagartig ein Gefühl der Dankbarkeit. Eigentlich ganz selbstverständlich, aber blitzartig überkam mich zugleich eine Einsicht. – Ich bemerkte, dass außer diesem Hara hier, der gerade mein Begehren abgelehnt hatte, mir niemand anderes mit Rat und Tat zur Seite stand. Gleichzeitig mit dieser Einsicht verschlug es mir erneut die Stimme. Weder konnte ich darum bitten, mich unbedingt als Bergmann einzustellen, noch brachte ich die Bitte hervor, mir die Reisekosten für die Rückkehr zu borgen, folglich stand ich wie gelähmt da. Das alles war mir zwar bewusst, aber änderte nichts daran, und ich erinnere mich noch, dass ich meine rechte Hand zur Faust ballte und damit die kalte Nase rieb. Früher im Varieté sah ich diese Bewegung oft bei den Komikern, aber ich glaube, es war das erste Mal, dass ich das genauso machte. Als Hara meine Geste sah, sagte er: »Es ist vielleicht unhöflich, aber falls es wegen der Reisekosten ist, machen Sie sich da keine Sorgen. Irgendwie bringe ich die schon auf.«

Selbstredend hatte ich kein Reisegeld. Keinen *Rin*, also nicht der Hauch eines Hellers befand sich auf meiner Haut. Selbst wenn einer bereit ist, am Wegrand zu krepieren, fühlt er sich auf alle Fälle besser, wenn er Geld bei sich hat. Obwohl ich zufrieden gewesen wäre, mich schlicht auszulöschen, etwas Reisegeld zu haben, war mir wichtig, und sei es nur eine Fünf-*Sen*-Münze. Hätte ich mich nur entschlossen umzukehren und meine Stirn bis auf den Boden gedrückt, bestimmt hätte ich von Hara die Reisekosten bekommen. In so einem Fall spielen Ehrgefühl und Würde keine Rolle. Da tut es selbst die schäbigste Art, Geld in die Hand zu bekommen. –

Fast alle Leute würden das machen. Und so wäre es auch angemessen gewesen. Allerdings sollte sich niemand darauf etwas

einbilden. Der Grund, warum ich das alles so ungeniert nieder-
schreibe, liegt schlicht darin, dass ich den Menschen, so wie er
ist, erfassen will, keineswegs, um irgendwie zu prahlen. Wer hier
behauptet, das sei nun mal der Teig, aus dem der Mensch geformt
ist und damit basta, der behauptet, da *Yōkan* aus gemahlenen
Azuki-Bohnen hergestellt wird, reicht es vollkommen, diese roh
zu knabbern, statt die süße Bohnenpaste zu essen. Immer wenn
ich mich an den damaligen Zustand erinnere, fühle ich mich von
meinem schäbigen Denken regelrecht abgestoßen. Aber jemand,
der sein ganzes Leben verbringt, ohne jemals derart gemeine
Absichten zu hegen, der mag zwar um eine Erfahrung ärmer
sein, aber er kann sich glücklich schätzen. Dazu ist er um ein
Vielfaches feiner als unsereins. Er wird nie den faden Geschmack
roher Azuki-Bohnen kennenlernen, sondern sein Leben lang
süßen *Yōkan* genießen, will sagen, ein makelloser Mensch sein.

Um ein Haar war ich soweit, meine Hände bittend zu erheben
und den mir bis dahin völlig unbekannten Kantinenchef um
eine, wenn auch noch so kleine Gabe anzubetteln. Ich konnte es
mir gerade noch verkneifen, weil mir dunkel ahnte, dass auch
das großherzig bereitgestellte Geld nach zwei, drei Tagen, an
denen ich dem Nachttau in schäbigen Billigpensionen entkäme,
aufgebraucht sein würde, um dann vom nächsten Morgen an
wieder ziellos herumgetrieben zu werden. Folglich habe ich tapfer die Mitleidsgabe abgelehnt. Nach außen hin wirkte es als
Rechtschaffenheit. Auch ich denke so, aber genau besehen
schlägt dabei die Waage der Begierden mit Sicherheit in Richtung Eigennutz aus. Denn wie als Beleg dafür fügte ich zur gleichen Zeit, als ich die Hilfe ablehnte, Folgendes hinzu: »Machen
Sie mich doch stattdessen zum Bergmann. Jetzt wo ich schon
hier bin, will ich es unbedingt probieren.«

»Sie sind mir ein komischer Vogel.« Hara bog den Kopf zur
Seite und musterte mich und meinte seufzend, »Sie wollen also
unter keinen Umständen umkehren, nicht wahr!«

»Zurückkehren? Ich hab keinen Ort zum Zurückkehren.«

»Nun aber …«

»Ich hab kein Zuhause mehr. Und wenn nicht Bergmann,
bleibt mir nichts anderes als Bettler zu werden.«

Im Verlauf unseres zähen Hin und Her fiel es mir zunehmend leichter zu reden. Entschlossen sprach ich Worte aus, von denen ich wohl wusste, dass sie mir schwer von den Lippen gehen, indem ich sie aber standhaft vorbrachte, kam ich unwillkürlich in einen Rhythmus, der mich fortriss, und man kann ruhig von einer mechanischen Veränderung sprechen, und es war eigenartig, diese mechanische Veränderung hatte wiederum Einfluss auf meine geistige Stimmung. So kam es, dass ich alles, was ich nur sagen wollte, ohne Hemmung formulieren konnte – manche Leute geraten so in Fahrt, dass sie über Dinge plaudern, die sie gar nicht sagen wollten. Eine derart mechanische Einrichtung ist die Zunge. – Der sich beschleunigende Effekt dieser nun einsetzenden Mechanik war, dass ich immer beherzter wurde.

Nichts dagegen, wenn nun jemand einwendet, nein, es ist doch genau anders herum, als du es darstellst, weil du dreister wurdest, konntest du mehr schwatzen. Meinetwegen, aber das ist einfach zu banal und gelegentlich verlogen. Wer sich mit Banalem und mit Lügen nicht zufrieden geben will, der wird mir Recht geben.

Ich wurde beherzt. Indem ich beherzter wurde, entschloss ich mich, mich unter allen Umständen bei den Bergleuten niederzulassen. Ich spürte, dass ich, wenn ich nur wieder losredete, mit Sicherheit Bergmann werden konnte. An dem Punkt, an dem ich mich vorgestern aus meinem Elternhaus davon machte, hätte ich nicht im Traum daran gedacht, so etwas wie Bergmann zu werden. Nicht nur das, hätte ich mir von Anfang an vorgenommen, wegzulaufen, um Bergmann zu werden, wär mir das schon bald peinlich geworden, hätte den Zeitpunkt meines Ausreißversuchs unter dem Vorwand, noch eine Woche gründlich nachzudenken, ins Unbestimmte verschoben. Fliehen, ja! Das schon, aber bitte schön eine Gentlemen-Flucht, da kam mir, der ich ohne jeden Mangel großgezogen worden war, nicht im Traum als Fluchtziel in den Sinn, zu einem Stollengräber zu werden, von dem ungewiss war, ob er ein Mensch oder nur ein Erdklumpen ist. Aber als ich vor Kälte mit den Backenzähnen malmend in dieses hoffnungslose Hin und Her mit Hara verwickelt war, stieg in mir das Gefühl hoch, dass es mein Schicksal, ja, geradezu meine Berufung sei, Bergmann zu werden. Nachdem ich diese Berge, diese Wolken und diesen Regen überstanden hatte, musste ich einfach Bergmann werden. Falls ich tatsächlich nicht genommen werden sollte, würde ich die Achtung vor mir selber verlieren. – Der Leser wird hier wohl lachen. Aber ich versuche ernsthaft, meine damalige Verfassung niederzuschreiben, daher habe ich mit mir von damals umso mehr Mitleid, je komischer mich die Leute finden.

Seltsame Halsstarrigkeit oder schlechter Verlierer oder einfach nur die blanke Angst, unterwegs zusammenzubrechen und nicht zurückkehren zu können, hier bin ich mir selbst nicht ganz im Klaren, jedenfalls habe ich alle rhetorischen Mittel aufgewandt, um Hara zu überreden.

»... nun sagen Sie so was nicht, und nehmen Sie mich doch bitte. Sollte mit mir wirklich nichts anzufangen sein, dann lässt sich's nicht ändern, aber so lange Sie es nicht versuchen – nun wo ich doch die Berge überquert habe und von weitem hierher gekommen bin, wenigsten nur einen Tag oder zwei, probieren Sie es doch wenigstens einmal mit mir. Falls sich dann doch herausstellen sollte, dass ich zu nichts tauge, verschwinde ich von hier. Ich verschwinde bestimmt. Ich hab ja nicht im Geringsten vor, falls ich überhaupt keine Arbeit schaffe, Ihnen weiter noch groß zur Last zu fallen. Ich bin neunzehn. Bin noch jung. Ich bin im besten Arbeitsalter ...«

Ich wiederholte bei der Gelegenheit, was gestern die Wirtin im Teehaus gesagt hatte. Im Rückblick waren das eher Worte, mit denen Leute mich beurteilten und nichts, womit ich mich selber empfehlen konnte. Da fing Hara an, ein wenig zu lachen.

»Wenn Sie es sich so sehr wünschen, muss ich wohl nachgeben. Es wird wohl Fügung sein. Also gut, versuchen Sie's mal. Aber es wird hart, das sage ich Ihnen!«

Dabei blickte er unvermittelt auf den roten Berg im Hintergrund. Vielleicht hat er auch nur nach dem Wetter geschaut. Auch ich lenkte wie er meinen Blick auf den Berg. Es hatte aufgehört zu regnen, war aber dunkel bewölkt. Das Wetter hier in diesen unwegsamen Bergen hatte geradezu etwas Schauderhaftes. In dem Augenblick, als mein Wunsch in Erfüllung ging, wurde ich jedenfalls einer der Menschen in diesem Berg.

»Aber es wird hart!«

Haras Worte gaben mir eigenartig zu denken. Ein Mensch, dessen innigster Wunsch sich erfüllt, bei dem stellt sich nicht selten ein Gegenimpuls ein, und er fühlt sich angesichts des erreichten Ziels jämmerlich. Als ich endlich wunschgemäß die Zusage bekam, hier bleiben zu können, hatte ich ganz leicht diese Art von Gefühl.

46

»Also dann ...« Hara setzte mit einem anderen Ton erneut an: »Also dann. Steigen Sie auf alle Fälle mal morgen früh in die Grube ein. Ich besorge Ihnen einen Führer. Und dann – ach ja, darüber muss ich auch mal sprechen. Was Sie da mit einem Wort Bergmann nennen und sich dabei eine klar umrissene Arbeit vorstellen, das ist keineswegs ein so simples Gewerbe, wie sich's jedermann gern von außen her denkt. Gleich Bergmann werden, ja ...«

Er schaute mir ins Gesicht. »Mit der Konstitution, das ist wohl ein bisserl schwierig. Kann's denn auch was andres als Bergmann sein?«

Er fragte das ein wenig mitleidsvoll. Da verstand ich zum ersten Mal, dass es eine ganze Reihe von Stufen und Schulungen zu überwinden galt, um Bergmann zu werden. Nicht umsonst hatte Chōzō immer wieder vom Bergmann gesprochen, als wär das weiß Gott was besonders Ehrenvolles.

»Was gibt es denn außer Bergmann sonst noch? Sind denn nicht alle hier Bergleute?«, fragte ich zur Sicherheit nochmals nach.

Darauf erklärte Hara, ohne auch nur einen Anflug von Ironie die ganze Sachlage. »Also, in den Berg, da gehen zehntausend Leute rein, nicht wahr. Da sind die Schlepper, die Stollenbauer, die Klauber und die Hauer, also die eigentlichen Bergmänner, diese vier Gruppen. Die Schlepper, das sind die, die nicht zum Bergmann taugen, die arbeiten quasi unter ihnen, nicht wahr. Der Stollenbauer ist einfach gesagt eine Art Zimmerer im Berg, ja. Und dann die Klauber, die klopfen nur Gestein, das sind hauptsächlich Kinder – vorhin war doch eins hier. Das ist quasi die Arbeit für die Bergmannslehrlinge. Das wär es auch schon in aller Kürze. Und beim Bergmann wird nach Akkord gearbeitet, wenn alles gut läuft, da kommt es schon mal vor, dass er am Tag auf einen oder gar zwei Yen kommt, aber der Schlepper, der muss jahrein, jahraus mit fünfunddreißig *Sen* Tageslohn zufrieden sein. Davon gehen fünf Prozent für den Boss ab, wenn einer krank ist, gibt es nur die Hälfte, also siebzehn Sen fünf *Rin*, nicht wahr. Ja, und dann geht davon auch noch die Abnutzungsgebühr für den Futon ab – wenn es kalt wird, braucht man unbedingt zwei, dann macht das sechs *Sen* – und die Verpflegung macht pro Tag vierzehn *Sen* fünf *Rin*, Beilagen gesondert, nicht wahr. Was meinen Sie? Wenn es nicht zum Bergmann reicht, würden Sie dann auch Schlepper machen?«

Offen gesagt hatte ich nicht den Mumm, entschlossen einzustimmen, aber wie sollte ich denn jetzt, wo ich so weit gekommen bin, noch lange ablehnen. Also hab ich, so recht und schlecht geantwortet: »Mach ich!«

Ich konnte nicht genau abschätzen, ob Hara das als unerschütterlichen Entschluss auffasste oder als Ergebnis vorgegaukelten Gleichmuts, jedenfalls sagte er auf meine Äußerung hin ganz wohlgesonnen: »Na, dann kommen Sie rein. Und morgen werd ich jemanden beibringen, dann gehen Sie mal in den Berg rein und schauen sich alles an. Sie müssen wissen, hier sind zehntausend Leute, und die sind alle in solche Gruppen wie hier aufgeteilt, und selbst nur in so einer Arbeiterbaracke wie hier, da geht es jeden Tag zu wie im Taubenschlag, ja. Hat man schon mal einen auf seine Bitten hin aufgenommen, rennt er auch schon wieder davon. – Jeden Tag laufen bestimmt zwei, drei Leute weg. Na wenn schon, und jene die brav bleiben, da gibt es wieder Kerle, die werden krank oder kommen schon mal um. – Tja, das ist alles nicht so einfach hinzukriegen. Allein die Begräbnisse, ein Tag ohne fünf bis sechs ist kaum drin, nicht wahr. Wenn Sie's ernst meinen, dann strengen Sie sich aber auch wirklich an. Da setzen Sie sich, Sie müssen ja erschöpft sein. Kommen Sie hier rauf.«

Während ich alles der Reihe nach gehört hatte, wurde mir klar, dass ich egal, ob als Schlepper oder als Klauber, unter allen Umständen mein Bestes geben musste, allein um Hara gerecht zu werden. Zugleich hatte ich mir vorgenommen, auf keinen Fall etwas zu tun, das ihn in irgendwelche Schwierigkeiten bringen würde. Immerhin zählte ich neunzehn Jahre und war noch eine ehrliche Haut.

47

Ich tat wie von Hara angewiesen, wischte die Füße ab und während ich mich setzte, kam von hinten eine alte Frau, – sie kam so unvermittelt aus dem Nichts, dass ich leicht erschrak.

»Kommen Sie mit!«, sagte sie, und indem ich mich unbeholfen verbeugte, folgte ich ihr. Sie war klein gebaut, aber für ihre von hinten fast fragile Gestalt hatte sie einen ungewöhnlich federnden und energischen Gang. Der schmale braune Gürtel saß korrekt gebunden, ihr schütteres Haar war im Nacken zusammengefasst und in der Mitte von einer bleifarbenen Haarnadel gehalten. Die Kimono-Ärmel waren hochgesteckt. Wohl die »Küche« – es muss die »Küche« sein, – von ganz hinten, mitten in ihrer Arbeit war sie gerufen worden, um mich zu führen, und daher wackelte sie wohl so energisch mit ihrem Hinterteil. Oder war es, weil sie hier in den Bergen aufgewachsen war. Nein, bestimmt wegen der Küche, da konnte sie es sich nicht erlauben, behäbig einher zu gehen. Ich werde ja ab heute auch aus dieser Küche meinen Reis essen, das bedeutet, es ist bei mir ebenfalls mit der Muße vorbei. Ich muss mir in jeder Hinsicht ein Vorbild an dieser alten Oma nehmen. –

Ja, müssen! – Von diesem energischen Vorsatz waren plötzlich sogar meine völlig erschöpften Glieder erfüllt, ja, selbst das

Gewebe von Kopf und Herz schien ein wenig verändert. Schwungvoll bin ich also die mir angewiesene breite Holztreppe hochgepoltert. Aber als ich oben meinen Kopf keine dreißig Zentimeter über die Treppe hinaus gesteckt hatte, schreckte ich vor meiner eigenen Entschlossenheit zurück. Und wie ich bis zur Brust raus kam und das Obergeschoss überblickte, war ich geradezu bestürzt. Ich weiß nicht, wie viele zig *Tatami*-Matten da ausgelegt waren, aber sie erstreckten sich bis weit nach hinten in den Raum und keine einzige Trennwand war da zu sehen. Genau wie in einem *Jūdō-Dōjō* oder einem *Yose*-Theater, aber doppelt, ja drei Mal so groß. Der Raum wirkte riesig und trotz der *Tatamis* war einem, als wäre man auf ein großes Feld hinausgetreten. Das allein versetzte mir schon einen Schrecken, dazu kam, dass in dieser riesigen Ebene zwei Feuerstellen eingelassen waren, um die herum sich jeweils vierzehn, fünfzehn Leute scharten. Peinlich aber wahr, bereits hier erhielt meine Entschlossenheit einen empfindlichen Dämpfer, und das hatte mit diesen Leuten zu tun. Im Grunde war ich ein unerfahrener Grünschnabel, der sich noch nie richtig unter einen Haufen fremder Leute gewagt hatte. Und dann erst in der Öffentlichkeit, das allein machte mich schon verlegen. Hier nun, gerade angekommen und urplötzlich von einer Gruppe von Bergmännern gefangen, kurz, bei dem unvermittelten Blick auf den schwarzen Haufen wurde mir tatsächlich angst und bange. Wenn es einfach nur Menschen gewesen wären. So formuliert, versteht das wohl niemand. – Nichts dagegen, wenn es einfache Menschen wären, die hier Bergmänner wurden. Aber als ich bis zur Brust aus der Treppe hochkam, da wandte sich dieser ganze Haufen wie auf ein Kommando hin zu mir. Diese Gesichter, ehrlich gesagt, diese Gesichter haben mich total eingeschüchtert. Es waren eben keine gewöhnlichen Gesichter. Das waren keine Gesichter von gewöhnlichen Menschen. Das waren Bergmannsgesichter, wie sie im Buche stehen. Anders lässt sich's nicht ausdrücken. Wer wissen will, wie Gesichter von Bergmännern aussehen, der muss sich persönlich ein Bild davon machen. Wenn hier trotzdem darauf bestanden wird, sie zu beschreiben, mach ich's kurz. Die Backenknochen steigen nach oben hin langsam an. Das Kinn weit vorgeschoben.

Gleichzeitig weitet es sich nach beiden Seiten. Die Augen wie Töpfe vertieft, die Augäpfel hemmungslos darin eingesogen. Die Nasenflügel eingefallen. – Kurz, alles Fleischliche ist vollkommen verschwunden, während die Knochen, man könnte sagen, geradezu wie Fanfaren knochig hervorstechen. Ich fragte mich, waren das Gesichtsknochen oder Knochengesichter, derart ununterscheidbar kantig und eckig waren sie. Es ließe sich so deuten, dass sie aufgrund ihrer harten Arbeit frühzeitig alterten, aber dieses Aussehen kam nicht von natürlichem Altern. Da war selbst in feinsten Spuren nichts Rundes, Warmes oder Sanftes zu entdecken. Mit einem Wort, sie hatten etwas Wildes. Seltsamerweise schien dieses wilde Aussehen allen unterscheidungslos gemein zu sein, und als sich alle wie sie da schwarz an der Herdstelle saßen, mir zuwandten, waren augenblicklich vierzehn, fünfzehn dieser wilden Gesichter versammelt. Die da drüben um die andere Herdstelle herum saßen, hatten zweifellos die gleichen Gesichter. Es waren genau die gleichen, die aus den Reihenhäusern auf mich herabgeschaut hatten, als wir vorhin den Hang heraufgegangen waren. Das bedeutete, dass alle in diesen unzähligen Reihenhäusern, zusammen an die zehntausend Leute, dieses wilde Gesicht hatten. Ich war über die Maßen eingeschüchtert.

48

Da drehte sich die Alte um und raunzte ungeduldig: »Nun kommen Sie doch her!«

Meinen ganzen Mut zusammennehmend, begab ich mich zu den Wilden hin. Als ich schließlich bis zur Herdstelle kam, sagte sie: »Setzen Sie sich doch hierher!«

Damit hatte sie mir keineswegs einen bestimmten Platz angewiesen, sondern lediglich bedeutet, setz dich da irgendwo hin, und so nahm ich, um den schwarzen Haufen zu vermeiden, abseits auf einer *Tatami* Platz. Von Anfang bis zum Ende verschlangen mich die wilden Augen. Da gab es keine Zurückhaltung. Und keiner gab ein Wort von sich. Bevor ich eine Sitzgelegenheit ausmachen würde, konnte ich mich schwerlich unter die Gruppe mischen, und allein abseits zu sitzen, da war ich natürlich eine Zielscheibe für die Wilden, kurz es war einfach schrecklich. Da es nicht an ihr war, mich vorzustellen, sagte die Alte nur mechanisch: »Setzten Sie sich!«, um wieder, ihr Hinterteil und den Gürtelknoten darauf hin und her wedelnd, auf der Treppe nach unten zu verschwinden. Wie auf einer großen *Yose*-Bühne allein gelassen, von den Garderobenhelfern ignoriert, stand ich da, selbstverständlich mit leeren Händen. In erster Linie war ich einfach nur hilflos. Zudem war mir in meinem leichten Kimono erbärmlich kalt. Die Kälte lässt sich schon daran ablesen, dass sich die Wilden an einem Maitag alle um die Feuerstellen scharrten und diese so kräftig es ging mit Holzkohle befeuerten. Um meine Verlegenheit zu vertuschen, öffnete ich den Knopf meines Hemdes, um meine Hände unter die Achseln zu stecken, zog meine Knie an und kniff in meine großen Zehen oder massierte meine Oberschenkel mit beiden Händen und vieles mehr. In so einer Situation galt es ein ruhiges Gesicht zu machen – nicht nur das Gesicht, von ganzem Herzen aus musste man zur Ruhe kommen und sich darin üben, unbeteiligt zu sitzen, sonst blamiert man sich nur. Aber mit neunzehn war das für mich eine Kunst, die ich noch lange nicht beherrschte und so machte ich wie gesagt, allen möglichen Blödsinn, bis plötzlich einer rief: »Hey!«

Ich war gerade dabei, meinen Gürtel aus *Narumi*-Batik neu zu binden und hatte die Augen nach unten gerichtet, aber sobald ich die Stimme hörte, rissen die Halssehnen mein Gesicht hoch, als wär es eine Elektrovorrichtung. Alle Gesichter von vorhin hatten ihre Augen auf mich gerichtet, sie funkelten. Aus welchem der Gesichter dies »Hey« kam, konnte ich nicht erkennen, aber egal aus welchem, da war kein großer Unterschied. Alle Gesichter hatten diesen wilden Ausdruck, und beim genauen Hinschauen mischten sich darin Verachtung, Verschlagenheit und Neugier. Sobald ich das beim Aufschauen erkannte, wurde mir schrecklich unwohl. Da ich nicht recht weiter wusste, wartete ich mit erhobenem Kopf, bis dieses »Hey« nochmals ertönen würde.

Ich weiß nicht, wie lang ich in dieser erwartungsvollen Haltung verblieb. Da sagte einer unvermittelt: »Ganz schön überheblich, boah!«

Diese Stimme war etwas rauer als das »Hey« von vorhin, also musste es ein anderer gewesen sein. Da es keine Frage war, die eine Antwort erfordert hätte, schwieg ich folglich – in Worten geschrieben sieht dieses »Boah« ganz normal aus, aber in Wirklichkeit war es wie im Befehlston eines tätowierten Randalierers verschliffen und schrecklich derb. Im Innersten stockte mir das Blut. Seit ich hierher kam, hab ich nur mit Hara und der Alten vorhin Worte gewechselt, und mal von der Oma als Frau abgesehen, war Hara ungewöhnlich höflich. Aber Hara ist der Kantinenleiter. Da der Boss so umgänglich war, hatte ich unwillkürlich angenommen, auch die gemeinen Bergleute seien nicht so arg. Aber als dieses Geschimpfe aus heiterem Himmel über mich niederging, war ich weniger eingeschüchtert als entgeistert. Hätte ich sofort mit gleicher Bosheit zurückgefeuert, hätte sich sofort geklärt, ob ich eine Tracht Prügel beziehen oder von gleich zu gleich verkehren würde, aber ich entgegnete gar nichts. Als Tōkyōter hätte ich normalerweise schon etwas gehabt, um irgendwie mit gleicher Münze herauszugeben. Warum ich trotzdem rein gar nichts hinbekam, weder im Ton auf stark zu machen noch als normale Revanche –, war es, weil ich den Typen verachtete und er daher nicht als Gegner in Frage kam oder weil ich vor Angst keinen Mut aufbrachte? Ich würde zu gern sagen, es war ersteres. In Wahrheit war es wohl eher letzteres. Zumindest spielte wohl beides eine Rolle, um es elegant auszudrücken. Auf der Welt gibt es jede Menge, was man sowohl verachtet und vor dem man zugleich Angst hat. Keineswegs ein Widerspruch.

49

Egal, welches von beidem, da die Bergleute wohl dachten, ich hätte die Absicht, das Geschimpfe geduldig wegzustecken, brachen sie in Gelächter aus. Je schweigsamer ich wurde, desto lauter schallte dieses Lachen, das war klar. Als Vergeltung dafür, dass die Gesellschaft draußen niemanden für voll nahm, der aus dem Bergwerk kam, überschüttete man zu gerne normale Leute, die sich schon mal ins Bergwerk verirrten, mit Hohn und Spott. Aus meiner Sicht bekam ich hier ganz allein den gesamten Groll dieser Bergleute auf die Gesellschaft ab. Bevor ich ins Bergwerk kam, hatte ich mich ja selber in den Gedanken verbohrt, es nicht mit der Gesellschaft aufnehmen zu können. Aber hier in die Arbeiterbaracke hineingeschneit, musste ich feststellen, dass auch jemand wie ich nicht im Geringsten als einer von ihnen behandelt wurde. Ich befand mich zwischen der normalen Gesellschaft und der der Bergleute, also zwischen allen Stühlen. Als mir da dieses Lachen der vierzehn, fünfzehn Leute fast glühend mitten ins Gesicht schlug, fühlte ich mich weniger traurig, peinlich berührt oder ohnmächtig, vielmehr empfand ich, dass hier Typen von einer fast erbärmlichen Unmenschlichkeit versammelt waren. Dass sie keine Bildung hatten, war mir von Anfang an klar. Daher wollte ich nichts fordern, was Bildung voraussetzte, aber selbst ein Bergmann, der aus einem Mutterleib geboren worden war, musste doch dabei etwas Menschliches mitbekommen haben. Angesichts des davon scheinbar völlig unberührten Gelächters dachte ich nur, ihr Bestien! Bestie meinte ich hier nicht als Schimpfwort, wenn man wütend ist, eher in der Bedeutung, wenn man jemanden nicht als Menschen anerkennen konnte. Als Ergebnis meiner bisherigen Erfahrungen hat für mich inzwischen die Distanz zwischen Mensch und Bestie ziemlich abgenommen, da würde ich mit meinen abgestumpften Nerven das alles vermutlich nicht weiter ernst nehmen, aber damals mit meinen zarten neunzehn Jahren und einem unerfahrenen, empfindsamen Kopf wirkte dieses gemeine Lachen schmerzhaft und unerträglich. Immer wenn ich mich daran erinnere, dann möchte ich dieses wirklich ergreifend rührende Nervensystem von damals am liebsten, so wie es war, in reine Watte wickeln und sorgsam aufbewahren.

Als dieses gehässige Gelächter nachließ, kam folgende Frage: »Woher kommst'n?«

Der Fragende saß mir am nächsten, daher konnte ich klar erkennen, von wem die Frage kam. Er saß mit einem hellblauen, handtuchartigen Gürtel um die Hüften mir mit dem Rücken zugewandt im Schneidersitz und wendete mir nur das Gesicht von der Seite zu. Es hatte den Anschein, als wäre das Lid des einen Auges heruntergezogen und war ganz rot und noch dazu war die Bindehaut blutunterlaufen.

»Ich, aus Tōkyō.«

Auf meine Antwort hin sog das Rotauge seine fleischlosen Wangen ein und indem ihm ein verächtliches Lachen entkam, deutete er mit seinem Kinn in Richtung auf einen, der vier Plätze weiter saß. Der sah aus wie ein Bettelmönch und begann auf dieses Zeichen hin zu reden: »Ach, da schau her, aus Tōkyō sind wir. A windig's Studentenbürscherl sind wir. Hast dir wohl die Finger an einer Nutte verbrannt, was? Dreister Kerl. Überhaupt benimmt sich die ganze Studentenbrut in letzter Zeit unmöglich. Glaubst, so ein Bürscherl wie du hat auch nur so viel Ausdauer, mach schleunigst, dass du heimkommst. Das hier ist kein Geschäft für so windige Arme da.«

Ich schwieg. Da ich einfach stumm blieb, schien auch die Spannung zu weichen und das scheppernde Gespött legte sich. Einer der Bergmänner hatte ein ganz gewöhnliches Gesicht, so ebenmäßig, dass es auch in der Öffentlichkeit für normal durchgegangen wäre. Während ich von Spott übergossen dasaß, hob ich gelegentlich meine Augen, um zu diesem schwarzen Haufen hinüberzusehen, dabei konnte ich in etwa die Anzahl der Leute, ihre Kleider, den Grad ihrer Wildheit und so weiter allmählich auflösen, während mir zu Beginn alles nur als ein einziges Gesicht ins Auge stach, das vor allem aus Knochen und Augen bestand, überzogen von bestienhaftem Dunstleib, derart wenig konnte ich anfangs Details erkennen. Ich blickte wiederholte Male auf und allmählich konnte ich vier, fünf Leute unterscheiden, und dieser eine Bergmann stach als Einziger heraus. Er war noch keine dreißig. Er hatte einen stämmigen Körperbau. Die Stelle, an der sich Augenbrauen und Nasenwurzel trafen, war etwas nach innen eingesunken und sah aus, als wäre sie von einem Nasenkneifer eingedrückt worden. Es wirkte so, als sei hier sein Zorn festgeklemmt, aber gerade dadurch schien der Grad seiner Wildheit gemildert, was ihn positiv unterschied. – Dieser Bergmann ergriff jetzt zum ersten Mal das Wort.

50

»Warum bist du gerade hierher gekommen? Das macht doch überhaupt keinen Sinn, Mann. Hier gibt's nix zu holen. Die Kerle hier, das sind doch alles heruntergekommene Typen. Je schneller du verduftest, desto besser. Und wenn du nur Zeitungsausträger machst, kehr zurück. Hab mir damit auch mal die Schule finanziert, aber mit meiner Rumzieherei bin ich schließlich so weit gekommen, dass ich mit dem Fraß hier in der Grube Vorlieb nehmen muss. Wenn du erst so weit bist wie ich, dann ist's vorbei. Selbst wenn du willst, kannst nicht mehr weg. Drum nichts wie zurück nach Tōkyō und werd Zeitungsausträger. So ein Student wie du hält das hier keinen Monat aus. Niemand wird dir was Schlechtes nachsagen, drum verschwinde von hier! Hast du verstanden?«

Das war eine vergleichsweise ernstgemeinte Warnung. Dabei hat sogar die Fraktion der Bestien manierlich darauf verzichtet, dazwischenzufahren. Für eine Weile blieb es still. Dieser Bergmann hatte wohl mehr oder weniger eine gewisse Macht, und ich hatte den Verdacht, die anderen hielten sich vor ihm vermutlich zurück. Irgendwie verspürte ich dabei im Grunde meines Herzens eine gewisse Freude. Dieser Bergmann hier, auch alle anderen, egal, was für eigenwillige Gesichtszüge sie hatten, im Grunde scharrten und bohrten sie alle in einem Loch nach Erz, mehr nicht. Das bedurfte wohl keiner großen Kunstfertigkeit. Vermutlich beruhte das Ansehen dieses Mannes wohl darauf, dass er lesen, die Dinge einigermaßen verstehen und beurteilen konnte – kurz, allein darauf, dass er Erziehung genossen hatte. Ich werde hier einfach nur zum Narren gehalten. Die Mehrzahl demütigt mich, indem sie mich wie einen Unmenschen behandelt, der selbst zum untersten Arbeiter nicht taugt. Aber wenn ich erst einmal in diese Welt hinein kommen und einer von diesem wildem Haufen werden würde, dann könnte ich möglicherweise im Laufe von ein, zwei Monaten Zusammenlebens in etwa die Autorität dieses Mannes da erwerben. Warum nicht. Ich hatte das sichere Gefühl, dass es so kommen müsste. Daher war mir egal, wer da was auch immer sagte, ich werde nicht zurückkehren, ich werde beweisen, dass ich's schaffe, mehr als eine ganze Portion dieser Gemeinschaft zu werden. –

Wild entschlossen hatte ich mich in ziemlich alberne Spinnereien verstiegen, aber im Rückblick schien es doch nicht bar jeder Logik. Zwar hörte ich den Warnungen dieses Bergmanns ergeben zu, aber ich kam seiner Aufforderung, zurückzukehren, dennoch nicht nach. Da lebten die kurzzeitig verstummten Spötterzungen wieder auf.

Einer meinte: »Wenn du bleiben willst, kannst unsertwegen bleiben, aber hier gibt's Regeln und wenn du die nicht schluckst, gibt's Ärger.«

Daraufhin fragte ich: »Was für Regeln denn?«

»Bist'e blöd. Da gibt's den Boss und da gibt's die Kameraden, verstanden!«, brauste er mit unglaublich lauter Stimme auf.

»Und wer ist der Boss?«, fragte ich versuchsweise nach. Eigentlich wollte ich den Mund halten, da er derart barsch redete, aber es schien mir dann doch zu riskant, nachher eine Abreibung zu bekommen, sollte ich doch eine der Regeln verletzen, also fragte ich lieber gleich.

Da konterte ein anderer umgehend: »Bei dir is doch Hopfen und Malz verlorn. Weeste nich, was'n Boss is, oder was? Wer Boss und Blutsbrüder nicht kennt, der is hier schon mal als Kumpel total fehl am Platze, woll! Mach schnell, dass de verschwindest.«

»Da gibt's den Boss und die Blutsbrüder, also da gibt's nix zu verdienen, vergiss es. Verschwinde!«

»Verschwinde!«

»Verschwinde!«

Immer wieder dieses ›Verschwinde!‹, aber sie meinten es in Wirklichkeit nicht zu meinem Besten, sondern weil sie mich nicht in ihre Gruppe aufnehmen wollten. Sie dachten, der will bestimmt nur den Reibach machen, daher lassen wir ihn schon gar nicht über die Schwelle. Hier gibt's nur für uns Arbeit zum Verdienen, drum soll er aufgeben und schnellstens den Rückweg antreten. Folglich sagten sie auch nicht, wohin ich verschwinden sollte. Von ihnen aus gesehen konnte das ruhig auf den Grund eines Flusses oder in irgendein Loch hinein sein oder wo auch immer. Ich schwieg.

51

Sollte es auf diese Weise weitergehen, dann war leicht auszumalen, was geschehen würde. Die Feinde waren nicht nur hier um diese Feuerstelle herum versammelt. Wie schon angedeutet, war drüben auch ein schwarzer Haufen zu einem großen Kreis zusammengerückt. Die eine Gruppe hier machte mir schon genug zu schaffen, käme der andere Haufen auch noch dazu, wäre es äußerst kritisch. Während ich also hier zum Besten gehalten wurde, schielte ich gelegentlich rüber auf die künftigen Feinde – das heißt, ich stufte jeden, sobald er nur ein Mensch war, als Feind ein, die waren zwar noch da drüben, aber es waren zukünftige Feinde, die jederzeit heranzurücken drohten.

So fühlte ich mich rundherum von allem abgeschnitten und isoliert. Unfähig auf eigenen Füßen zu stehen, jagte ich irgendwelchen Dingen hinterher und wurde selber gejagt, einen schlimmeren Zustand konnte man sich kaum vorstellen. Es heißt ja, wenn man auf Feinde trifft, muss man sie verschlingen oder man wird selbst verschlungen. Sollte beides unmöglich sein, gilt es die Beziehung abzubrechen und den Feind mit selbstbewusster Haltung im Auge zu behalten. Wer sich weder mit dem Feind arrangieren, noch sich seiner Macht entziehen kann, ja, sich von ihm demütigen lassen muss, der zahlt allemal bitter drauf. Es war der absolute Tiefpunkt. Zwar bin ich später immer wieder in solche Situationen geraten und habe stets verschiedenste Auswege studiert, aber je mehr ich studiert hatte, desto weniger hielt ich mich daran. Deshalb waren hier alle meine drei Optionen in den Wind gesprochen. Sollte es sich dabei auch noch um abgedroschene Wahrheiten handeln, die sich eh von selbst verstehen, dann wäre es mir geradezu peinlich, sie hier ausgebreitet zu haben. Wer sich ohne richtige Belesenheit bis hierher wagt, sitzt in der Tinte, kann er doch offensichtlich Wichtiges nicht von Unwichtigem unterscheiden.

Während ich also nach allen Seiten sorgenvoll spähend dasaß, darauf bedacht, mich so klein wie möglich zu machen, hieß es plötzlich: »Bitte nehmen Sie doch Ihre Mahlzeit ein.«

Es war die Stimme der alten Frau. Ganz unbemerkt war sie heraufgekommen, aber da meine Seele gerade dabei war, auf die Größe eines Taubeneis zu schrumpfen, hatte ich davon rein gar nichts wahrgenommen. Auf einem abgeblätterten Serviertischchen lag umgekehrt eine Reisschale mit abgesplittertem Rand. Auch ein kleiner Reisbehälter war darauf. Die Essstäbchen waren rot und gelb lackiert, der gelbe Lack war bereits halb abgesprungen und gab die Holzmaserung frei. Als Beilage war ein Teller mit *Konnyaku*-Nudeln dabei. Sobald ich auf das Esstischchen niederblickte, erfasste mich ein Bärenhunger. Seit heute Morgen hatte ich nicht einen Tropfen Wasser in den Mund bekommen. Mein Magen war völlig leer. Falls nicht leer, wären da allenfalls die Schmalzkrapfen und die Süßkartoffeln von gestern. Zwei Mittags- und Abendmahlzeiten waren ohne einen Happen verstrichen, und egal, wie klein meine Seele gerade geschrumpft war, beim Anblick der Reisschalen überfiel mich unwillkürlich ein ungestümer Heißhunger, der mir bis zur Kehle hochstieg. Ich dachte weder an den Spott noch ans Durchmischen des Reises, schob alle kleinlichen Bedenken beiseite und überstürzt häufte ich mir aus dem Reisbottich meine Schale voll. Jeder Handgriff war mir lästig, derart lang ersehnt war's, als ich mit den abgeblätterten Stäbchen endlich in den Reis fuhr, da – was ist das? Nichts blieb auf den Stäbchen. Sogleich schob ich die Stäbchen noch energischer hinein, um diesmal bestimmt nicht leer auszugehen, aber umsonst. Der Reis war derart glitschig, dass er vorn von den Stäbchen abrutschte und sich um nichts in der Welt vom Schalenrand entfernen wollte.

Mit meinen neunzehn Jahren war es für mich eine bisher unbekannte Erfahrung, so seltsam, dass ich den gleichen sinnlosen Versuch zwei, drei Mal wiederholte, ehe ich schließlich die Stäbchen ablegte und kurz überlegte. Es war geradezu wie verhext. Die Bergmänner, die mir zuschauten, fingen bereits wieder an zu lachen. In dem Augenblick, in dem ich deren Stimmen vernahm, führte ich die Schale an den Mund und schippte mir meinen Mund mit dem unappetitlich matten Reis voll. Da hatte ich das Gefühl, als würde meine Seele weder bei den Bergmännern noch beim Hunger, sondern ganz allein vorne auf der Zungenspitze sitzen, derart seltsam war der Geschmack, den ich wahrnahm. Von Reis war da keine Rede. Das ist Putzmörtel. Als sich dieser Mörtel im Speichel auflöste und im ganzen Mund verteilte, machte sich dort ein unbeschreibliches Gefühl breit.

»Schaut nur sein Gesicht an. Einfach köstlich!«, bemerkte einer.

»Obwohl doch gar kein Feiertag ist, hätt er wohl gern fein glänzendem Reis. D'rum sagen wir dir doch, hau ab!«, fügte ein anderer hinzu.

»Kennt den Geschmack von *Nanjing*-Reis nicht, und so was will Bergmann werden, hat man so was schon gehört«, kam es wieder von einem anderen.

52

Unter ihrem Gespött würgte ich ungeschickt den *Nanjing*-Reis runter. Ich hätte es gern bei diesem Bissen belassen, aber nun hatte ich mir übervoll aufgetan und würde ich das nicht aufessen, bekäme ich wiederum die geballte Verachtung zu spüren; es galt also die bittere Gallenmedizin zu schlucken, und somit beförderte ich den Inhalt der ganzen Schale in meinen Magen. Keineswegs aus Appetit! Kaum zu ermessen, wieviel köstlicher die Schmalzkrapfen oder die gedämpften Süßkartoffeln von gestern waren. Den faden Geschmack dieses billigen importierten

Nanjing-Reis' hatte ich damals zum ersten Mal in meinem Leben gekostet.

Meine übervolle Reisschale brachte ich mit Ach und Krach zu Ende. An eine zweite Portion war gar nicht zu denken, daher habe ich nur noch die *Konnyaku*-Nudeln verputzt und meine Stäbchen weggelegt. Obwohl ich mich derart heldenhaft überwunden und mir dieses ekelhafte Zeug einverleibt hatte, wurde ich, kaum hatte ich die Stäbchen abgelegt, wieder erbarmungslos mit Hohn und Spott überzogen. Zu dem Zeitpunkt war das äußerst bitter, aber als ich in der Folge auch in den »Genuss« kam, dreimal täglich diesen Reis vorgesetzt zu bekommen, habe ich mich glatt an diesen Putzmörtel gewöhnt, ja festgestellt, dass er genau wie der einheimische, der feine silberweiß glänzende Reis für die Menschheit nicht nur genießbar, sondern eine ihr angemessene nahrhafte Köstlichkeit sei, womit mir im Rückblick meine Zögerlichkeit vor dem abgeblätterten Tablett äußerst peinlich ist. Der Spott der Kumpel damals erscheint mir heute durchaus nachvollziehbar. Wäre ich Zeuge eines derart unerfahrenen, sich aristokratisch gebärdenden Bergmannes, der sich vor einer Schale *Nanjing*-Reis ziert, würde wohl selbst ich lachen. Grund genug wäre es, nicht unbedingt spöttisch, eher wohlwollend zu lachen. So kann sich ein Mensch ändern.

Hier wurde nun schon zu viel über *Nanjing*-Reis geschrieben, daher lasse ich es darauf beruhen, denn ich weiß nicht, wie weit mich die beißende Kritik meiner damaligen Dummheit noch führen würde.

Nun erklang plötzlich ein Klopfen wie auf Blechschüsseln. Dabei blieb es nicht. Mit dem zweiten, dritten Klirren zeichnete sich ein Rhythmus und Takt ab. Schließlich setzte auch noch ein Holzfällerlied ein. Natürlich war es kein richtiges Holzfällerlied, in meinen unerfahrenen Ohren damals klang es aber noch am ehesten danach. Da war es auch mit dem beißenden Spott vorbei, dem ich ausgesetzt war. Durch die vollkommen stille Bergluft erklang zwischen dem lauten Klirren diese seltsame Art Gesang, der allmählich näher kam.

»›Schepper-Umzug‹, das ist ein ›Schepperer‹!«, schrie einer und hätte sich beinah auf die Schenkel geklopft.

»Ein ›Schepperer‹, ja, ein ›Schepperer‹!«, stimmten mehr und mehr ein, und der schwarze Haufen löste sich auf, um ans Fenster zu stürzen. Ich hatte keine Ahnung, was für eine Art »Schepper«-Umzug das sein sollte, und als sich die Aufmerksamkeit aller von mir abwandte, wurde mir plötzlich leichter zumute und ich bekam sogar so viel Schneid, nun auch wissen zu wollen, was es mit dem »Schepperer« auf sich hatte. Lebhaft empfand ich, dass das menschliche Herz wie Wasser ist, wird es bedrängt, zieht es sich zurück, wird ihm nachgegeben, kommt es herangerückt. Oder anders gesagt, so als lebte man ein Leben lang in einem Sumo-Kampf, ohne je eine Hand zu rühren.

Wie nun alle aufgestanden waren, erhob ich mich ebenfalls und ging ans Fenster. Unten herum war alles von den schwarzen Köpfen versperrt, deshalb stellte ich mich auf die Fußspitzen und blickte von oben aus hinunter, wo zwei Männer in Jacken mit dunkelblauen engen Ärmeln um die Ecke der schrägen Steinmauer gegenüber kamen. Dahinter gingen noch zwei Leute. Sie hielten jeweils in jeder Hand eine Art flach gestauchten Blechnapf. Ach ja, die waren es wohl, und tatsächlich wurden diese in dem Augenblick scheppernd gegeneinander geschlagen. Die schrägen Töne trafen auf die Steinmauer, hallten vom kahlen Berg herüber und bevor sie verklangen, kam bereits ein weiteres Paar, das es scheppernd erklingen ließ. Und wieder kamen welche zum Vorschein. Diesmal aber ohne Blechnäpfe. Dafür das Holzfällerlied – vorhin sprach ich von Holzfällerlied. Jetzt hingegen erschien mir ihr Gesang eher wie *Naniwa-bushi,* eine Kriegsballade, die sie auf ganz eigentümliche Art förmlich herausschrien.

53

»Hey, ist unser Herr Kin nicht da?«, schrie einer der schwarzen Köpfe. Er stand mit dem Rücken zu mir und ich konnte sein Gesicht nicht erkennen. Darauf reagierte sofort einer:

»Richtig, zeigt's dem alten Kin.«

Daraufhin blickten plötzlich fünf, sechs schwarze Köpfe in meine Richtung. Ich war darauf gefasst, wieder irgendwas an den Kopf geworfen zu bekommen und blieb einfach nur stehen, aber seltsamerweise waren die Augen gar nicht auf mich gerichtet. Sie schienen irgendwohin in die hintere Ecke des weitläufigen Raumes zu blicken, und ich fragte mich, was da sein könnte und wendete mich ebenfalls um und – da lag einer. Bedeckt von einem dünnen Futon lag da ein Mann.

»Hey, Kin, Alter!«, rief einer mit lauter Stimme, aber der Liegende gab keine Antwort.

»Hey, Kin, steh doch mal auf!«, brüllte er nun förmlich, aber es gab keine Antwort und schließlich gingen drei vom Fenster zu ihm rüber. Grob rissen sie ihm die Zudecke weg, da lag der Mensch mit schmalem Gürtel um.

»Steh schon auf! Aufstehn! Zeigen dir was Schön's«, hörte man sie dabei rufen.

Folglich stand er von zwei Männern gestützt auf. Und sie kamen hierher. Als ich dieses Elend, dieses Gesicht zum ersten Mal erblickte, überkam mich unwillkürlich ein Schaudern. Der Mensch hier hatte nicht einfach geschlafen, um sich auszuruhen. Der war richtig krank. So schwer, dass er sich nicht einmal von alleine aufrichten konnte. Er war wohl an die fünfzig und schien sich einige Tage nicht rasiert zu haben, denn im Gesicht wucherte ein struppiger Bart. So wild er auch aussah, ausgemergelt wie er war, gab er schlicht ein Bild des Elends ab. Direkt Angst einflößend. Auf mich jedenfalls wirkte sein Gesicht bei diesem ersten Mal geradezu furcht erregend. Der Kranke kam von den beiden Männern hochgehievt, so dass ihm seine Beine kraftlos herunterbaumelten, ans Fenster heran. Bei dem Anblick johlten die Leute begeistert auf.

»Hallo, alter Kin, komm schnell! Da kommt grad ein ›Schepperer‹ vorbeigetanzt. Komm schnell und schau mal!«

»I will kan ›Schepperer‹ ned sehn!«

Der Kranke, ungefragt und gegen seinen Willen herbeigeschleift, antwortete mit kraftloser Stimme. Aber sogleich wurde er an die eine Ecke des Schiebefensters gedrängt.

Davon ungerührt kam der »Schepper«-Zug scheppernd und dröhnend bis zur Steinmauer. Ich wunderte mich, ob der Zug immer noch nicht zu Ende sei, streckte mich abermals, und als ich diesmal hinunterblickte, erschauderte ich ein weiteres Mal. Zwischen den Blechnäpfen wurde ein viereckiger Behelfssarg schaukelnd den Bergweg hochgetragen. An beiden Enden war eine dünne, von weißem, festem Baumwollstoff umwickelte Zedernholzstange durchgeschoben, an der der Sarg wie eine bestellte Wasserladung recht unsacht auf Schultern befördert wurde. Soweit ich sehen konnte, sangen auch die Träger recht heiter mit. –

Hier hab ich denn auch zum ersten Mal die Bedeutung von »Schepperer« begriffen. Egal, was in meinem Leben noch alles passieren würde, das hier würde ich bestimmt nie mehr vergessen, so schmerzhaft wurde mir die Bedeutung vor Augen geführt. »Schepperer« war nichts anderes als ein Leichenzug. Es war eine bestimmte Art, die ausschließlich für Bergmänner, Stollenbauer, Bergknappen und Schlepper bestimmt war. Ein Begräbnis, bei dem die Sutra wie eine Kriegsballade gesungen wurde, dazwischen Musik, bei der förmlich die Blechnäpfe zerschmetterten, der Sarg wie eine Ladung Wasser herumgeschaukelt wurde und – nicht zuletzt halbtote Kranke, ob sie wollten oder nicht, zum Aufstehen gezwungen wurden, und über ihren Protest hinweg diesen Leichenzug gezeigt bekamen. Das hatte etwas Argloses und Grausames zugleich.

»Kin, alte Haut, wie isses, hast's gesehen, interessant, gell?«

»Hob's ja angschaut, drum bringts mi wieda z'ruck ins Bett und lasst's mi schlaffa. In Gott's Nama!«, bat nun der Kranke.

Die beiden von vorhin nahmen ihn zwischen sich und unter vielen »Hau ruck« brachten sie ihn in kleinen Schritten wieder zu seiner Bettstelle zurück.

54

Als würde sich der bewölkte Himmel in Pulver verwandeln und herabrieseln, fing es an zu regnen. In diesem Regen bewegte sich der »Schepper«-Zug trommelnd hinunter in Richtung Ortschaft.

»Wieder Regen.«

Die Menge löst sich vom Fenster und jeder kehrte für sich an die Feuerstelle zurück. Ins allgemeine Gedränge gemischt wurde ich ganz unbemerkt Teil dieses wilden Haufens und konnte ebenfalls bis nahe ans Feuer rücken. Das kam teils zufällig, teils mit Absicht. Das Feuer war am Verglimmen und es wurde empfindlich kalt. Dieser Kälte hier in den Bergen war keineswegs mit einem einfachen Kimono beizukommen. Dazu fing es auch noch zu regnen an. Man konnte es als Regen, aber ebenso gut als Nebel bezeichnen, so fein waren die Tropfen, die den kahlen Berg völlig einhüllten, auch der Himmel, von dem sie herabsickerten, war vollkommen verdeckt. Die Regentröpfchen fielen so dicht, dass ich das Gefühl hatte, selbst hier im Haus würde mir diese Feuchtigkeit feiner noch als Reiskleie förmlich zu den Hautporen hinein bis ins Innerste dringen. Ohne Heizen war das nicht auszuhalten.

Ich nahm also einen leidlich annehmbaren Platz ein und spürte etwas von der Hitze der Feuerstelle im Gesicht. Zu meinem Erstaunen wurde ich diesmal übersehen und es ging ganz ohne Spott und Hohn ab. Sei es, weil ich mich selbst so eifrig dieser wilden Bande aufgedrängt hatte und endlich als ein normaler Wilder anerkannt wurde, sei es, dass ihnen nach dem »Schepper«-Zug unbemerkt der Sinn anders stand und sie mich für eine Weile vergessen hatten, sei es auch, dass sie einfach ihr Pulver verschossen und genug vom Sticheln hatten – jedenfalls fühlte ich mich, nachdem ich meinen neuen Platz eingenommen hatte, einigermaßen erleichtert. In der Folge drehte sich, wie nicht anders zu erwarten, das Gespräch weiter um den »Schepper«-Zug. Dem Stimmengewirr entnahm ich Folgendes:

»Woher wohl der ›Schepperer‹ vorhin kam?«

»Woher auch immer, s'war halt ein ›Schepperer‹!«

»Möglicherweise von der Kuroichi-Gruppe. Sieht ganz danach aus.«

»Überhaupt, wenn's mal zum ›Schepperer‹ kommt, wohin geht's denn dann wohl?«

»Zum Tempel! Ist doch keine Frage.«

»Verkauf mich nich' für blöd. Ich frag, wo's danach hingeht.«

»Genau, die bleiben ja nicht beim Tempel. Danach geht's sicher noch woanders hin.«

»Sag ich doch. Frag mich, was das für ein Ort sein mag. Wohl grad so wie hier?«

»Klar doch, da wo die Menschenseelen hingehen, da wird's wohl im Großen und Ganzen so zugehn, wie hier.«

»Bin da ganz derselben Meinung. Wenn man einmal geht, wohin denn schon.«

»Was da auch immer von Hölle und Paradies geredet wird, was zum Beißen wird's wohl geben.«

»Ob's da Weiber gibt?«

»Glaubst, s'gibt auf der Welt ein Land ohne Weiber?«

Das war annähernd das Gespräch und man wurde beim Zuhören nicht recht klug daraus. Zunächst dachte ich, die machen nur Spaß. Nichts schien dagegen zu sprechen, loszulachen, aber ich ließ es zunächst und beobachtete mit zuckendem Mundwinkel die ganze Szene. Aber zum Lachen war wohl nur mir zumute, denn alle Gesichter um die Feuerstelle herum waren wie in Stein gemeißelt. Die sprachen hier mit äußerstem Ernst über jenes große Problem Zukunft. Es schien die reine Lüge zu sein, welcher Eifer jedem auf der Stirn stand. Angesichts dieser Stimmung wandelte sich meine Lust zu lachen schlagartig. Dass diese blindwütigen Draufgänger hier – Leute, die mit ihrer Grubenlampe immer im Bewusstsein in den Stollen einstiegen, unter Umständen nie mehr das Sonnenlicht zu erblicken – Leute wie Maschinen, eine Art Barbarenbande von maschinenhaften Bestien –, dass diese Leute ihre Zukunft so ungemein wichtig nehmen würden, lag völlig außer meiner Vorstellungskraft. So betrachtet war durchaus einzusehen, dass es eine Religion braucht, die eine Art Garantie auf die Zukunft gibt. Als ich schließlich meinen Blick hob und diese Gesellen betrachtete, wie sie im Schneidersitz um die Herdstelle saßen, wurde mir gar nicht bewusst, dass mir inzwischen vor Respekt das Lachen im Hals stecken geblieben war. Zunächst glaubte ich, eine Brettl-Aufführung zu erleben, aber als ich die Augen öffnete, saßen unmittelbar vor mir lauter Glücksgötter, wenn auch martialische *Bishamon*, und etwas sagte mir, würdevolles Benehmen sei angebracht. Mit einem Wort, zum ersten Mal hatte ich den Keim ernsthafter Religiosität erkannt und auch vor diesen Wesen, halb Bestie, halb Mensch, ein Gefühl strenger Würde empfunden. Zu meiner Schande muss ich meinerseits bekennen, bis heute keinerlei Religiosität zu empfinden.

55

Da fing der Kranke von vorhin an, hinten in der Ecke zu stöhnen. Sein Gestöhne hatte natürlich keine bestimmte Bedeutung. Es war weiter nichts als das Stöhnen eines Kranken, aber für die Kerle, die sich gerade derart den Kopf über die Zeit nach einem »Schepperer« zerbrachen, klang es wohl irgendwie bedenklich. Alle schauten sich an. Einer erkundigte sich mit lauter Stimme:

»Hey, Kin, Alter, geht's uns schlecht?«

Der Kranke gab nur ein weiteres Stöhnen von sich. Ob bloßes Gestöhne oder eine Antwort, war nicht zu unterscheiden. Ein anderer versuchte ihn, so wie er da am Rand der Herdstelle saß, ebenfalls lauthals zu trösten.

»Nun nimm dir doch das mit deiner Alten nicht so zu Herzen. Die ist dir nun mal weggenommen worden. Was willst' da jetzt noch nachjammern. Deine Alte ist verpfändet. Ist doch klar, dass sie weg ist, wenn du sie nicht freikaufst.«

Dabei war es fraglich, ob er ihn trösten oder über ihn herziehen wollte. Für einen Bergmann war es wohl das Gleiche. Zur Antwort stöhnte der Kranke nur – und zwar so schwach gehaucht, dass es wohl kaum als solche zu vernehmen war. Da stellten die Männer ihren Trostversuch, der sich nicht recht zum Dialog entwickeln wollte, ein und wandten sich wieder ihrem Gespräch an der Herdstelle zu. Aber es ging weiter um Kin.

»Is doch so, wenn er nicht krank geworden wär, hätt' ma dem Kin seine Alte nicht weggenommen. Im Grund ist er doch selber schuld«, meinte einer, der in Kins Krankheit dessen Schuld sah, und sogleich pflichtete ihm einer bei:

»Du sagst es! Als er krank wurde, hat er sich Geld geliehen und weil er's nicht zurückzahlen konnte, wurd ihm die Frau als Pfand weggnommen. Daran gibt's ehrlich gesagt, nix auszusetzen.«

»Wieviel Geld hat er denn aufgenommen?«, wollte einer wissen.

»Fünf *Ryō*«, kam von einem auf der andern Seite kurz als Auskunft.

»Da kam dann dieser Kerl Ichi, ist in ein Reihenhaus runter und hat sich an die Stelle von unserm Kin gesetzt. Hahaha!«

Es war eine Pein, neben der Herdstelle zu sitzen. Am Rücken schlotterte ich vor Kälte, unter den Achseln rann mir der Schweiß herab.

»Wär schon gut, wenn unser Kin auch schnell wieder gesund wird, und seine Alte auslösen kann.«

»Wieder mit Ichi wechseln? Nun gut!«

»Oder, wenn er clever ist, verdient er einfach einen dicken Batzen und löst sich was Besseres ein!«

»Das wär's!«

Bei dieser Bemerkung fingen alle an wie auf ein Kommando hin zu lachen.

Bei dem Gelächter war mir ganz und gar nicht nach Lachen und ich senkte meinen Blick. Da merkte ich erst, dass ich immer noch förmlich kniend auf den Fersen saß. Das kam mir dann doch zu blöd vor, ich lockerte mich und setzte mich in den bequemeren Schneidersitz. Aber im Innern hatte ich noch keineswegs die Ruhe, mich selbst im Schneidersitz zu entspannen.

Inzwischen näherte sich allmählich der Abend. Nicht wegen der fortgeschrittenen Zeit, sondern wegen der Wetterlage und auch der umliegenden Berge wurde es früh dunkel. Wenn man schweigend hinhörte, war auch das Regengeräusch verschwunden, folglich schien der Regen aufgehört zu haben. Aber bei dieser Dunkelheit war es eher unwahrscheinlich. Da die Fenster vorhin verschlossen wurden, konnte man die Lage draußen nicht erkennen. Aber die schwarze, feuchte Luft drang ungehindert durch die *Shōji* und legte sich um die Herdstelle herum fest. Die Gesichter der daran aufgereiht sitzenden vierzehn, fünfzehn Leute wurden allmählich immer verschwommener. Zugleich schien der in der Mitte der Feuerstelle aufgeschichtete Holzkohlenberg zunehmend rot glühend hervorzuleuchten. Mir war, als würde ich immer tiefer in einen Stollen eindringen und das Feuer umgekehrt allmählich vom Stollen hochsteigen – unvermittelt hatte ich so einen Eindruck. Plötzlich wurde es mit einem Schlag hell im ganzen Raum. Man hatte die elektrische Glühbirne angemacht.

56

»Woll'ma mal was mampfen gehn«, sagte einer und alle andern stimmten ein, als hätten sie sich an was Wichtiges erinnert.

»Essen und dann wieder in die Schicht, woll!«

»Heut ist's a bissl kalt, wirst sehn.«

»Regnet's denn immer noch.«

»Was wohl, geh mal vor die Tür und schau rauf!«

Derart ging es lärmend durcheinander und alle standen auf und gingen die Treppe hinunter. Ich wurde allein in dem großen Raum zurückgelassen. Außer mir war nur noch der kranke Kin da. Der schien immer noch leise zu stöhnen. Ich streckte meine beiden Hände in Richtung Herdstelle und drehte mich im Schneidersitz zur Seite und schaute zu Kin hinüber. Sein Kopf schaute nicht raus und auch die Beine hatte er ganz eingezogen. Sein Körper lag da in dem Futon klein und flach, geradezu mitleiderregend klein und flach. Mit der Zeit war auch sein Stöhnen, so schien es, vollends verstummt, daher wandte ich mein Gesicht wieder der Herdstelle zu und starrte hinein. Aber irgendwie gab mir Kin zu denken und so schaute ich wieder zu ihm rüber. Aber da lag er unverändert in seinem einzigen Futon, klein und flach. Ohne einen Muckser. Ob lebend oder bereits tot, er lag völlig regungslos da. Sein Gestöhne war zwar keineswegs angenehm, aber wie er jetzt so totenstill dalag, das machte mir noch mehr zu schaffen. Am Ende wurde mir richtig unheimlich und ich erhob mich, aber indem ich mir einredete, es wird schon in Ordnung sein, kein Mensch stirbt so plötzlich, versuchte ich mich zu beruhigen und ließ mich wieder nieder.

Da kamen zwei, drei Leute geräuschvoll die Treppe heraufgestapft. Zunächst vermutete ich, da hätten welche schon die Mahlzeit beendet, was aber unglaublich schnell gewesen wäre, daher blickte ich gespannt zur Treppe hinüber und da erschienen ganz andere Leute.

Sie trugen Jacken mit engen Ärmeln, deren Farbe schwer auszumachen war, etwas zwischen Schwarz und Dunkelblau. Sie trugen enge Hosen, wie die Handwerker, auch von der gleichen dunkelblauen Farbe. Sie trugen Handlaternen bei sich. Dazu waren die beiden gleichermaßen voller Lehm und ganz durchnässt. Und sie sagten kein Wort. Regungslos standen sie da und glotzten mich an. Es hatte was von einem Raubüberfall. Schließlich schleuderten sie die Laternen weg, öffneten die Knöpfe und zogen die Blusen und Hosen aus. Sie zogen die weitärmeligen Kimonos, die an der Wand hingen, über ihre Baumwolltrikots und schnürten sie mit einem einfachen Gürtel über dem Gesäß fest, während sie bereits wieder schweigend und schwerfällig die Treppe hinabstiegen, da kamen wieder welche herauf. Auch sie durchnässt. Und lehmverschmiert. Sie schleuderten die Laternen weg, wechselten die Kleider, verschwanden schwerfällig wieder nach unten. Und wieder welche kamen herauf. Auf diese Weise ging es mehrere Male im Wechsel weiter. Und immer blitzten die Augen von unten her und trafen mich unweigerlich für einen Augenblick. Darunter waren auch welche, die sich erkundigten: »Bist wohl der Neue!«

»Richtig«, gab ich dann knapp zurück. Glücklicherweise ging es diesmal ohne die grundlose Frotzelei von vorhin ab. Alle die heraufkamen, ob vom Berg oder sonst wo, hatten es eilig und wohl keine Zeit zum Frotzeln. Stattdessen wurde ich aber von jedem mindestens für einen Augenblick angestarrt. Mit der Zeit legte sich das Auf und Ab und keiner kam mehr, so dass ich es mir endlich etwas bequemer machen konnte, ich blickte wieder auf die glühenden Kohlen in der Herdstelle und hing meinen Gedanken nach. Natürlich konnte ich kaum klar denken, vielmehr wurde es umso chaotischer, je mehr ich sinnierte, wie es eben ist, wenn man ins Feuer starrt, wo sich knisternd alle möglichen Einbildungen formen, gegen die man machtlos ist. Zu guter Letzt war mir, als sei meine Seele mitten ins Feuer hineingezogen worden und würde, von der Hitze angefacht, wild herumtanzen, als mich plötzlich jemand anredete:

»Sie sind bestimmt erschöpft, legen Sie sich doch zur Ruhe.«

57

Als ich mich umsah, war da wieder die Oma von vorhin. Unverändert waren ihre Kimonoärmel hochgebunden. Ich hatte nicht im Geringsten bemerkt, wann sie heraufgekommen war. Meine Seele tanzte hemmungslos in den Flammen, wurde mal zu Tsuyako, mal zu Sumie – den beiden Mädchen –, mal zu meinem Vater, mal zu Kin, – wattierter Hausmantel, bis über die Stirn reichende Haartolle, rote Wolldecke, Gestöhne, Schmalzkrapfen, der Wasserfall von *Kegon* – schier endlose Phantasiebilder tanzten wie verrückt vor mir im Feuer der Herdstelle und ein Bild jagte das andere, so deutlich wie der Staub auf der taghellen Straße, und da mitten drin stand plötzlich die Alte vor meinen Augen, es hatte etwas Unwirkliches. Aber zweifellos drang die Aufforderung zum Schlafen an meine Ohren, worauf ich mit einem »Ja« antwortete. Daraufhin deutete die Alte auf Wandschränke und sagte: »Futons sind da drin, holen Sie sich welche raus und breiten sie aus. Einer macht drei Sen. Es ist kalt, da brauchen Sie bestimmt zwei.«

Wiederum antwortete ich mit einem »Ja« und schon verschwand die Alte ohne ein weiteres Wort zu verlieren nach unten. Damit hatte ich die Erlaubnis zum Schlafen erhalten und konnte mich gewissermaßen offiziell hinlegen, ohne Gefahr zu laufen, mir wieder eine scharfe Schelte zu holen. Ich öffnete den Wandschrank und wie mir die Alte angedeutet hatte, da waren sie. Es gab reichlich Futons. Aber alle waren sie reichlich schmuddelig. Kein Vergleich mit denen von zu Hause. Ich nahm behutsam die beiden zu oberst liegenden heraus. Dann betrachtete ich sie beim Schein der Lampe. Der Stoff war hellblau und das Muster weiß. Aber darüber gab es eine Schicht Dreck und mehr als die Hälfte war verfärbt und die weißen Stellen waren derart, dass es mir normalerweise unerträglich gewesen wäre, darauf zu schlafen. Noch dazu waren sie knochenhart. Es fühlte sich an, wie ein von Baumwollstoff überzogener Reiskeks, derart fest war die Baumwolle im Innern verklumpt, und der Bezug spannte sich steif darüber ohne sich im Geringsten anzuschmiegen.

Ich breitete einen Futon auf den *Tatamis* aus. Darüber legte ich einen zweiten. Anschließend zog ich mich bis auf das Unterhemd aus und kroch dazwischen hinein. Zwischen diesen muffigen Lagen eingequetscht, streckte ich beherzt meine Beine aus, wobei meine Fersen sogleich zu den *Tatamis* rauskamen, was mich ein wenig beklommen machte. Weder beim Ausstrecken noch beim Zusammenkrümmen schmiegte sich das Bettzeug an, wie ich es von zu Hause gewohnt war. Die Gelenke versteiften sich derart, dass sie ächzten und sich gar nicht mehr bewegen wollten. Unbeweglich und die Knie aneinander zur Seite geneigt, legte sich der Überdruss und ich fühlte mich einfach nur schwer. Eine Schwere, die sich anfühlte, als wären die Beine von den Oberschenkeln an abwärts abgeschnitten und durch solide Prothesen ersetzt. Zwei Stöcke, aber empfindungsfähig. Ich litt unter den kalten und schweren Beinen und steckte meinen Kopf unter den Futon. Wenn wenigstens der Kopf warm wäre, dann würden auch die Beine beigeben, so mein aus dieser schwachen Hoffnung geborener verzweifelter Versuch.

Aber ich war wirklich völlig kaputt. Stärker als die Kälte, als meine Beine, als die stinkenden Futons, stärker als mein ganzes Leiden und mein Lebensüberdruss – war meine Erschöpfung. Einfach nur sterben wäre leichter, derart erschöpft fühlte ich mich. Kaum dass ich mich hingelegt hatte – gerade noch die Beine von den *Tatamis* zurückgezogen und den Kopf unter die Decke gesteckt, schlief ich ein. Ich schlief wie ein Stein. Was darüber hinaus war, kann ich beim besten Willen nicht schreiben. … Dann aber wurde ich plötzlich von einer Nadel in den Rücken gestochen. Ob im Traum oder in Wirklichkeit gestochen, das konnte ich nicht klar ausmachen. Wenn es nichts weiter gewesen wäre, ob Nadel oder Dorn, es wäre nicht weiter tragisch gewesen. Das wäre dann nichts weiter, als eine echte Nadel gewesen, die ich mit in meinen Traum geschleppt hätte, oder ein Dorn, den ich im Unbewussten irgendwo unter dem Futon versteckt hätte. Aber damit war es nicht getan. Obgleich ich eben noch den Stich wahrgenommen hatte, benommen wie ich war, hatte ich die Nadel schon vergessen, als ich ein weiteres Mal spitz gestochen wurde.

58

Diesmal machte ich große Augen. Und wieder gab es einen Stich. Und mitten im Schrecken nochmals. Endlich dämmerte mir, dass es sich um einen Ernstfall handelte, und wie zur Bestätigung wurde ich derart irgendwo am Oberschenkel gestochen, dass ich schier hochsprang. Hier wurde ich wieder zu einem normalen Menschen. Und ich entdeckte, dass ich am ganzen Körper zerstochen war. Vorsichtig schob ich die Hand unter mein Hemd und tastete meinen Rücken ab, der ganz rau war. Dabei dachte ich sofort, dass mich eine schreckliche Hautkrankheit befallen hätte. Aber als ich mit den Fingern einige Zentimeter auf der Haut entlang fuhr, da rieselte irgendwas herab. Da war was nicht in Ordnung, ich sprang sofort auf, und lediglich im Unterhemd wie ich war, ging ich zur Herdstelle, um genauer zu betrachten, was ich da zwischen Daumen und Zeigefinger festhielt, und es zeigte sich, dass es ein seltsames Insekt von der Größe eines Reiskorns war. Offen gesagt, hatte ich bis dato noch nie eine Bettwanze gesehen und ich konnte auch nicht mit Bestimmtheit sagen, dass es sich hier um eine solche handelte – trotzdem nahm ich das intuitiv an. Bei einer derart anrüchigen Gelegenheit von Intuition zu sprechen, mag man mir nachsehen, aber irgendwie passte dafür kein anderes Wort als dieser elegante Fachbegriff. Während ich dieses Insekt untersuchte, überkam mich ein ungemeiner Hass darauf. Als ich es am Rand der Herdstelle ablegte und kräftig mit meinem Daumennagel zerdrückte, stank es typisch nach Wanze. Dieser grünliche Gestank erfüllte mich mit gewisser Erleichterung. –

Ich wurde von einer derart verrückten Manie überfallen, dass ich hier diese ekelhafte Nichtigkeit ernsthaft aufschreiben muss. Genauer gesagt, solange ich diesen grünlichen Gestank nicht in der Nase hatte, empfand ich keinerlei Rachegefühle gegenüber diesen Viechern. Nun aber fing und zerquetschte ich, fing und zerquetschte, und immer wenn ich sie zerquetschte, führte ich meinen Daumennagel an die Nase, um daran zu riechen. Allmählich verstopfte tief hinten meine Nase. Jeden Augenblick würden mir die Tränen in die Augen schießen. Einfach erbärmlich. Trotz alledem empfand ich Erleichterung, wenn ich am Daumennagel roch. Plötzlich brach in der Menge unten im Erdgeschoss schallendes Gelächter aus. Abrupt hielt ich mit dem Zerdrücken der Insekten inne. Als ich den Raum überblickte, war da niemand. Außer Kin natürlich, der ganz flach hingebreitet ruhig schlief. Weder Kopf noch Beine waren zu sehen. Aber da war noch einer da. Als ich das zum ersten Mal wahrgenommen hatte, erkannte ich nicht, dass da ein Mensch sei. An einer Säule drüben hing auf halber Höhe bis rüber zur Fensterbank eine Art weißes Segeltuch, und auf der ganzen Breite war jemand darin eingewickelt, was irgendwie beängstigend wirkte. Bei genauem Hinsehen stak da mitten aus dem Weißen schräg etwas Schwarzes heraus. Es war der kahlgeschorene Kopf eines Menschen. – In dem weitläufigen Raum waren außer mir und diesen beiden kein anderer Mensch. Nur die elektrische Lampe leuchtete erbarmungslos. Schrecklich still, bei diesem Gedanken brach im unteren Raum plötzlich wieder Gelächter aus. Das waren die von vorhin, oder waren es welche, die von der Arbeit zurückgekommen waren, jedenfalls schien sich dort zweifellos eine ganze Menge versammelt zu haben, die ausgelassen herumblödelte. Benommen begab ich mich wieder zu meinem Futon zurück. Dann zog ich mich nackt aus, schüttelte meine Unterwäsche aus und zog meinen Kimono an, der am Kopfkissen gelegen hatte, band den Gürtel um, zuletzt legte ich die ausgebreiteten Futons sorgfältig zusammen und steckte sie wieder zurück in den Wandschrank. Dann hatte ich keine Ahnung, was ich tun sollte. Egal, wie spät es war, die Nacht würde so schnell nicht vorüber sein. Mit verschränkten Armen stand ich da und überlegte, da fing es an meinen Fußrücken wieder an, zu jucken. Es war nicht auszuhalten.

»Verdammt noch mal.« Fluchend führte ich regelrecht ein kleines Tänzchen auf. Von da an rieb ich mir abwechselnd den rechten Fußrücken am linken und den linken am rechten und musste dabei vor Grimm mit den Zähnen knirschen. Aber ich konnte schlecht nach draußen rennen, zum Hinlegen hatte ich keinen Mumm und schon gar nicht den Schneid, einfach runter zu gehen und mich zu den anderen in den Kreis reinzuhocken. Wenn ich nur daran dachte, wie ich vorhin von denen gepiesackt worden war, das war ja noch weit schlimmer als die Wanzen hier.

Wenn nur bald die Nacht vorbei ist, wenn's nur bald hell wird, so kreiste es in meinem Kopf und ich ging Richtung Fenster. Davor war ein Pfeiler. Im Stehen lehnte ich mich daran. Mit dem Rücken angelehnt, die Hüften durchgedrückt, verlagerte ich mein Gewicht auf beide Beine, aber in dem Moment fingen beide Füße an über die feinen Rillen der *Tatami* zu rutschen und glitten allmählich immer weiter weg. Ich richtete mich wieder gerade auf. Aufs Neue gleitete ich davon. Richtete mich wieder auf. So ging das fürs Erste. Glücklicherweise kamen keine Bettwanzen. Unten wurde hin und wieder aufgelacht.

59

Es gibt ja die Redewendung, es vor Ungeduld weder im Liegen noch im Stehen aushalten zu können, aber was das heißt, habe ich erstmals hier im wahrsten Sinn des Wortes am eigenen Leib erfahren. Unbeholfen zwischen Sitzen und Stehen, habe ich versucht, mich mehr schlecht als recht abzulenken. Aber ich kann mich nicht erinnern, wie lange ich diese Bewegungen unverdrossen durchgehalten habe. Da ich bereits reichlich erschöpft war und dazu noch meine Glieder weiter ermüdeten, war ich wohl endlich so kaputt, dass mir selbst die Bettwanzen nichts mehr antun konnten und ich erstmals richtig geschlafen habe. Am

Morgen saß ich am Fuß des Pfeilers zusammengesunken, nur die Beine ausgestreckt, den Rücken rund nach vorne gerollt. Die Bettwanzen, die mich zunächst derart gequält hatten, spürte ich seltsamerweise bereits nach zwei, drei Tagen kaum mehr. Tatsächlich nahm ich nach einem Monat da, wo man von Bettwanzen sprach, nur noch Reiskörner wahr, die da gelegentlich haufenweise herumkullerten, während ich die Nächte hindurch tief und fest schlief. Es hieß sogar, dass einen die Bettwanzen mit zunehmender Zeit zu meiden beginnen. Zum Beweis sagten sie hier, dass sich die Viecher auf jeden neuen Gast massenweise stürzen und ihn zunächst die ganze Nacht hindurch quälen, aber sobald er sich ein wenig in Geduld übt, nähmen sie bald keine Notiz mehr von ihm und nähern sich ihm kaum noch. Ein Kerl verriet mir, dass den Wanzen mit der Zeit tagaus, tagein das Fleisch des gleichen Menschen überstehe, während ein anderer erklärte, dass das Fleisch selbst, indem es den Geruch der Grube annimmt, eine Qualität bekomme, die den Insekten zuwider werde. Insofern gleichen sich Bettwanzen und Bergleute im Charakter. Und nicht nur Bergleute, im Großen und Ganzen würden alle Menschen von der gleichen Mentalität gelenkt, wie diese Bettwanzen. Diese Interpretationen hatten etwas Faszinierendes, weil sie Menschen und Insekten auf den gleichen Nenner brachten und in ihrer Schönheit jedem Philosophen Freude machen dürften.

Aber meiner eigenen Meinung nach verhält es sich völlig anders. Es hat weder damit zu tun, dass die Insekten Rücksichten nehmen, noch damit, dass sie Luxusansprüche stellen, vielmehr ist es ein Ergebnis der Gewöhnung der gebissenen Menschen, die in der Folge davon unempfindlich werden. Die Insekten stechen wie eh und je, aber die Leute machen sich nichts daraus, ja, sie empfinden dabei ebenso wenig, wie wenn sie nicht gebissen würden. Inhaltlich ist es genau das Gegenteil, vom Ergebnis her das Gleiche, und somit bleibt diese Geschichte, selbst wenn man sich streng an die Fakten hält, sinnloses Gerede.

Dieses Geplapper machte also hinten und vorne keinen Sinn, und als ich die Augen aufmachte, war die Nacht wie weggeblasen und vorüber. Unten war bereits mächtig was los. Was war ich froh! Als ich den Kopf zum Fenster hinausstreckte, regnete es noch immer. Eigentlich nicht so richtig. Der Nebel war so dicht, dass er sich in Fäden zusammenzog und, so schien es, in dünnen Fäden zur Erde fiel. Daher war es nicht allzu sehr verhangen. Allmählich schien der Regen aufzuhören und zwischen den Fäden wurde es heller. Zu sehen waren trotzdem nur und ausschließlich die Berge. Berge ganz ohne Gras und Bäume, ganz ohne Saft. Wenn die Sommersonne draufbrannte, wurde es selbst hier tief in den Bergen zweifellos richtig heiß, kam es mir unwillkürlich angesichts der roten kahlen Berge rundherum in den Sinn. Und sie waren vollkommen regennass. Aber wenn etwas völlig Ausgetrocknetes befeuchtet wird, dann ist es wie bei einer Tonscherbe, die besprüht wird und trotzdem nicht genug Feuchtigkeit bekommen kann. Noch dazu wirkten die Berge völlig kalt. Gerade als ich meinen Kopf wieder zurückziehen wollte, entdeckte ich etwas. – Zwei, drei Männer mit Handtüchern um den Kopf gewickelt, Stroh an den Hüften und in Arbeitsblusen erschienen drüben unterhalb der Steinmauer. Sie kamen den gleichen Weg wie die »Schepperer« gestern, aber aus der entgegengesetzten Richtung. So von der Ferne aus wirkten sie äußerst armselig und zum Erbarmen elend. Von heute an wird es mir auch so ergehen, dachte ich unwillkürlich, und plötzlich war ich von den Schatten der Handtücher, dieser vom Regen durchnässten Handtücher tief betroffen. Da kam aus dem Regen noch ein weiterer alter Hut hervor. Dahinter erschien wieder einer in Arbeitsmontur. Es musste gerade die Zeit für die Frühschicht sein, in den Stollen einzusteigen. Ich zog meinen Kopf aus dem Fenster zurück. Da kamen fünf, sechs Leute von unten polternd die Treppe herauf. Da kommen sie, dachte ich resigniert und lehnte mich, die Hände in den Hosentaschen, an den Pfeiler. Alle zogen vor meinen Augen die gleiche Kluft an und gingen wieder hinab. Danach kamen wieder welche rauf. Wieder zogen sie die Arbeitsmontur an und verschwanden nach unten. Schließlich schien die gesamte Schicht dieser Baracke ausgerückt zu sein.

Nun wo die ganze Baracke in Bewegung war, konnte auch ich schlecht untätig bleiben. Aber niemand kam und sagte mir, wasch dein Gesicht oder nun iss dein Frühstück. Das arg verwöhnte Bürschchen, das ich nun mal war, das vor Ratlosigkeit nicht wusste, was zu tun sei, selbst dem wurde es nun zu viel, und entschlossen stieg ich unverfroren nach unten. Im Innern war mir keineswegs wohl zumute, nichtsdestotrotz benahm ich mich wie ein Herbergsgast, der gerade sein Trinkgeld hinterlegt hatte. Wie sehr ich mich auch genierte, ich konnte einfach keine andere Haltung einnehmen als die eines blasierten Burschen. Unten lief ich geradewegs der Oma in die Arme, die wie gehabt die Kimono-Ärmel hochgesteckt hatte und gerade von hinten mit einem Paar Strohsandalen in der Hand daher geeilt kam.

»Wo kann ich mir das Gesicht waschen?«

»Da drüben!«

Auf meine Frage hin blickte sie mich nur flüchtig an und verschwand in Richtung Haustür. Sie gab sich kein bisschen mit mir ab. Ich hatte keine Ahnung, wo »da drüben« sein sollte, vermutete aber, es müsse in der Richtung sein, aus der die Alte gerade gekommen war, also ging ich auf gut Glück nach hinten und kam in eine große Küche. Mitten drin stand ein Reiszuber, so groß wie ein Sake-Fass, das in der Mitte durchgesägt worden war. Darin war gekochter *Nanjing*-Reis bis zum überquellen eingefüllt – eine derartige Menge, die ich selbst bei drei Tagesmahlzeiten in einem ganzen Monat nicht bezwingen könnte, somit hatte ich schon die Nase davon voll, ehe ich auch nur einen Bissen davon gegessen hatte. –

Ich fand auch einen Platz zum Gesichtwaschen. Hinter der Küche stellte ich mich vor das lange Spülbecken und betupfte meine Wangen eher als Ausrede mit dem kalten Wasser. Unter den Umständen erschien es mir zu blöd, mir das Gesicht lang und breit zu waschen. Noch einen Schritt weiter, und ich werde die Kühnheit haben, mir überhaupt nicht mehr das Gesicht zu waschen. Mit Sicherheit haben sich das Rotwolltuch und der kleine Bursche von gestern genau in derselben Weise weiterentwickelt. Das Gesicht habe ich mir dann doch aus eigenem Antrieb gewaschen. Ich fragte mich, was wohl mit dem Essen sein wird, und ging langsam in die Küche zurück. Da kam gerade im richtigen Augenblick die Alte vom Eingang zurück und stellte mir das Essgedeck zurecht. Zum Glück gab es auch *Miso*-Suppe, die ich über den *Nanjing*-Reis kippte, kurz vermischte und vom Geschmack des Mauermörtels unbehelligt runterbrachte.

»Wenn Sie mit dem Frühstück fertig sind, bringt Sie Hatsu in den Stollen, er wartet schon, daher beeilen Sie sich bitte.«

Die Alte drängte mich, bevor ich die Stäbchen ablegen konnte. Dabei hatte ich gerade überlegt, dass ich ohne eine weitere Portion zu verdrücken, bestimmt schlapp machen werde, aber derart zur Eile gedrängt, war an ein Nachfassen nicht zu denken.

»Ach ja, tatsächlich.« Damit stand ich auf. Als ich vor die Tür kam, wartete dort tatsächlich einer.

Er schaute mir ins Gesicht. »Du bist das, der in den Stollen rein will?« Er fragte mit einer Wucht, als wolle er einen Stein zertrümmern.

»Ja!« antwortete ich graderaus.

»Na, dann komm mit.«

»Geht es mit der Kleidung hier?«, fragte ich behutsam.

»Keinesfalls, keinesfalls! Glaubst etwa, du kannst in dem Aufzug da rein? Ich hab hier eine Garnitur vom Chef gleihn, die zieh dir mal über.« Dabei zog er die üblichen Arbeitsblusen hervor. »Das hier ist für oben rum. Und das hier ist die Hose. Schau!« Er warf mir die Beinkleider zu.

Als ich sie in die Hand nahm, war sie feucht. Hier und da war Dreck dran. Der Stoff war wohl aus *Kokura*-Stoff. Nun bin ich endlich auch in der Arbeiterkluft gelandet, dachte ich, als ich den Baumwoll-Kimono auszog und mich von oben bis unten in Blau kleidete. Flüchtig betrachtet, hatte es was von einem Laufburschen im Kabinett, aber meiner inneren Verfassung nach fühlte ich mich wesentlich flauer als bei einer Ernennung zum Laufburschen. Damit sei nun, so nahm ich an, die Vorbereitung abgeschlossen und wollte gerade auf den Estrich runter, als Hatsu wieder mit starker Stimme Einhalt gebot:

»Ah, einen Moment!«

61

»Das hier machst am Hintern fest.«

Hatsu zog ein drolliges Ding hervor, eine Art Strohkissen, wie ein Deckel für den Strohreissack mit Schnüren daran. Ich tat, was Hatsu sagte, und machte es am Gesäß fest.

»Das nennt man Arschleder. Passt es? Jetzt kommt der Meißel. Den steckt man hier an die Hüfte ...«

Ich nahm den Meißel von Hatsu entgegen, ein gut vierzig Zentimeter langer Eisenstab, der an einem Ende spitz zulief. Den steckte ich an die Hüfte.

»Apropos, das steckt man auch dazu. Ein bissel schwer. Geht das? Wenn du den nicht richtig nimmst, verletzt du dich.«

Tatsächlich, ziemlich schwer. Mit so einem Hammer dran, gehen die da im Stollen herum, dachte ich verwundert.

»Wie isses, schwer?«

»Ja.«

»Das is noch einer der leichteren. Die schwereren haben schon mal an die drei Kilo. – So, gut verstaut? Dreh mal deine Hüften hin und her. Alles in Ordnung? Wenn es soweit passt, dann häng noch das dran.«

Damit reichte er mir eine Handlaterne.

»Moment mal. Vor der Handlaterne ziehst die Strohsandalen an.«

Ein neues Paar hing am Eingang. Das waren wohl jene, die die Alte vorhin in der Hand hatte. Mit bloßen Füßen zog ich die Strohsandalen an. Als ich die Schnur um die Ferse führte und kräftig festzog, wurde ich angeschnauzt:

»So was Ungeschicktes. Wer zieht die sich schon so fest zu. Mach da zwischen den Zehen etwas lockerer.«

Immer wieder zurechtgewiesen gelang es mir dann doch, sie irgendwie anzuziehen.

»So, dann wären wir ja endlich soweit.«

Damit reichte mir Hatsu einen kreisrunden Strohhut und die Handlampe. Ob Stroh- oder Bambushut, konnte ich nicht so genau erkennen, jedenfalls einen Hut, wie ihn Zwangsarbeiter trugen. Gehorsam setzte ich ihn auf. Dann hing ich die Handlampe ein. Die Lampe war zum Einhängen gemacht. Sie bestand aus dem Petroleumbehälter, der knapp einen halben Liter fasste, einer Einfüllöffnung und der Öffnung für den Docht, darüber war ein schmales, langes Rohr angebracht, dessen Spitze auseinander gebogen und sogleich in eine geweitete Buchse überging. In diese Buchse steckte man den Daumen, und da die Lampe allein davon statt von der ganzen Hand getragen wurde, benötigte man nur den einen Finger dazu, was ungemein praktisch war.

»Hier, so steckt man sie dran.«

Hatsu steckte seinen knochigen Daumen durch die Blechöffnung der Laterne. Damit saß sie perfekt.

»Schau!«

Er ließ die Laterne ein paar Mal wie das Pendel einer Standuhr hin und her pendeln. Sie fiel wirklich nicht runter. Ich bewegte auch die meine auf die gleiche Weise und siehe da, sie fiel nicht.

»Genau! Bist gar nicht so ungeschickt. Also gehen wir, ja.«

»Bin so weit.«

So ging ich, von Hatsu geführt, nach draußen. Es regnete. Zuerst auf den Hut, als ich nach oben schaute um die Wetterlage zu prüfen, tropfte es mir auf Kinn, Mund und Nase. Es regnete auf Schultern und Beine. Schon nach wenigen Schritten war ich bereits am ganzen Körper feucht und die Nässe, die bis zur Haut durchdrang, wurde von deren Energie verdampft. Aber der Regen war kälter, daher hatte ich das Gefühl, dass der Körper sogleich auskühlte, aber als wir an den Hang kamen, fing Hatsu plötzlich an, sich derart zu beeilen, dass ich den Eindruck bekam, wir würden den Regen, obgleich völlig durchnässt, durch unseren Schwung förmlich aus unseren eigenen Poren spritzen und kamen so endlich bis zum Eingang der Grube.

Der Eingang war fast so groß wie ein Eisenbahntunnel. Er hatte die *Form eines Hufeisens* und war am Scheitel an die vier Meter hoch. Aus dem Innern führten Gleise heraus, auch das erinnerte an einen Eisenbahntunnel. Das seien die Gleise der Elektrobahn, hieß es. Ich stand vor dem Eingang und blickte in die Tiefe hinein. Im Innern war es dunkel.

62

»Wie isses. Hier ist der Eingang zur Hölle. Kannst du reingehen?«
Hatsus Frage klang irgendwie spöttisch. Schon auf dem Weg
von der Kantine bis hierher lugten immer wieder welche aus den
Reihenhäusern heraus und lästerten abschätzig durcheinander:

»Da, der von gestern!«

»Der Neue ist da!«

Es schien nicht einfach nur die Neugier der Abgeschlossenheit
hier mitten in den Bergen zu sein. Im Grunde dieser Worte lag
bestimmt etwas wie Hohn. Genauer betrachtet, bedeutete es
einerseits etwa »Hast du's endlich auch soweit gebracht und bist
bis hierher heruntergekommen, geschieht dir ganz recht, schau
dich nur um.« Andererseits drückte es auch etwas aus wie, »So
bedauerlich es auch ist, aber hierher zu kommen, bringt gar
nichts«, und es sollte wohl auch sagen, »Was willst du Schwächling hier schon ausrichten«. Indem sie da also herumlärmten,
»Da der von gestern« und »Der Neue ist da«, darin lag einerseits
ihre Freude darüber, dass ich auf den Hund gekommen war und
nun auch all ihre Qualen kosten musste, aber obendrein kam
noch ihre Verachtung dazu, dass ich als Schwächling derartige
Qualen nie und nimmer würde ertragen können. Ob sie nun
dem, der auf ihr eigenes Niveau heruntergekommen war, applau-
dierten oder ob sie ihm noch eins draufgaben, der Grad des
Scheiterns war der gleiche, aber es sah so aus, als empfänden sie
Genugtuung darin, zumindest im Ertragen dieses Scheiterns
überlegen zu sein. Hierin bestand ihr Selbstbewusstsein. Immer
wenn ich auf dem Weg zum Grubeneingang ihre höhnischen
Bemerkungen hörte, versteckte ich mein Gesicht unter dem
Zuchthäuslerhut. Nun hatte mich auch Hatsu auf den Arm
genommen. Leicht eingeschnappt gab ich zurück:

»Keine Frage, ich kann da reingehen. Fährt da nicht sogar eine
Elektrobahn?«

»Was kannst du? Werd nicht übermütig!«

Hätte ich hier mit »Ich kann da nicht rein« klein beigegeben,
hätte er prompt zurück gestichelt »Wir werden ja sehen«. Egal
wie man's drehte, es war umsonst, ich habe mich deshalb nicht

weiter gegrämt. Hatsu begann plötzlich in den Stollen reinzujagen. Ich folgte hinterher. Es wurde schneller dunkel, als ich mir vorgestellt hatte. Irgendwie war ich zunehmend verunsichert, wo ich meine Füße hinsetzen sollte, so dass ich kapitulieren musste. Selbst wenn es regnet, draußen war es zumindest hell. Noch dazu war es auf und vor allem neben den Schienen ziemlich schlammig. Trotzdem ging Hatsu vor Wut schäumend mit Riesenschritten voran. Ich wollte nicht nachstehen und ging ebenfalls zügig hinterdrein.

»Wer sich in der Grube nicht benimmt, der wird in den Rost reingeworfen, drum pass bloß auf!«

Hatsu blieb dabei plötzlich mitten im Dunkel stehen. Er hatte an seiner Seite einen Meißel, einen Dreikilo-Hammer dazu.

»Ja!«, gab ich im Dunkeln kleinlaut zurück.

»Ist das klar? Hast' verstanden? Wenn du vorhast, wieder lebend rauszukommen, ist es besser, nicht nassforsch in den Stollen reinzugehen.«

Damit drehte er sich um und ging bereits wieder los, halb zu sich selbst sprechend. Ich war nicht wenig erschrocken. Da es im Stollen ein starkes Echo gab, hämmerten Hatsus Worte mehrmals auf meine Ohren ein. Wenn dem so ist, wie Hatsu sagt, dann hab ich mich an einen »schönen« Ort begeben. Nun hatte ich mir ja vorgenommen, Bergmann zu werden, gerade weil es ein Beruf war, der mit dem Sterben geradezu identisch war, aber wenn es wirklich ans Sterben ging – wenn es wirklich ein derart schreckliches Gewerbe war, umgebracht zu werden –, in den Rost geworfen zu werden, da kam mir plötzlich die Frage, was denn dieser Rost überhaupt sei.

»Was ist eigentlich ein Rost?«

»Was?«, Hatsu wandte sich um.

»Dieser Rost, was ist das für ein Ding?«

»Ein Loch.«

»Was?«

»Ein Loch, sag ich. – Ein Loch, wo alles Erz reingeworfen und zusammen nach unten befördert wird. Woll'ma dich mal mit dem Erz da rein …« Er schnitt sich das Wort ab und ging rasch wieder los.

Ich blieb einen Moment stehen und warf einen Blick zurück. Der Eingang wirkte wie ein kleiner Mond. Beim Reingehen dachte ich, das also ist die Grube. Da war dann doch nicht so viel dran, wie mir davon erzählt worden war. Nun aber von Hatsu eingeschüchtert, erschien mir der ansonsten recht simple Tunnel in einem anderen Licht. Fast sehnsüchtig erinnerte ich mich an den kalten Regen, der auf meinen Zuchthäuslerhut geprasselt war. Als ich mich umwandte, sah der Eingang tatsächlich wie ein kleiner Mond aus. Wir waren bereits so weit hineingegangen, dass der Eingang wie ein kleiner Mond aussah, das wurde mir jetzt beim Zurückschaun klar. Egal, wie bewölkt es war, ich vermisste bereits die Welt da draußen. Die tiefschwarze Decke hier drückte von oben herab und war äußerst unangenehm. Ich hatte auch das Gefühl, dass die Decke immer tiefer kam. Grade überquerten wir die Bahngleise und bogen nach rechts ab. Langsam ging es bergab. Den Eingang konnte ich nun nicht mehr sehen. Selbst beim Umschauen war alles stockdunkel. Das kleine Fenster zur vergänglichen Welt in Form eines kleinen Mondes ward unerbittlich geschlossen, Hatsu und ich stiegen allmählich immer tiefer hinab. Im Absteigen strecke ich die Hand aus und berühre die Wand, die sich ganz regennass anfühlte.

»Wie isses, kommst' nach?«, erkundigte sich Hatsu.

«Ja«, gab ich brav zurück.

»Noch ein kurzes Stück, dann kommen wir zu Block drei der Hölle.«

Sobald er das gesagt hatte, verfielen wir beide wieder in Schweigen. Da kam in unserer Richtung ein Licht in Sicht. Im Dunkeln leuchtete es wie das einzelne Auge einer schwarzen Katze. Wäre es eine Handlampe, würde es schaukeln, aber das hier bewegte sich kein bisschen. Auch die Entfernung konnte ich schwer abschätzen. Es befand sich nicht direkt in gerader Richtung voraus, war aber gut sichtbar. Falls dieser Stollen ohne Abzweigungen war, dann stand außer Zweifel, dass wir uns als Ziel auf dieses Licht hinbewegten. Ich hatte nicht weiter nachgefragt, aber mir schien das jener Block drei zur Hölle zu sein, und es ging immer weiter. Da endete der sich hinziehende Abhang. Es ging nun eben weiter. Und am Ende leuchtete dieses Licht. Lag es vorhin noch eher unterhalb der Nasenhöhe, war es inzwischen ganz auf Augenhöhe. Auch die Entfernung war nun wesentlich geringer geworden.

»Endlich sind wir am Block drei«, sagte Hatsu. Dort angekommen, sah ich, dass sich der Stollen etwa zu einem knapp *zehn Quadratmeter* großen Raum geweitet hatte, wo eine Hütte von der Größe einer kleinen Polizeiwache stand. Darin brannte eine elektrische Lampe. Zwei westlich gekleidete Angestellte saßen sich auf Stühlen an einem Tisch gegenüber. Vorne drauf stand »Erster Wachposten«. Wie ich später erfuhr, war das die Stelle, an der Ein- und Ausgang der Bergmänner und ihre Arbeitszeit geprüft wurden. Beim ersten Mal hingegen hatte ich keine Ahnung, was für eine Einrichtung das sein sollte, und fand es eigenartig, dass sechs, sieben Bergmänner mit kohlschwarzen Gesichtern schweigend aufgereiht vor dieser Wachstelle standen. Sie warteten einfach nur auf den Schichtwechsel. Ich trug zwar Meißel und Hammer um die Hüften und hatte sogar eine Tragelampe dabei, aber da ich mit dem Wunsch, Bergmann zu werden, nur den Stollen besichtigen wollte und nicht einmal ein Lehrling war, schien es keinen Anlass zu geben, hier auf den Wechsel zu warten, daher ließen wir den Sammelpunkt schnell hinter uns. Dabei steckte Hatsu nur kurz seinen Kopf in das Glasfenster und gab den Wachposten Bescheid, wobei die Wachen nicht mal zu mir herüberschauten. Die Bergmänner hingegen, die da standen, sie schauten alle. Aber sie schienen sich vor den Wachen zu genieren, daher sagten sie dabei kein einziges Wort. Sobald wir von dem Sammelpunkt weg waren, änderte sich das Innere des Stollengangs schlagartig. Gingen wir bisher aufrecht, wobei die Decke auch gestreckt nicht zu erreichen war, kam sie nun plötzlich immer tiefer und beim Aufrechtgehen hatte ich das Gefühl, sie manchmal leicht mit dem Kopf zu berühren. Noch ein paar Zentimeter, und man würde sich den Kopf am Fels anschlagen, dass einem das Blut zwischen den Brauen herabrinnt, also war gar nicht daran zu denken, wie im Kiefernhain aufrecht nach Lust und Laune daherzugehen. Vor Respekt zog ich meinen Kopf so weit wie möglich zwischen meinen Schultern ein und heftete mich an Hatsus Fersen. Natürlich hatten wir unsere Lampen schon vorher angemacht.

64

Plötzlich war Hatsu, der keinen Meter vor mir war, auf allen Vieren und kroch voran. Hoppla! Da war er wohl ausgerutscht. Zumindest vermutete ich das, und wäre beinah auf ihn draufgefallen, hätte ich mich nicht gerade noch kräftig mit den Beinen abgestemmt. Ohne sich gut abzufangen, kann es hier bei dem Abhang passieren, kopfüber zu stürzen. Leicht nach vorn gebeugt, wartete ich darauf, dass Hatsu aufsteht, was er aber nicht tat. Er kroch tatsächlich.

»Was ist denn los?«

Ich fragte von hinten, aber Hatsu gab keine Antwort. – Moment mal – er wird sich doch nicht verletzt haben? – Ich sollte nochmals nachfragen. – In dem Augenblick setzte sich Hatsu in Bewegung.

»Ist alles in Ordnung?«

»Wir kriechen.«

»Was?«

»Kriechen, sag ich!«

Hatsus Stimme entfernte sich. Diese Stimme alarmierte mich. Auch wenn er in die mir entgegengesetzte Richtung sprach, müsste man die Stimme auf diese Entfernung normalerweise hören, aber sie schien geradezu wegzutauchen. Nicht dass die Stimme schwächer gewesen wäre. Seine ganz normale Stimme klang plötzlich so undeutlich wie in einer Tüte eingesperrt. Irgendwas war da nicht in Ordnung, und als ich genauer hinsah, war mir alles klar. Der Stollen, in dem wir bisher ganz normal gehen konnten, verengte sich mit einem Male derart, dass wir nur auf allen Vieren durchkamen. Aus dem engen Eingang ragten beide Beine von Hatsu. Er war grade mit seinem Oberkörper drin. Er zog das eine Bein nach, und dann das zweite. Da sah ich endlich ein, dass nun wohl auch ich auf allen Vieren kriechen musste.

»Kriechen!«

Hatsu hatte seine Gründe, mich dazu aufzufordern, und ich ging daran zu tun, wie er sagte. Aber an der Rechten hing die Handlaterne. Nur mit der flachen linken Hand schob ich mich beherzt über Schlamm, Fels oder Lehm oder was es auch war, jedenfalls fühlte es sich an wie Eis, und in dem Augenblick hatte ich das Gefühl, die Kälte würde mir durch den Oberarm über die Schulter direkt bis ins Herz schießen. Zugleich sollte die Handlampe nicht den Boden berühren, daher hielt ich die rechte Hand direkt vor mein Gesicht, was sich als äußerst unpraktisch erwies. Wie stell ich es nur an, überlegte ich in dieser Haltung verharrend. Ich schaute auf meine Handlaterne, die in meiner rechten Hand baumelte. An der Decke hingen überall dicke Tropfen. Die Flamme der Lampe zischte. Der Ölqualm zog vom Kinn über die Wangen, stieg mir in die Augen. Dennoch starrte ich in die Lampe. Da vernahm ich in der Ferne eine Art dumpfes Schlagen und Dröhnen. Bestimmt waren da Bergleute an der Arbeit, aber ich konnte weder ausmachen, in welcher Entfernung, noch in welcher Richtung das war. Es hatte gar nichts Irdisches aus einer konkreten Himmelsrichtung. So wie ich war, bewegte ich mich zwei, drei Schritte voran. Natürlich war es unbequem, aber keineswegs derart, dass man sich nicht bewegen konnte. Nur das Zischen meiner Lampe bei jedem herabfallenden Tropfen machte mir Sorgen. Hatsu war weit voraus. Jetzt hatte ich nur noch die Handlampe, worauf ich mich verlassen konnte. Und die zischte und drohte eben ganz vom Wasser gelöscht zu werden. Aber da leuchtete sie wieder auf. Für einen kurzen Augenblick war ich erleichtert, aber da fiel wieder ein dicker Tropfen drauf. Geräuschvoll zischte es. Sie drohte auszugehen. Was mach ich nur. Auch vorhin tropfte es die ganze Zeit, aber das Licht hatte ich an meiner Seite gehalten und mir weiter keine Gedanken gemacht. Jetzt wo die Lampe nah am Ohr war und ich ständig das Zischen hörte, wurde ich zusehends nervöser. Folglich kam ich nur langsam voran. Ich war wohl nicht mehr als drei Schritte weiter gekommen. Da hörte ich plötzlich Hatsus Stimme.

»Hey, mach dass du kommst. Was trödelst du da rum. – Wenn wir uns nicht beeilen, wird's Abend.«

Hier mitten im Stockdunkeln sagte er doch tatsächlich, es wird Abend.

65

Im Kriechen hob ich mein Kinn derart hoch, dass mein Adamsapfel spitz rausstak, und schaute in Richtung Hatsu. Da sah ich keine zwei Meter vor mir etwas wie ein Bärenloch und aus diesem Loch heraus tauchte Hatsus Gesicht auf zumindest schien es seins zu sein. Da ich kaum weiterkam, krümmte sich Hatsu, um nach mir zu schaun. Wie ich die zwei Meter dann geschafft habe, daran kann ich mich schon gar nicht mehr erinnern. Jedenfalls bin ich möglichst schnell zu diesem Loch und als ich den Kopf rausstreckte, hatte Hatsu sein Gesicht schon wieder zurückgezogen und stand draußen. Beide Beine sah ich direkt vor meiner Nase. Mächtig erleichtert schlüpfte ich aus der Enge raus.

»Was treibst du denn?«

»Das war ja auch derart eng.«

»Wenn du wegen der Enge erschrickst, dann brauchst schon mal gar keinen Schritt in einen Stollen machen. Jeder Dummkopf weiß doch, dass es hier keinen Platz wie auf dem Festland gibt.«

Hatsu sagte tatsächlich, im Stollen sei kein Platz wie auf dem Festland. Dieser Mensch sagte manchmal die unglaublichsten Dinge, und auch diesmal kann ich nur betonen, dass er es tatsächlich so und nicht anders gesagt hatte. Da ich bei Ausflüchten stets erbarmungslos von Hatsu ausgescholten wurde, versuchte ich in der Regel den Mund zu halten, aber diesmal kam es mir unwillkürlich über die Lippen:

»Aber ich hatte Angst, die Lampe geht aus.«

Da hielt Hatsu seine Lampe vor meine Nase und musterte bedächtig mein Gesicht. Dann befahl er:

»Lösch sie aus!«

»Warum denn?«

»Egal, lösch sie aus!«

»Soll ich blasen?«

Da brach er in lautes Lachen aus.

Ich verzog vor Schreck mein Gesicht.

»Machst du Witze. Was glaubst du, ist da drin? Das ist Rapsöl, glaubst, das geht wegen ein paar Wassertropfen aus?«

Das hat mich dann doch endlich beruhigt.

»Beruhigt? Ahahaha.«

Wieder lachte Hatsu schallend auf. Immer wenn er lachte, dröhnte der gesamte Stollen. Aber sobald sich der Hall legte, war es doppelt so still wie vorher. Da kam von irgendwoher das dumpfe Dröhnen von Meißel und Hammer.

»Hörst du?« Er deutete mit seinem Kinn.

»Ich hör's.« Ich spitzte die Ohren, aber sofort wurde ich wieder bedrängt.

»Also gehen wir. Halt dich aber diesmal richtig ran, um nicht wieder zurückzubleiben.«

Hatsu klang richtig gut gelaunt. Das hatte wohl damit zu tun, dass er mich mal wieder in die Tasche gesteckt hatte. Wenn er mich auch noch so erbarmungslos streng zurechtwies, solange er guter Laune war, schien alles in Ordnung. Das bedeutete, sobald er sich mir gegenüber ein klein wenig überlegen fühlen konnte, war es okay. Soweit war ich also abgesunken, und schamlos hing ich mich daher an Hatsus Hintern und trottete hinterher. Da bog der Weg wieder links ab, und von da an ging es steil abwärts.

»S'geht abwärts!«, rief mir Hatsu zu, ohne sich umzudrehen. Das erinnerte mich an die Rikscha-Fahrer in Tōkyō, und so mühsam das hier war, es entbehrte nicht ganz der Komik. Hatsu bekam davon natürlich nichts mit und stieg weiter abwärts. Ich tapfer hinterher. Im Gang waren Stufen eingeschlagen. Alle acht bis zehn Meter bog ein Stollen ab, aber zusammengerechnet hatte der Abhang schätzungsweise die Höhe des *Atago*-Schreins mit seinen steilen Stufen. Hier stieg ich also, so gut ich konnte, mit Hatsu hinab.

Unten musste ich erst mal erleichtert verschnaufen, aber irgendwie fiel mir das Atmen schwer. Ich überlegte, dass hier tief unten im Stollen die Belüftung schlecht sein müsse. Und tatsächlich spürte ich es bereits am ganzen Körper. Schwer keuchend ging es etwa an die vierzig, fünfzig Meter weiter, bis sich die Lage wieder änderte.

66

Diesmal legte sich Hatsu auf den Rücken und stemmte sich mit den Händen ab, um mit der Hüfte voran reinzugehen. Der Stollen war an Breite und Höhe so eng, dass ohne diesen Trick mit der Hüfte voran an kein Durchkommen zu denken war.

»So geht's hier durch. Schau gut zu.«

Während er das sagte, entglitten Oberkörper und Kopf geschmeidig aus meinem Blick. Voller Bewunderung für diese wohl lang eingeübte Meisterschaft versuchte ich es nun selbst mit den Beinen voraus und sondierte mit meinen Strohsandalen. Aber ich hing wohl völlig in der Luft, denn nirgends war ein Halt für die Füße. Wie es aussah, gab es jenseits des Lochs entweder eine Art Kliff oder zumindest einen ungemein steilen Abhang. Mit dem Kopf voraus würde man vornüberfallen und sich verletzen, und würde man nur die Beine durchstecken, stürzte man ebenfalls, daher galt es, die Beine stocksteif zu machen und mit den Händen von hinten her nachzuschieben. Aber dabei stellte ich mich ziemlich ungeschickt an, denn während ich mich mit den Händen abstützte, schlug ich sogleich mit dem Hintern auf. Es gab einen dumpfen Schlag. Ich spürte es sogar durch mein Arschleder hindurch, derart kräftig war ich aufs Gesäß gefallen. Mist! Ich streckte beide Beine gerade nach vorne aus. Baumelnd rutschte ich knapp dreißig Zentimeter runter, aber da war kein fester Boden. Mir blieb nichts anderes, als diesmal die Hände vor zu bewegen und die Hüfte durchzudrücken, um so die Beine weiter auszustrecken. Folglich rutschte ich bis zu den Oberschenkeln runter und spürte endlich unter meinen Strohsandalen etwas Festes. Zur Sicherheit klopfte ich mit meinen Fußsohlen patschend den festen Grund ab. Sobald ich Sicherheit hatte, wollte ich die Hände loslassen, um darauf zu stehen.

»Was ruderst du denn da nur mit deinen Beinen herum. Keine Angst, das passt schon, tritt mal kräftig auf, dann stehst du fest. Keinen Mumm, der Kerl!«

Hatsus Stimme tönte von unten herauf. In dem Augenblick glitt ich mit dem Oberkörper gänzlich durch das Loch und stand aufrecht da.

»Wie ein Schirmgespenst.«

Hatsu blickte mir ins Gesicht. Ich hatte keine Ahnung, was das mit dem Schirmgespenst bedeuten sollte und fand auch nichts Komisches daran.

»Ach ja?«

Seltsamerweise fand Hatsu hingegen meine Antwort interessant und lachte wieder mal lauthals los. Zugleich hatte sich seine Haltung geändert und er war um einiges freundlicher als bisher. Wer weiß, durch welche zufälligen Begebenheiten im rechten Augenblick wir von jemandem ins Herz geschlossen werden. Umgekehrt scheinen alle Versuche, die Gunst eines andern zu gewinnen, in der Regel wirkungslos zu sein. Ich habe bisher auch noch nie Schöntuerei erlebt, die die natürliche Anmut übertreffen würde. Gelegentlich habe ich schon mal versucht, mit meinem Charme die Gunst von Leuten zu gewinnen, aber dabei kam nie etwas Gutes raus. Egal wie dumm der andere ist, irgendwann durchschaut er einen, und dann hat man die Bescherung. Mit einer zurechtgelegten Floskel hatte ich noch nie solchen Erfolg, wie mit meiner Antwort auf das Schirmgespenst. Wer sich anstrengt und dann eine Pleite erlebt, ist selber der Dumme, seit ich das erkannt habe, nähere ich mich Menschen nur noch vom Standpunkt eines Fatalisten. Das Problem sind Ansprachen und Texte. Wenn die nicht akribisch vorbereitet werden, geht alles daneben. Aber egal, wie sehr ich mich anstrenge, meist geht es eh schief. Es ist gehupft wie getupft, aber auch wenn ein vorbereitetes Misslingen den Leuten nicht gefällt, dann kommen wenigstens meine eigenen Schwächen nicht ans Licht, deshalb werde ich dergleichen nur vorbereitet tun. Irgendwann wollte ich eine kleine Rede halten, die Hatsu gefallen würde und dafür einen Text aufschreiben – aber ich fürchte, er würde sich darüber nur lustig machen, und es daher unterlassen. –

Aber das führt jetzt zu weit, daher belasse ich es dabei und fahre wieder mit der Geschichte von Hatsu fort.

Hatsu wandte sich mir lachend von unten her zu:

»Hey, nun sei nicht so bluternst und komm schnell runter. Der Tag ist kurz.«

Mitten im Stollen bei angemachter Handlampe sagte Hatsu »der Tag ist kurz«.

67

Ich ging auf Stufen zwei, drei Meter runter und kam zur Stelle, wo Hatsu stand, und der wandte sich gleich nach rechts. Wieder folgten auf etwa acht bis zehn Metern Stufen. Unten angekommen, bog Hatsu diesmal nach links. Auch hier wieder Stufen. Wir bogen mal rechts, mal links ab, gingen im Zickzack-Kurs, die Stufen – ich wusste nicht, wie viele Blöcke – hinab. Ich ging den Weg zum ersten Mal, dazu im dunklen Stollen, daher kam er mir unglaublich lang vor. Endlich schienen wir die gesamten Stufen hinabgestiegen und ziemlich weit von allem Irdischen entfernt zu sein, als wir plötzlich in einen knapp zehn Quadratmeter großen Raum kamen. Von wegen Raum, der Stollen war eigentlich nur ausgeweitet und verjüngte sich nach oben und unten, lediglich auf halber Höhe in der Mitte weitete er sich, und mir schien, wir seien geradewegs in ein Sakefass hineingestolpert. Später dann habe ich erfahren, dass es ein Werkplatz war, an dem, sobald die Ingenieure eine Mine gefunden hatten, der Stollen verbreitert wurde. Demnach war es hier weiträumiger als in den Durchgangswegen, und hier arbeitete eine Gruppe von drei Bergleuten im Akkord. Es kam vor, dass ein auf zwei Wochen veranschlagter Auftrag in vier Tagen abgeschlossen war, während einer auf fünf Tage geschätzter wiederum einen halben Monat verschlang. Aus diesem Grund gab es in der Grube die Wege, und falls da eine

Kupferader gefunden wurde, grub man an der Stelle umstandslos an dieser Ader entlang das Erz heraus, daher war nur der Stollen am Grubeneingang, wo die Elektrobahn fuhr, flach und gerade, aber etwa vom ersten Wachposten ab verzweigten sich die Nebenstollen nach allen Seiten und an den verschiedensten Stellen wurden Werkplätze eingerichtet. War die Arbeit abgeschlossen, wurde weiter gegraben, bis wieder eine Kupferader gefunden wurde, daher war der Berg voller enger Gänge, voller dunkler Löcher. Genauso wie die Ameisen die Erdoberfläche der Länge und Breite nach durchbohren oder man könnte es auch mit Silberfischchen vergleichen, die sich durch Bücher durchfressen. Kurz gesagt, fraß der Mensch mitten in der Erde das Kupfer, und wenn er es aufgefressen hatte, suchte er unersättlich und blindlings immer weiter, auf diese Weise entstanden unzählige Stollen. Egal wie lange man im Berg herumging, solange man nicht zu einem Werkplatz kam, war auch kein Bergmann anzutreffen. Das Schlagen und Klopfen war zwar zu hören, aber das allein hatte etwas äußerst Trostloses. Ich wurde von Hatsu mit in den Berg genommen, aber wohl weil es der Hauptzweck war, das Bergwerk im Ganzen zu sehen, haben wir bisher scheinbar alle Werkplätze umgangen, und erst hier am Ende der Stufen sah ich zum ersten Mal Bergleute bei der Arbeit. –

Da es immer nur im blitzförmigen Zickzack die Treppen nach unten ging, und egal wie weit wir abstiegen, kein Ende in Sicht kam, keine Menschenseele anzutreffen war, wurde ich mit der Zeit furchtbar unsicher, aber sobald wir zu dem Werkplatz kamen und Menschen antrafen, empfand ich eine Riesenfreude.

Sie saßen auf einem Rundbalken. Es waren drei Leute. Der Balken war ohne Rinde und poliert, etwa wie eine Eisenbahnschwelle für die Gleise, und musste ein ziemliches Gewicht haben. Unvorstellbar, wie der hierher transportiert worden war. Es hieß, um das Einstürzen der Decke zu vermeiden, wurden an breiteren Stellen Stützpfeiler errichtet, und dafür stapelte man sie an den Werkplätzen, die solche Stützen brauchten. Darauf saßen zwei Leute, einer hockte zusammengekauert dem Balken zugewandt. Zwischen sich hatten die drei einen kleinen Holzbecher, der kopfüber gekippt war. Einer hielt ihn von oben. Alle drei stießen seltsame Schreie aus. Da wurde der Becher ruckartig hochgehoben. Darunter kam ein Würfel zum Vorschein. – Just in dem Augenblick kamen Hatsu und ich dazu.

Alle drei rissen mit einem Mal die Augen auf und starrten mich und Hatsu an. Eine Handlampe war an der Lehmwand festgemacht. Das dumpfe Licht beleuchtete die Augäpfel der drei. Geleuchtet haben im Grunde nur die Augäpfel. Der Gang war an sich dunkel. Selbst das Licht, das eigentlich hätte hell sein müssen, war dunkel. Da wo der schwarze Rauch qualmte, sah es aus, als ob sich eine trübe Flüssigkeit bewege. An der Spitze dieser Trübheit wurde es schwarz, und bevor es sich in Rauch verwandelte, wurde der Rauch von der Dunkelheit aufgesogen. Im Stollen war alles irgendwie dumpf und verschwommen, und es bewegte sich.

68

Die Handlampe war über den Köpfen der drei Leute festgemacht. Daher waren von den dreien nur die Gesichter schemenhaft zu erkennen. Aber da deren Gesichter alle schwarz waren, konnte man sie eigentlich gar nicht so richtig sehen. Noch dazu steckten die drei dicht beieinander, was umso eigenartiger aussah, aber sobald ich dazu kam, trennten sich ihre Köpfe auf der Stelle. Zwischen ihnen kam der Becher zum Vorschein. Darunter kam der Würfel hervor. Der Becher, der Würfel, die seltsamen Ausrufe der drei und dann deren Gesichter. Irgendwie konnte ich sie gar nicht richtig wahrnehmen. Von einem Mann war nur ein Punkt seiner Backenknochen und die eine Seite seines Nasenflügels beleuchtet. Beim nächsten waren nur die Stirn und die eine Augenbraue vom Licht erfasst. Der dritte Mann war insgesamt nur diffus zu erkennen. Er war lediglich in den Schein meiner Handlaterne von knapp eineinhalb Metern getaucht. – Die drei starrten in unveränderter Haltung mit funkelnden Augen in meine Richtung. Erfreut endlich auf Menschen gestoßen zu sein, blieb ich angesichts der drei Augenpaare doch unwillkürlich stehen.

»Wer zum Teufel …«, fing einer an, hielt aber inne. Die beiden anderen hielten den Mund. Auch ich blieb unverwandt stehen ohne zu antworten. – Konnte nichts antworten.

»'S iss'n Neuer.«

Beherzt gab Hatsu Auskunft. Um die Wahrheit zu gestehen, angesichts der funkelnden Augäpfel und mit »Wer zum Teufel …« angefaucht, hatte ich total vergessen, neben Hatsu zu stehen, derart war mir der Schreck in die Glieder gefahren. Wie versteinert, so nennt man das wohl. Wie ich versteinert und erstarrt dastand, ertönte dieses »'S iss'n Neuer.« Als die Stimme direkt hinter meinem linken Ohr nach vorn schallte, hab ich mich sofort entsonnen, ach ja, da ist ja auch noch Hatsu. Daraufhin haben sich auch meine erstarrten Glieder wieder entspannt. Ich wich einen Schritt zur Seite. Ich wollte, dass Hatsu nach vorne geht. Wie gewünscht, tat er es auch.

»Ihr treibt's also immer noch.«

Dabei betrachtete er mit herabhängender Handlampe Becher und Würfel, die zwischen den dreien in der Mitte lagen.

»Wie isses, machst mit?«

»Mhm, ich lass es. Heut bin ich ein Führer.«

Hatsu ging also nicht darauf ein. Daraufhin ließ er sich mit einem Hauruck auf dem Balken nieder.

»Machen wir eine Pause«, dabei blickte er in meine Richtung. War ich gerade noch vor Schreck versteinert, fühlte ich mich nun plötzlich unglaublich erleichtert und schöpfte neuen Mut. Ich ließ mich neben Hatsu nieder. Hier hab ich zum ersten Mal die Wirkung des Strohkissens am eigenen Leib gespürt. Es fügte sich genau dem Hintern an und federte angenehm ab. Dazu wurde es nicht kalt, wunderbar. Vorhin war mir schon eine gewisse Zeit schwindelig vor Augen – schwindelig oder nicht, im Minengang ist das schwer auszumachen –, jedenfalls war mir nicht ganz wohl zumute, daher fühlte ich mich beim Hinsetzten ungemein erleichtert. Unterdessen unterhielten sich die vier über dies und das.

»Weißt du schon, dass ins Hiromoto eine neue Biene gekommen ist?«

»Klar, weiß ich doch.«

»Schon mal gekauft?«

»Noch nicht, und du?«

»Ich? Ich ... hahahah!«, brach er in Lachen aus. Es war der, dessen Gesicht ich anfangs nur verschwommen gesehen hatte. Auch jetzt sah ich ihn nur undeutlich. Das bemerkte ich daran, dass der Umriss seines Gesichts, egal, ob er lachte oder nicht, unverändert blieb.

»Das hast du ja gut arrangiert!«, fing nun auch Hatsu an leicht zu lachen.

»Weil, wer in die Grube geht, der weiß ja nie, wann er stirbt, oder? Ist doch wohl bei jedem so«, gab er zurück.

»S'gilt für jeden von uns, solange einer nicht stirbt«, sagte ein anderer. In dessen Ton lag eine eigenartige Ergriffenheit. Ganz unvermittelt habe ich das empfunden.

69

Da sprach mich der eine Mann plötzlich an:

»Wo kommst'n du her?«

»Aus Tōkyō.«

»Wenn du hierher kommst, um reich zu werden, hast' dich geschnitten«, belehrte mich sofort ein anderer. Als ich Chōzō traf, war ich überrascht, stets immer nur vom großen Geld zu hören, aber sobald ich an der Kantine ankam, wurde mir eingebläut, hier sei keine müde Münze zu machen, was wiederum bedenklich war. Hier im Innern der Erde, wohin ich so tief hinabgestiegen war, ging ich davon aus, dass ein derartiges Geschwätz nie und nimmer aufkommen würde, aber sobald man auf Menschen traf, ging es wieder nur ums Geld. Das schien mir dann doch zu blöd und ich überlegte, irgendwas zu entgegnen, unterließ es aber, weil ich doch nur eine gescheuert bekommen hätte, sollte ich etwas Unüberlegtes daherreden. Andererseits würde ich auch mein Fett abbekommen, wenn ich gar nichts antworte. Da versuchte ich es mit einer Frage.

»Warum macht man hier kein Geld?«

»Hier in der Grube gibt es eine Gottheit. Und egal, wieviel Geld du anhäufst, das hilft dir gar nix. Das Geld kehrt immer wieder hierher zurück.«

»Was für ein Gott ist das?«, fragte ich versuchsweise.

»Dharuma, die Nuttengottheit ist's!«, sagt's und alle vier lachten herzhaft los. Ich schwieg. Damit ließen sie mich beiseite und begannen sich intensiv über Dharuma zu unterhalten. Das ging etwa an die zehn Minuten so. Derweil hing ich meinen eigenen Gedanken nach. Was mich am meisten bewegte, war die Frage, was wäre, würde ich mich so wie ich war, in Lehm verschmierten Kleidern tief unten im total finsteren Minengang kauernd, Tsuyako und Sumie zeigen. Ich fragte mich, ob sie mich bedauern und weinen würden, oder ob sie alles abscheulich fänden und nichts mehr mit mir zu tun haben wollten; da kam ich unschwer zu dem Ergebnis, dass sie mich von Herzen bedauern und sicherlich weinen würden. Für einen Augenblick hegte ich sogar den Wunsch, mich ihnen zeigen zu können. Dann wiederum erinnerte ich mich daran, wie ich gestern Abend an der Herdstelle auseinander genommen worden war, und überlegte, wie es wohl wäre, wenn sie mich da erlebt hätten. Da empfand ich es nun genau umgekehrt als Glück, dass die beiden nicht an meiner Seite waren. Allein bei der Vorstellung, sie hätten mitbekommen, wie ich da saß, verzagt und feige, von vorn bis hinten zum Narren gehalten, wie ich mir dann die beiden mondänen Damen vergegenwärtigte, allein bei dem Gedanken war es mir derart zum Sterben peinlich, dass ich regelrecht zu schwitzen begann. Aus der Sicht betrachtet, fand ich es gar nicht so schlimm, bis zum Bergmann abgesunken zu sein, ja, ich bildete mir sogar etwas darauf ein, aber die Tatsache, dass ich hier als Anfänger doch reichlich ohnmächtig war, das wiederum hätte ich den Frauen doch nicht zeigen wollen. Dass die eigene Wertschätzung fällt, das will man niemandem, schon gar nicht den Frauen zeigen. Frauen sind ja so schwach, dass sie sich sogar auf einen wie mich verlassen, da will ich natürlich beweisen, ein Mann von Talent zu sein, auf den Verlass ist. Unverheiratete Männer empfinden das wohl besonders stark. Egal wie sehr einer in der Klemme sitzt, gelegentlich will sich jeder Mensch mal in Szene setzen. Meine Gedanken, wie ich sie da mit dem Strohkissen unterm Hintern und der herabhängenden Handlampe auf dem Balken tief unten im Stollen ausruhend, vor mich hinspann, waren das reinste Schmierentheater. In gewisser Hinsicht war das auch eine Erholung von meinen Qualen. Das Schauspiel, das man auch als öffentliche Erholung bezeichnen könnte, hat wohl von solcherlei Erfahrungen aus seinen Anfang genommen. Ich selbst gab in meinem Innern den Helden meines eigenen stagnierenden Stückes, und obwohl ich völlig entmutigt war, bildete ich mir noch was darauf ein.

Plötzlich gab es einen Riesenknall, der förmlich meine Lunge zu durchstoßen schien. Ich konnte nicht ausmachen, ob der Knall von unten oder von oben herkam, da sowohl der Balken, auf dem wir saßen, als auch die Decke über uns gleichzeitig erbebten. Kopf, Arme, Beine, alles bewegte sich gleichzeitig. Wie wenn man auf der Veranda mit herabbaumelnden Beinen sitzt und auf die Kniescheibe klopft, und das Bein unwillkürlich hochschnellt. Genauso reagierte in dem Moment mein ganzer Körper. Aber es schien mir mit weit mehr als der doppelten Heftigkeit zu geschehen. Und nicht nur der Körper, auch meine Nerven reagierten gleichermaßen. Mitten in meinem Einpersonenstück schien ich einen Purzelbaum zu schlagen und kam blitzartig wieder zu mir. Das Dröhnen hielt weiter an, ganz so, als wäre ein Blitzschlag inmitten der Erde eingegraben und sein Hall gefesselt worden, genauso schien es zu stocken und zu wüten, sich zusammenzuziehen, unterdrückt zu werden, auf die Felsen zu treffen, davon umzingelt zu werden, wieder heftig anzuschwellen um erneut zurückgeworfen zu werden, immer wieder den Ausgang verpassend, dröhnend, brüllend.

70

»Darfst nicht erschrecken.«

Hatsu stand dabei stand auf. Ich stand ebenfalls auf. Auch die drei Bergmänner standen auf.

»Noch ein bisserl. Woll'n ma mal!«

Sie nahmen die Meißel. Hatsu und ich verließen den Arbeits-
bereich. Aber da kam Rauch. Der Geruch von Schießpulver
drang in Augen, Nase und Mund. Es war stickig und unangenehm, daher wandte ich mich um, wo bereits wieder dröhnend
die Arbeit begonnen hatten.

»Was ist das denn?«, fragte ich Hatsu gequält. Als vorhin der
Knall an meine Ohren schlug, war ich allen Ernstes überzeugt,
dass es eine gewaltige Explosion im Bergwerk gegeben haben
musste und wenn wir nicht sofort fliehen würden, sei unser
Leben in Gefahr, und trotz alledem machte Hatsu Anstalten,
immer noch tiefer reinzugehen, das alles war mir nicht geheuer,
aber hier unten konnte ich mich selber weder frei bewegen, noch
war ich mental dazu in der Lage, selbständig zu handeln. Also
hinter ihm her, der sich hier doch auskennen musste, der doch
wusste, wann man sich aus dem Staub macht, auf den man sich
verlassen konnte. Und dann der unerträgliche Gestank, der uns
entgegen qualmt, da kann doch keiner gedankenlos tiefer rein,
dachte ich instinktiv, während ich beim Umblicken sah, wie die
drei von vorhin bereits wieder mitten im Qualm dröhnend ihr
Kupfererz herausschlugen; also wohl doch sicher; aus dieser völligen Ungewissheit heraus hatte ich versucht, meine Frage aufzuwerfen. Hatsu belehrte mich, zwei, drei Mal hustend:

»Brauchst nicht erschrecken. Dynamit!«

»Ist das denn nicht gefährlich?«

»Kann sein, dass es nicht ganz ungefährlich ist, aber solang man
im Berg drin ist, bleibt einem nichts anderes übrig. Wenn du Schiss
vor Dynamit hast, hältst du's im Berg keinen einzigen Tag aus.«

Ich schwieg. Hatsu ging durch den Rauch, als würde er ihn zur
Seite schieben, zügig weiter voran. Ganz angenehm konnte das
nicht sein, aber mir schien, Hatsu wollte mir Neuling hier unten
seine Stärke vor Augen führen. Aber der Rauch drückte sich von
Stollen zu Stollen, und während sich über der Erde bereits längst
alles verzogen hätte, kam es mir in den stockdunklen Gängen
vor, als blieb hier unten alles ewig raucherfüllt und stickig. Oder
sollte das nur in meiner Einbildung gewesen sein?

Wie auch immer, ich versuchte, diese qualvolle Situation auszuhalten und folgte ihm hinterher. Wir krochen wieder durch einen

engen Spaltengang, dann ging es sechs bis acht Meter über Treppen, erst rechts, dann links, bis wir an eine Gabelung kamen. Vom Ende der Abzweigung her war ein Gerassel und Geratter zu hören. Es klang so ähnlich, wie wenn man Kieselsteine in einen tiefen Brunnen warf, aber hier schien es noch wesentlich tiefer zu sein, als ein gewöhnlicher Brunnen. Deutlich war zu hören, wie etwas im Fall immer wieder hell klingend an die Wand anschlug. Und das ging ungewöhnlich lange so fort. Das letzte Klappern kam aus einer unglaublichen Tiefe vom untersten Boden her, das allein musste schon eine Weile gebraucht haben, da heraufzuklingen. Da es nur diesen einen geraden Weg nach oben gab, konnte der Ton ohne einen anderen Fluchtweg, egal, wie lange es dauern sollte, nur nach oben entweichen. Wenn er unterwegs auf halber Höhe verklingen wollte, kam der Widerhall der Wand zu Hilfe, und der Klang unten vom Grund, egal, wie schwach und fern, musste ohne etwas davon entweichen zu lassen, nach oben kommen. – So etwa hatte man sich das Gerassel und Geratter vorzustellen.

Hatsu hielt an.

»Hörst du das?«

»Ich hör es.«

»Durch den Rost wird das Erz hinabgeworfen.«

»Ahh …«

»Wo wir schon hier sind, zeig ich dir gleich mal den Rost.«

Als wäre es ihm eben grade eingefallen, machte Hatsu einen energischen Schritt zurück und drehte sich auf den Fersen seiner Strohschuhe in die andere Richtung. Ich war noch ganz auf meine Ohren konzentriert und bevor ich antworten konnte, war Hatsu bereits nach rechts verschwunden. Ich also ebenfalls ins Dunkle hinterher.

71

Die Abbiegung ging nur etwas mehr als einen Meter. Hier bogen wir wieder nach rechts ab und knapp zwei Meter weiter wurde es plötzlich ein wenig heller, der Länge und Breite nach etwas geräumiger. Mitten drin waren zwei Schatten. Gerade als wir dazukamen, nahm einer dieser Schatten zusammen mit dem linken Bein, die vorher aus Leibeskräften nach vorne gebrachte Kraft im Rhythmus ruckartig wieder zurück, wobei er eine Art großer geflochtener Getreideschwinge jäh umkippte. Die Schwinge fiel auf das Brett des Stehplatzes nieder. Anhaltendes Gepolter weit hinunter. Nur einen Fußbreit weiter vorn war ein großes Loch. Das war etwa vier Quadratmeter groß. Da hinein hatte eben der Schlepper mittels der Schwinge das lose Kupfererz gekippt. Die Wand vor dem Kopf ragte steil empor. Nur schwach von der Lampe beleuchtet, konnte man kaum die Farbe erkennen, und nur an einer Stelle, wo sie feucht war, glänzte es funkelnd.

»Schau rein!«, sagte Hatsu. Vor dem Loch war ein knapp neunzig Zentimeter breites Brett befestigt. Ich ging etwa bis aufs erste Drittel des Brettes vor.

»Geh doch weiter vor!«

Hatsu drängt mich von hinten. Ich zögerte. Falls sich jetzt dieses Trittbrett lösen würde, keine Ahnung, wie tief einer da fiel. Geschweige denn, ich würde nochmals dreißig Zentimeter vorgehen, dann war ich im Fall eines Falles beim Sprung zurück auf den festen Boden genau eine Fußlänge zu spät. Eine Fußlänge scheint gar nichts zu sein, aber hier entsprach sie ganze zwanzig Meter auf normaler Ebene. Auf jeden Fall zauderte ich.

»Nun geh schon. Windiger Kerl. So kannst kein Schlepper werden«, wurde mir gesagt. Das war nicht Hatsus Stimme. Es war wohl einer der schwarzen Schatten. Ich hab mich nicht umgeschaut. Aber mein Bein wollte nach wie vor nicht nach vorn. Nur meine Augen wanderten hinüber zur Wand, die im Halbdunkel vom Kondenswasser glitzerte, dann hinunter, immer tiefer, wohin man etwa zwei Meter tief hinab sehen konnte, drüber hinaus war alles stockdunkel. Stockdunkel! Daher hatte ich keine Ahnung, wie tief eigentlich mein Blick ging. Nur tief, abgrundlos tief. Etwas sagte mir, wenn du da runterfällst, dann ist es vorbei, und ich hatte das Gefühl, von hinten gepackt zu werden. Meine Beine standen unverändert wie angewurzelt auf der gleichen Stelle.

»Hey, weg da! Geh mal kurz aus'm Weg!«

Jemand sprach mich von hinten an, ich drehte mich um, und da stand ein Schlepper mit einem schweren Strohsack. Der Sack war nur etwa halb so groß wie ein Reissack. Aber wie er ihn mit beiden Armen hielt, gestützt durch seine vorgedrückte Hüfte und dabei seine ganze Kraft zusammennahm, musste der Sack unglaublich schwer sein. Sofort wich ich zur Seite. Damit war ich wieder in vergleichsweise sicherer Entfernung, von wo aus ich auch im Falle, dass das Brett brechen würde, ohne Probleme sofort zum festen Boden zurückspringen konnte. Der Schlepper, dessen Blick durch den Sack versperrt war, bewegte seine schweren Beine, ohne sich weiter zu ängstigen, gnadenlos nach vorne. Er ging vom Rand her etwa sechzig Zentimeter vor, brachte seine Füße auf eine Reihe, nun wird er wohl anhalten, aber da bewegte er sich noch weiter vor. Es blieb nur noch ein Fußbreit. Davon rückte er nochmals die Hälfte vor. Stellte ordentlich die Füße nebeneinander und mit einem Hauruck drückte er Brust und Hüften gleichzeitig nach vorn. Gefährlich! Er stolpert! In dem Augenblick ließ er den Sack vornüber aus seinen Händen kippen. Der Schlepper richtete sich wieder auf. Von dem fallenden Sack war momentan gar nichts zu hören. Aber da tat es von fern einen dumpfen Knall. Er schien unten aufgeschlagen zu sein.

»Wie ist's, bringst so ein Kunststück fertig?«

»Tja, also …«

Verblüfft stellte ich meinen Kopf schräg. Da brachen Hatsu und die Schlepper in Lachen aus. Kein Wunder, verlacht zu werden, während ich weiter bass erstaunt war. Da sagte Hatsu:

»Alles braucht seine Übung. Das kann nicht jeder Dahergelaufene, so ohne jede Übung. Wenn du hier Schlepper wirst, versuch bloß nicht vor Angst alles auf Armlänge zu werfen. Da fällt dir alles aufs Brett und nix ins Loch, wo es ja mal rein soll. Und dann ist das noch gefährlicher, weil dich s'Gewicht vom Erz mitreißt. Da musst' schon so wie die hier mit aller Kraft aus der Brust raus werfen …«

Als er grade weiterreden wollte, fiel ihm einer der Männer lachend ins Wort:

»Zwei, drei Mal muss jeder in'n Rost fallen. Hahaha!«

72

Wir kehrten zum ursprünglichen Gang zurück und als wir etwa
fünfzig Meter gegangen waren, bog der Schlepper nach rechts ab.
Hatsu und ich gingen geradeaus eine Schräge hinunter. Unten
angekommen, schlängelten wir uns acht bis zehn Meter einen
niedrigen Gang hindurch, bis wir an eine Stelle kamen, wo Hatsu
anhielt.

»Hey, kannst noch tiefer steigen?«

Offen gestanden nein! Ich konnte seit geraumer Zeit nicht
mehr. Aber hätte ich auf halbem Weg aufgegeben, wäre ich mit
Sicherheit bereits durchgefallen, darum hatte ich mich von Mal
zu Mal beherrscht und es immerhin bis hier runter geschafft,
aber insgeheim spekulierte ich damit, dass wir allmählich am
tiefsten Punkt angekommen sein müssten. Aber jetzt wo wir hier
waren, hielt mein Begleiter an, machte erst Pause, und fragt mich
förmlich, ob ich noch weiter absteigen will, das heißt doch, dass
es hier weitere hundert oder zweihundert Meter runter geht. –

Ich suchte im Dunkeln Hatsus Gesicht zu betrachten und
überlegte. Ich überlegte, ob ich dankend ablehnen sollte. Das
Verhalten in so einer Situation wird ganz und gar durch die Hin-
tergedanken des Gegenübers bestimmt. Egal, ob Einfaltspinsel
oder helles Bürschchen. Also kam ich schneller zu einer Entscheidung, wenn ich mich an Hatsus Miene orientierte, statt mir
selbst den Kopf zu zerbrechen. In dieser Situation wurde mein
Schicksal mehr durch äußere Umstände als durch meinen eigenen Charakter bestimmt. Bei solchen Gelegenheiten rutscht
mein Charakter dabei oft unter das Durchschnittsniveau. Wieder einmal ein besonders glänzendes Beispiel von vielen dafür,
wie mein in langer Zeit im Selbstvertrauen aufgebauter Charakter in sich zusammenstürzte. – Meine Theorie, dass es den Charakter gar nicht gibt, rührt eben daher.

Wie vorhin erwähnt, blickte ich in Hatsus Gesicht. Und da
konnte ich keinen vertraulichen Ausdruck erkennen, der da auf-
forderte, komm lass uns doch noch weiter absteigen. Da war
auch keine Warnung, du musst unbedingt tiefer steigen, sonst
bringt es dir gar nichts. Noch war eine Drohung zu erkennen,

von wegen, ich werd dich schon noch zum Abstieg bringen. Schon gar keine Stichelei, willst doch sicher noch ein wenig tiefer, oder? Es hatte nur einen Hauch von Geringschätzung, die besagte, du kannst ja eh nicht mehr absteigen. Aber weiter nichts.

Hinter seinem Ausdruck lag die brennende Frage des Scheiterns. Dabei ging es in diesem Fall gar nicht um Ehre oder Charakter, sondern hier stand einfach alles auf dem Spiel. Und wenn ich ersticke, ich muss da runter.

»Steigen wir weiter ab!«

Meine Entschlossenheit schien Hatsu zu überraschen.

»Na dann, steigen wir weiter runter.«

Er stimmte gelassen zu, setzte aber weiter fort:

»Aber diesmal wird's etwas gefährlicher.«

Klar, es musste gefährlich sein. Wir stiegen einen Schacht hinab, der eine Neigung von geschlagenen neunzig Grad hatte, ein Gang wie an einer senkrechten Felswand runter, die reinste Affenkletterei. Es gab eine Leiter. Keine Neigung, nein, schnurstracks hinab. Sie klebte an der einen Wand des Schachts, oder besser gesagt, sie stand einfach im Raum wie ein Mast, beim Runterschaun war kein Ende zu erkennen. Keine Ahnung, wie weit sie runter ging und wo sie überhaupt befestigt war.

»Also, ich geh voran. Pass auf, wenn du nachkommst«, sagte Hatsu.

Dass Hatsu je mit mir so bedächtig reden würde, hätte ich nie im Traum gedacht. Da ich dem Anschein nach aus Gehorsam eingewilligt hatte, kam bei ihm wohl ein Gefühl des Mitleids auf. Nun drehte sich Hatsu herum, wandte sich mit dem Rücken genau der Öffnung zu. Er ging in die Hocke und eh man sich versah, ging er Stufe um Stufe hinab. Zuletzt war nur noch das Gesicht zu sehen. Schließlich verschwand auch sein Gesicht. Solange sein Gesicht zu sehen war, empfand ich noch etwas wie Sicherheit, aber als er samt schwarzem Kopf in dem Loch verschwunden war, überkamen mich schlagartig Angst und Unsicherheit, und ich konnte mich kaum ruhig halten, so dass ich mich auf die Zehenspitzen stellte und von oben hinab schaute. Hatsu stieg runter. Es waren nur sein schwarzer Kopf und der Schein seiner Lampe zu sehen. Angesichts dieser schauderhaften

Lage überlegte ich Folgendes. Wenn ich nicht auf der Stelle abstieg, solange ich Hatsus Gestalt sah, würde ich vermutlich überhaupt nie absteigen. Das Resultat wäre beschämend. Je schneller, desto besser, so drehte ich mich hastig um, genau wie Hatsu, kniete mich hin, und mit den Händen abwärts tastend, suchte ich mit den Sohlen meiner Strohschuhe nach Leiterstufen.

73

Mit beiden Händen ergriff ich die erste Sprosse und suchte mit den Füßen eine passende Stelle, dabei krümmte ich meinen Rücken wie eine Garnele. Dann versuchte ich mein Bein vorsichtig zu strecken. Sobald ich gerade stand, kam die Handlampe direkt an meine Brust. Wenn man zu lange innehielt, wurde man davon eingerußt. Es blieb nichts anderes, als das andere Bein zu senken. Folglich musste ich auch mit der Hand nachfassen. Beim Absenken der Hand zeigte sich, dass die Lampe, die am Finger hing, sich ganz unkontrolliert bewegte. Wenn ich sie gedankenlos herumschwenke, gehen meine Kleider in Flammen auf. Knalle ich sie übereilt an die Wand, droht mir die Flamme von der Wand erstickt zu werden. Als ich mir die Lampe mit der Buchse an den Daumen steckte und wie ein Pendel bewegte, hielt ich sie für ein höchst handliches Gerät, aber hier war sie enorm hinderlich. Obendrein war die Leiter schmal. Der Abstand der Sprossen wiederum enorm groß. Hier eine Sprosse tiefer zu steigen, erforderte doppelte Anstrengung. Unterstützt nur von der schieren Angst. Beim Nachfassen war jede Sprosse glitschig. Fast mit der Nase dran, sah ich im schwachen Schein der Lampe, dass sie von schwarzem Lehm überzogen waren. Der wurde beim Rauf- und Runterklettern von den Strohsandalen festgetreten. Unterwegs drehte ich meinen Kopf zur Seite und lugte nach unten. Hätt' ich es nur gelassen. Denn plötzlich wurde mir richtig schwindelig und der feste Griff meiner Hände lockerte sich. Jetzt sterbe ich. Jetzt zu sterben wär schrecklich, unwillkürlich biss ich auf die Zähne, kniff die Augen zusammen. Große Seifenblasen tanzten wild durcheinander, währenddessen stieg Hatsu weiter ab. Hätte ich beim Runterblinzeln Hatsu gesehen, wäre es noch angegangen, nur in den Seifenblasen, die vor meinen geschlossenen Augen hervortanzten, da konnte Hatsu unmöglich drin sein. Aber er war zweifellos da. Er stieg ab. Es war äußerst merkwürdig. Rückblickend betrachtet, hatte ich, bevor mir schwindelig wurde, Hatsu zweifellos flüchtig erspäht, da überfiel mich plötzlich die panische Angst vor dem Sterben derart, dass ich Hatsus Bild, das sich auf meiner Netzhaut abgezeichnet hatte, schlichtweg vergaß, das aber, sobald ich an die Sprossen geklammert die Augen geschlossen hatte, wieder zurückgekehrte.

Keine Ahnung, ob so etwas wissenschaftlich möglich war. Zu jenem Zeitpunkt war ich weggetreten. Die Grube war dunkel, mein Leben kostbar, mein Kopf in Konfusion. Mir war unklar, ob ich lebte oder tot war. Aber Hatsu stieg ab. Ob er nur in meinen Augen abstieg oder da unterhalb meiner Beine, es war ein einziges Durcheinander. Seltsamerweise schaute ich, sobald ich die Augen geöffnet hatte, sofort wieder nach unten. Und da stieg Hatsu weiter ab. Es schien, dass er nun an der gegenüberliegenden Seite der Mauer abstieg. Wohl weil es das zweite Mal war, überfiel mich diesmal kein Schwindel, und ich fokussierte ihn nochmals mit meinen Pupillen, da stieg er tatsächlich auf der anderen Seite ab. Nanu? Da zischte wieder einmal meine Grubenlampe. Sie schien ja garantiert nicht auszugehen, aber so etwas machte mich unsicher. Hatsu schien stetig voraus zu klettern. Bis hierher hatte ich es ja auch geschafft, da schien mir das Beste, ebenfalls möglichst rasch weiter abzusteigen.

Folglich kletterte ich die glitschigen Sprossen eine um die andere hinab, und nach etwa sechs Metern stieß mein Fuß auf Boden. Ich trat zur Sicherheit nochmals auf, ja, es war fester Boden. Zur Sicherheit ließ ich meine Hände vorerst nicht los und untersuchte die Lage unter meinen Füßen, tatsächlich war die Leiter zu Ende. Aber der Boden, auf dem ich stand, war nur dreißig Zentimeter breit. Dann kam wieder ein senkrechtes, endloses Loch. Nun befand sich die Leiter auf der anderen Seite. Sie war so angebracht, dass man sie mit ausgestrecktem Arm ergreifen konnte. Notgedrungen stieg ich auf diese Leiter um. Diesmal versuchte ich möglichst zügig voran zu kommen. Die Leiter schien ebenso lang wie die vorige. Wiederum hing auf der gegenüberliegenden Seite eine Leiter. Es schien kein Ende zu nehmen. Wieder stieg ich um. Hatte ich die eine durchklettert, kam wieder eine neue, wie immer auf der anderen Seite. Das ging wohl ewig so weiter. Bei der sechsten Leiter wurden meine Hände lahm, die Beine zitterten und mein Atem ging schwer. Beim Runterschauen war von Hatsu schon längst keine Spur mehr. Je länger ich schaute, desto stockdunkler wurde es da. Auf meine Grubenlampe fielen zischend Wassertropfen. Meine Strohsandalen waren von Wasser vollgesogen.

74

Wenn ich einen Moment lang ausruhte, fielen mir schier die Hände ab. Wenn ich weiterstieg, rutschten die Füße immer wieder ab. Beim Gedanken, mit dem Kopf voraus zu kippen und mir den Schädel zu spalten, sobald ich nicht weiterklettere, kam irgendwoher die Kraft, Stück für Stück abzusteigen. Keine Ahnung, woher die Kraft kam. Sie kam nicht mit einem Schlag, sondern es war, als würde sie langsam Arme, Bauch und Beine durchdringen, was ich wiederum ganz deutlich spürte. Gerade so, wie wenn man vor der Prüfung die ganze Nacht hindurch lernte und dabei vor Erschöpfung wegdöste, aber plötzlich wieder wach war und wieder fünf, sechs Seiten lesen konnte. Genauso wie bei dieser Art zu lernen, wo man doch gar nicht mitbekam, was man da eigentlich las, und dennoch alles mit Sicherheit gelesen hatte, genauso ging es mir hier, wo ich nicht mit Sicherheit behaupten konnte, dass ich tatsächlich geklettert bin, und trotzdem zweifelsohne hinabgekommen war. Wie man den Inhalt des Vorbereiteten vergaß und sich nur an die Anzahl der gelesenen Seiten mit Sicherheit erinnerte, genauso ging es mir mit den Leitern, deren Anzahl ich klar in Erinnerung hatte. Es waren genau fünfzehn. Aber als ich selbst die fünfzehnte geschafft hatte und Hatsu immer noch nicht in Sicht kam, war ich bestürzt. Zum Glück gab es keine Abzweigungen, und nachdem ich etwas fassungslos, den engen Schacht hindurchgekrochen war, kam endlich Hatsu zum Vorschein. Er fragte sogar ganz ohne Stichelei: »Na, war wohl ganz schön hart?« Und ich, dem es tatsächlich ziemlich hart ankam, antwortete frei heraus: »Es ist hart.«

»Reiß dich noch ein bisschen zusammen, ja!«, ermunterte er mich.

»Gibt es wieder Leitern?«

»Hahaha, keine Leitern mehr. Keine Sorge!«

Er ließ ein freundliches Lachen vernehmen. Mit Ausdauer hab ich es bis hierher geschafft, also werde ich es noch weiter schaffen, mit diesem Vorsatz heftete ich mich wieder an Hatsus Fersen, wobei es wieder bergab ging. Je weiter runter wir kamen, desto mehr Wasser sammelte sich an. Platschend wateten wir hindurch. Beim Schein der Lampe schwappte es mausgrau wie in den übergelaufenen Wassergräben in *Shitaya*. Und diese Schlammbrühe war verdammt kalt. Es fuhr einem messerscharf zwischen die Zehen. Da die ganze Fläche voller Wasser war, musste ich den einen Fuß, den ich gerade hochgehoben habe, immer wieder gnadenlos ins Wasser eintauchen. Sobald ich einen Fuß hob, wollte ich am liebsten wie ein Nachtreiher einfach in der Position stehen bleiben. Aber ich hatte keine andere Wahl und ich tauchte meine Strohsandalen immer wieder platschend ins Wasser, und in dem Moment entstanden vom Wasserrand her Wellen wie Fischflossen. Auf der einen Seite glitzerten sie im Schein der Lampe für einen Moment, legten sich aber sofort wieder. Jetzt wo es sich beruhigt hatte, wühlte ich platschend alles wieder auf. Und wieder funkelten die Flossen. Derart gingen wir immer weiter rein, wobei das Wasser allmählich tiefer wurde. Wenn wir hier erst einmal hindurch sind, kommen wir bestimmt wieder zu einer trockenen Stelle, darauf verließ ich mich zwar ohne jedes Versprechen, aber wie wir weiter herum kamen, reichte das Wasser, das vorhin noch auf der Höhe des Fußrückens blieb, plötzlich bis zum Schienbein. Als nächstes, ich biss schon die Zähne zusammen, bogen wir nach rechts, da standen wir unvermittelt bis zu den Knien im Wasser. Mit jedem Schritt schwappte es. An den Knien bildeten die Wellen kleine Wirbel. Diese Wirbel reichten allmählich bis an den Oberschenkel. Jetzt wurde es gefährlich. Möglicherweise trat aus irgendwelchem Grund Wasser aus, und ich überlegte, ob unser Stollen nicht ganz voll werden würde, da wurde mir plötzlich vom Kreuz her bis zum Bauch eiskalt. Trotzdem watete Hatsu ohne ein Anzeichen der Hast zügig durch das Schlammwasser.

»Ist da alles in Ordnung?«, versuchte ich von hinten her zu fragen, aber Hatsu watete ohne weiter darauf zu antworten unverändert rauschend durchs Wasser. Nach meinem Dafürhalten konnte niemand im Wasser eingetaucht arbeiten, Kupferbergwerk hin oder her. Wenn wir hier im Schlammwasser wateten, dann musste entweder etwas passiert sein oder ich wurde in einen stillgelegten Stollen geführt. Wie auch immer, es war eine Katastrophe, und von meiner Unsicherheit getrieben, überlegte ich, ob ich Hatsu noch einmal fragen sollte, da reichte mir das Wasser schließlich bis zu den Hüften.

75

»Gehn wir noch weiter rein?«

Mir wurde es unerträglich, und ich versuchte Hatsu von hinten anzuhalten. Es war nicht meine normale Fragestimme. Das Leben selber in blanker Sorge um Leib und Seele brach sich da förmlich den Weg durch meinem Mund. Da ich mich jedoch genierte, vor Hatsu in bloßes Geschrei auszubrechen, gab ich meiner Frage den Tonfall der Furcht. Als er meine Stimme vernahm, blieb sogar Hatsu mitten im Wasser stehen und drehte sich um. Er hob die Grubenlampe ganz hoch. Mit angestrengtem Blick erspähte ich auf Hatsus Stirn zwischen seinen Brauen tiefe Fragefalten. Um seinen Mund herum zeichnete sich ein Schmunzeln ab.

»Was is los? Kapitulierst du?«

»Nein, aber das Wasser ...«

Ich blickte dabei entsetzt um mich herum. Hatsu war kein bisschen beeindruckt. Ja, er schmunzelte sogar. Er schien mir wie ein Passant, der seinen Kimono hochgebunden, amüsiert eine überflutete Straße überquerte. Da verflogen zwar meine schlimmsten Zweifel, aber feige wie ich war, fragte ich zur Sicherheit nochmals nach.

»Ist denn das hier in Ordnung?«

Über Hatsus Gesicht breitete sich ganz und gar Heiterkeit aus, er meinte dann aber ernst:

»Das hier ist der achte Stollen. Wir sind hier ganz unten. Versteht sich von selbst, dass sich hier ein wenig Wasser ansammelt. Da brauchst' keine Angst haben. Na, komm hier rüber.«

Und da er nicht nachließ, blieb mir nichts anderes, als wieder bis zu den Oberschenkeln einzutauchen und weiterzugehen. In dem finsteren Loch fühlte man sich allein schon von der Dunkelheit von oben bis unten nass, um es einmal metaphorisch auszudrücken. Stand man dann aber in wirklichem Wasser, zudem von der gleichen Farbe wie das Grubenloch, dann verdoppelte sich dieses unausstehliche Gefühl. Und das Wasser kam allmählich über den Fußknöchel höher. Jetzt stand ich schon bis zu den Hüften eingetaucht. Natürlich entstanden bei jeder Bewegung Wellen, weshalb man weit über den Wasserstand hinaus nass wurde. Darüber hinaus trockneten natürlich die feuchten Stellen nicht, und je nach Welle, stiegen sie auch mal höher als man eh schon nass war, womit man Stück für Stück bis zum Bauch auskühlte. Im Stollen vom Kopf her, vom Wasser bis ins Innere, also zweifach durch und durch ausgekühlt, folgte ich hier im mir völlig unvertrauten Ort wie eine Seegurke. Da rechts war ein Loch, weit geöffnet wie eine Höhle, daraus floss Wasser hervor. Darunter mischten sich dröhnende Schlaggeräusche. Da musste ein Werkplatz vor Ort sein. Hatsu blieb vor dem Loch stehen.

»Hör mal! Selbst hier in der Tiefe arbeiten welche, schau. Kannst du's denen gleichmachen?«

Ich bückte mich, um in die Höhle reinzuschauen, so tief runter, dass mir das Wasser bis zur Brust reichte. Ganz hinten war es auf der einen Seite ganz schwach hell – hell bedeutet hier ein gestaltloses kaum auszumachendes winziges Licht, das weil vergebens in einem übergroßen Raum verwendet, sich nicht genug entfalten konnte und dessen untrüglicher Lichtstrahl von der Dunkelheit überwältigt, undeutlich und verschwommen war. Da mitten drin kam von etwas, das einen Grad dunkler und schräg wie am Felsen festgesaugt schien, ein dröhnendes Schlagen. Es hallte von allen Seiten und ohne einen Ausweg zu finden, wurde es vom Wasser zurückgeworfen und kam geballt aus der Höhlenöffnung hervor. Ebenso wie das Wasser. Während die Decke vergleichsweise dunkel war, leuchtete das Wasser.

»Wollen wir reingehen?«

Eiseskälte durchfuhr mich.

»Ich muss da nicht unbedingt rein.«

»Dann lassen wir es für heute gut sein. Aber nur heute, verstanden!«, fügte er einschränkend hinzu, wobei er mir fest ins Gesicht blickte. Wie befürchtet, ging ich ihm auf den Leim.

»Werd ich ab morgen hier arbeiten? Und wenn, wie lange steht man da im Wasser – und wenn man da drin steht, erfüllt man dadurch seine Pflicht?«

»Tja also …«

Hatsu überlegte und erklärte:

»Tag und Nacht zusammen genommen gibt es drei Schichten.«

Drei Schichten auf Tag und Nacht, das ergab pro Schicht acht Stunden. Ich blickte auf das schwarze Wasser hinunter.

76

»Das passt schon. Mach dir keine Sorgen«, beruhigte mich plötzlich Hatsu. Ihn überkam wohl Mitleid.

»Aber hier muss man doch volle acht Stunden arbeiten, oder?«

»Is ja wohl klar, dass die vorgegebene Zeit gearbeitet werden muss. Aber zerbrich dir deswegen nicht weiter den Kopf.«

»Warum das denn?«

»Eben weil …«Hatsu ging wieder los. Ich ging ebenfalls schweigend los. Nach zwei, drei platschenden Schritten drehte sich Hatsu plötzlich um. »Anfänger arbeiten meist auf Schacht zwei, höchstens drei. Wer sich hier nicht wie in seiner Westentasche genau auskennt, der kommt schon gar nicht so weit runter.«

Dabei grinste er mich an. Ich grinste zurück.

»Erleichtert?«

Was sollte ich anderes entgegnen als »Ja«. Hatsu kam sich dabei toll vor. Unbemerkt war das schwappende Wasser bis zu den Knien zurückgegangen. Unten an den Zehenspitzen machte ich Treppenstufen aus. Etwa nach der dritten Stufe ging das Wasser zurück bis auf den Knöchel. Dann ging es eben weiter. Da wir unerwartet schnell zu einer höher gelegenen Stelle kamen, war ich äußerst froh. Von hier an nahm meine Freude rasch zu, denn mit jeder Biegung wurde der Boden trockener. Zu guter Letzt war auch nicht mehr das geringste Platschen zu hören. Da fragte mich Hatsu, ob ich die Maschine sehen wolle, zu der er mir auf meine Frage hin erklärte, es sei die Anlage, die das Kupfererz, das in den Rost herabgeworfen werde, aufsammelt und bis zum ersten Stollen hinauf befördert, um von dort mit der Elektrobahn aus dem Bergwerk hinaustransportiert zu werden. Ich hörte mir das an, aber habe von vornherein darauf verzichtet. Egal um was für eine noch so ausgeklügelt funktionierende Maschine es sich hier handelte, ich hatte kein Bedürfnis danach, einen Ort zu sehen, der für mich ab morgen völlig belanglos sein würde. Wenn wir die Maschine nicht anschauen, dann haben wir fürs erste alles Notwendige im Bergwerk angeschaut. Damit teilte mir mein Führer Hatsu mit, dass wir nun zurückkehren würden. Bis zum Kreuz im Wasser, davon schien selbst Hatsu genug zu haben, weshalb er bei der Rückkehr einen vergleichsweise trockenen Weg wählte. Trotzdem sind wir zunächst etwa zwanzig Meter weit bis zu den Waden durch Wasser marschiert. Dabei dachte ich mir, der sich hier immer noch nicht richtig auskannte, dass wir nun wieder an jener Stelle angekommen seien, mich nur zu gut erinnernd, wie mir beim Weg hierher um den Nabel herum fast alles zu Eis gefroren war, bewegte ich meine kalten Beine und dachte ein ums andere Mal, jetzt muss es kommen, aber ganz entgegen meiner Erwartung wurde es immer besser, und je weiter wir gingen, desto seichter wurde das Wasser. Die Beine wurden leichter. Zuletzt kamen wir auf einen ganz trockenen Weg.

»Haben wir's schon hinter uns?«

Auf meine Frage hin lachte Hatsu nur. Diesmal wurde auch mir heiter zumute, aber schon bald kamen wir wieder bei den Leitern an. Wasser bis rauf zur Brust würde ich zur Not nochmals in Kauf nehmen, aber diese Leitern – wenigstens auf dem Rückweg wäre ich nur zu gern um sie herumgekommen; aber bei denen waren wir nun angekommen. Ich erinnerte mich, dass mir jemand vom *Gebirgssteg in Shu* erzählt hatte. Diese Leitern hier, das war jener Gebirgssteg einfach von oben nach unten gehängt, gnadenlos jeder Neigung beraubt. Hier angekommen, versagten plötzlich meine Beine. Es war als hätte ich einen plötzlichen Anfall von *Beriberi*, denn unwillkürlich wurden meine Beine nach hinten weggezogen. Mancher Leser mag denken, ich sei von Hatsu gezogen worden, aber nichts davon. Es war nur ein Gefühl, als wäre ich, wenn man so will, von einem Hexenschuss befallen. Zumindest konnte ich mein Kreuz nicht strecken. Ich möchte nicht kategorisch abstreiten, dass dies der Fluch für den mir kopfüber gestellten Gebirgssteg sei, denn mein Führer Hatsu war schon geraume Zeit recht gut aufgelegt, so dass auch ich angesichts seiner großherzigen Nachsicht etwas übermütig geworden war, und bei meinem Einsatz Schritt für Schritt die Zügel schleifen ließ. Jedenfalls konnte ich nicht mehr gehen. Als mich Hatsu sah, wie ich da zusammengesackt war, meinte er:

»Sieht nicht so aus, als ob du gehen könntest. Total schlapp. Ruh dich ein wenig aus. Ich geh mal kurz 'ne kleine Runde machen.«

Damit tauchte er irgendwohin in die Dunkelheit ab.

77

Somit war ich selbstredend alleine. Ich ließ mich schwer auf den Boden fallen. Das Strohkissen war in so einem Fall besonders praktisch. Es schützte dankenswerterweise davor, sich das Steißbein am Felsen anzuhauen, den Kimono mit Lehm zu beschmutzen, oder vor anderen Unannehmlichkeiten, und verschaffte somit selbst in dem Elend hier unten etwas wie kleine Freuden. Ich lehnte mich mit steifem, krummem Rücken gegen den Felsen. Von jetzt an wollte ich nichts mehr Horizontales in die Vertikale bringen. Ich starrte einfach nur auf die gegenüber liegende Wand. War es, weil mein Körper regungslos innehielt, und sich folglich auch kein Gefühl mehr regte, oder war es genau umgekehrt, da meine Gefühle in sich verharrten, wurde auch mein Körper säumig, jedenfalls ergänzten sich beide und irrten, so schien es, zwischen Leben und Tod hin und her, und für eine Weile war alles in Dunkelheit getaucht. Zuerst hatte ich noch das Bedürfnis, wenigstens eine Handvoll taghelle Luft zu atmen, aber allmählich verfiel ich in eine Art Dämmerzustand. Ich vergaß die Dunkelheit im Stollen. Ich konnte nichts mehr voneinander unterscheiden, alles verschwamm und wurde eins. Aber mit Sicherheit habe ich nicht geschlafen. In der Stille wurde mein Bewusstsein nur schwächer. Aber selbst dieses schwache Bewusstsein, worin immer noch ein Teil reale Welt in zehn Teile Wasser aufgelöst war, ging egal wie verdünnt, nicht ganz verloren. Es war etwa so, als würde man sich beim Sprechen nicht gegenüber sitzen, sondern telefonieren – ein wenig undeutlicher vielleicht. Dieses Abtauchen meines Bewusstseins war für mich, dem die Sonne der irdischen Welt zu heftig auf den Leib gebrannt hatte, der es weder in Tōkyō noch hier auf dem Land richtig aushielt, der dringend Fiebermittel gegen seine Seelenqualen einnehmen musste, der all diese extremen Reize, die sich bis in die letzten Fasern seiner Nerven verteilten, auflösen musste – für mich war dieses Abtauchen eine Notwendigkeit, ein Wunschtraum, ein Ideal. Es war mit Sicherheit ein weit erleseneres Himmelreich, als ich es mir auf unserem Weg hierher, nachdem mich Chōzō abschleppte, vom Bergmannsleben in der Vorstellung ausgemalt hatte. Wenn das Durchbrennen die erste Stufe meiner Selbstvernichtung gewesen wäre, dann würde diese Grenzwelt hier für den Untergang – ich weiß nicht die wievielte Station –, aber jedenfalls jener Bahnhof sein, von dem aus der Endpunkt nicht mehr weit entfernt sein würde.

In der kurzen Pause, in der mich Hatsu allein gelassen hatte, wurde ich plötzlich ganz ungeplant bis unmittelbar an die

Schwelle des Todes gelockt. Was für ein Gefühl ich dabei hatte? Offen gesagt, war ich glücklich. Aber wie die reale Welt war auch dieses Innewerden des Glücks nur in zehnfacher Verdünnung in meinem Bewusstsein vorhanden, daher war es keineswegs heftig. Eher äußerst schwach. Aber ich habe es zweifelsfrei wahrgenommen. Jemand der noch bei Besinnung war, konnte unmöglich die Wahrnehmung verlieren, glücklich zu sein. Mein Geisteszustand unterschied sich dabei von solch unterentwickelten psychischen Erscheinungen, die den Aktivitätsbereich einschränken. Die Freiheit, sich wie üblich nach Lust und Laune zu betätigen, bestand wie eh und je, lediglich der Antrieb zur Tätigkeit hatte abgenommen, und der Unterschied zwischen meinem normalen Ich und meinem jetzigen Ich war nur eine Frage der Abstufungen. Inmitten dieses Hauchs von Leben gab es einen Hauch von Glück.

Hätte dieser Zustand eine Stunde angehalten, wäre ich für eine Stunde zufrieden gewesen. Hätte er einen Tag angehalten, wäre ich zweifellos den ganzen Tag lang zufrieden gewesen. Und wenn es hundert Jahre angehalten hätte, ich wäre glücklich gewesen. Aber – hier stellte sich eine neue Regung in meinem Herzen ein. Denn leider hielt dieser Zustand nicht wunschgemäß an. Bewegung kam auf. Etwa so wie sich die Flamme einer Lampe bewegt, wenn das Öl zu Ende geht. Sollte ich das Bewusstsein in Zahlen fassen, dann hätte ich bei dem normalen Niveau von zehn das von fünf erreicht. Nach einer Weile sank es auf vier, dann auf drei. Einfach weitergedacht, musste es irgendwann gegen Null gehen. Ich hatte die aufgrund dieses Prozesses schwächer werdende Freude wahrgenommen. Zusammen mit diesem Prozess wiederum nahm ich auch den Grad meines schwächer werdenden Bewusstseins wahr. Das Glücksgefühl blieb dabei unzweifelhaftes Glücksgefühl. Egal, wie tief mein Bewusstsein absinken würde, da ich ausschließlich ein Glücksgefühl empfand, sollte ich logischerweise ganz und gar zufrieden sein. Aber allmählich ging es gegen Null, da tauchte plötzlich aus dem Dunkeln etwas Konkurrierendes auf. Der Kerl stirbt, tanzte da ein Gedanke daher und darauf sofort »Schrecklich zu sterben!« Jäh riss ich die Augen auf.

78

Mir drohten die Beine abzufallen. Das Blut von den Knien bis
rauf zum Kreuz drohte jeden Moment einzufrieren. Der Bauch
schien voll mit Wasser gefüllt zu sein. Von der Brust aufwärts
fühlt es sich noch eher wie Mensch an. Als ich die Augen öffnete,
erinnerte ich mich genau an den Zustand davor bei geschlossenen Augen, wie alles der Reihe nach ging bis zu dem Gedanken
»Du stirbst! Schrecklich, zu sterben!«, in dem Augenblick riss
etwas. Nach diesem Riss war meine erste Handlung, die Augen
zu öffnen. Das heißt, mit dem »Du stirbst!« machte das Leben
einen Richtungswechsel, daraufhin war meine erste Handlung,
die Augen zu öffnen, beides völlig voneinander getrennt. Dennoch hielt beides an. Ein Beweis, dass es weiter anhielt, lag darin,
dass mir, als ich die Augen öffnete und mich umblickte, diese
Stimme »Du stirbst! …« immer noch in den Ohren klang. Garantiert klang sie weiter nach. Ich benütze hier die Wörter Stimme
und Ohr, aber nur, weil es keine anderen Bezeichnungen dafür
gibt. Es war auch nicht zu beschreiben, aber mir war tatsächlich,
als hätte mich wirklich ein Mensch gewarnt: »Du stirbst! …«
Aber natürlich war da keine Menschenseele. Dann also Gott –
ich hasse etwas wie Gott. Dann hatte ich wohl selbst in meinem
Herzen hastig diesen Gedanken aufgerufen, und ich hätte nie im
Traum gedacht, dass sich ein Mensch wegen des Sterbens derart
abquält. Da müsste etwas wie Selbstmord unmöglich sein. In so
einem Fall ist die Seele in einer anderen Verfassung als gewöhnlich, und obwohl ganz von den eigenen Instinkten gelenkt,
scheint man davon selbst nichts wahrzunehmen. Hier muss man
Acht geben, denke ich. Wenn es nach diesem Beispiel ginge,
könnte mir auch Gott geholfen haben. Es könnte auch jemand
gewesen sein, der einem sehr nahe steht – häufig etwa eine
geliebte Person –, der Geist solcher Menschen könnte mich auch
gerettet haben. Trotz meiner jungen Jahre habe ich aber die
Stimme weder als die von Tsuyako noch als die von Sumie ausgelegt, und auch wenn es eingebildet klingt, darauf war ich sogar
etwas stolz. Ich war wohl von Natur aus nicht besonders poetisch
veranlagt.

Plötzlich kam Hatsu wieder zurück. Sobald ich ihn erblickte, war ich endlich wieder bei klarem Bewusstsein. Von jetzt an gilt es diesen auf den Kopf gestellten Sprießrutenlauf hochzuklettern, von morgen an gilt es Meißel und Hammer dröhnen zu lassen, der *Nanjing*-Reis, die Bettwanzen, der »Schepper«-Zug, die Dharuma-Göttin, das alles ohne Ausnahme wurde mir restlos klar, und zuletzt wurde mir am deutlichsten meine eigene Entartung bewusst.

»Geht's ein bisschen besser?«

»Ja, ein wenig besser ist es.«

»Dann wollen wir mal langsam raufklettern.«

Ich erhob mich dankend, da ergriff Hatsu bereits energisch die Sprosse und stieg mit dem einen Bein rein.

»Der Aufstieg wird etwas hart. Mach dich drauf gefasst und bleib dicht an mir dran, verstanden.«

Mit dieser Warnung drehte er sich um und begann aufzusteigen. Ich empfand ein trostloses Schaudern, blickte nach oben und sah Hatsu klettern. Er klettert wendig wie ein Affe. Kein Anzeichen davon, dass er etwas gemächlicher steigen würde. Wenn ich mich nicht beeile, werde ich wieder hoffnungslos abgehängt. Beherzt fing ich ebenfalls an zu klettern. Schon nach zwei, drei Sprossen hab ich's gespürt. Genau wie Hatsu sagte, es würde ziemlich hart werden. Nicht allein, weil ich bereits elendiglich erschöpft war. Beim Abstieg streckte man den Oberkörper relativ weit vor und konnte dadurch das Gewicht des Rückens zum Teil auf die Leiter verlagern. Beim Aufstieg war es genau umgekehrt, der Körper tendierte dazu, sich zurückzubeugen. Das Gewicht davon, das man mit beiden Händen auffangen musste, hatte man Sprosse für Sprosse von den Oberarmen bis zu den Schultern mit zusätzlichem Wegegeld zu bezahlen. Und nicht nur das, die Gesamtsumme musste allein von den Handflächen mit den fünf Fingern daran getragen werden. Wie früher erwähnt, war alles glitschig. Eine einzige Leiter zu erklimmen, war schon an sich keine leichte Sache. Und davon gab es fünfzehn. Hatsu war bereits wieder seit geraumer Zeit verschwunden. Lass ich die Hände los, stürze ich kopfüber zurück in die totale Finsternis. Falls ich nicht loslasse, reißen mir die Schultern aus. Auf halber Höhe der siebten Leiter, mit feuerspuckendem Atem, spürte ich, dass mir die Anstrengung zu viel wurde. Meine Augen füllten sich mit heißen Tränen.

79

Zwei, drei Mal versuchte ich die oberen und unteren Augenlider zusammenzupressen, aber mein Blick blieb nach wie vor verschleiert. Selbst die Wand, keine fünfzehn Zentimeter vor mir, konnte ich kaum ausmachen. Ich wollte mir die Augen mit dem Handrücken abwischen, leider waren beide nicht frei. Ich spürte Wut aufsteigen. Warum, so kam es mir, bin ich nur so weit heruntergekommen, diese Affenposse zu geben. Dabei achtete ich darauf, meinen Körper, der drohte jederzeit abzustürzen, möglichst nach vorne zu beugen und soweit es nur ging, an die Leiter zu lehnen, während ich überlegte. Passender wäre, hier von einer Pause zu sprechen. Noch treffender, ich hatte mittendrin angehalten. Jedenfalls hatte ich aufgehört, mich zu bewegen. Ich konnte mich nicht bewegen. Regungslos stand ich da. Das Zischen der Grubenlampe, das Wasser, das zu den Fußsohlen runtersickerte, nichts von allem nahm ich wahr. Folglich hatte ich keinen blassen Dunst, wieviel Zeit dabei verging. Wieder kamen mir heiße Tränen. Während mein Geist einigermaßen beieinander war, verschwamm alles vor meinen Augen. Da half kein Blinzeln. Ein Gefühl, als wären meine Pupillen in heißes Wasser eingetaucht. In mir wurmte es. Ich wurde ungeduldig. Jähzorn kam hoch. Meine Erregung wurde immer heftiger. Und, mein Körper funktionierte nicht wie er sollte. Mit den Zähnen knirschend schlenkerte ich ein paar Mal die krampfhaft mit beiden Händen umklammerte Leitersprosse hin und her. Natürlich bewegte sich nichts. Am liebsten ließe ich die Hände los. Vornüber runterfallen und den Kopf zerschmettern, damit wäre hier ein schnelles Ende bereitet. So wallte das Gefühl auf, sterben zu wollen. – Dem Gleichen, der noch am Fuße der Leitern beim Gedanken hochgeschreckt war, schrecklich, wenn du jetzt stirbst, dem kam hier auf halber Höhe der Leitern kurz und heftig die Unbesonnenheit an, unbedingt sterben zu wollen; unter allen psychischen Stimmungswechseln meines Lebens muss ich diesen als wichtigsten in meinem Gedächtnis festhalten. Da ich kein Psychologe bin, weiß ich nicht, wie man einen derartigen Umschwung angemessen beschreiben sollte, aber es ist doch so, dass Psychologen umgekehrt in der Regel kaum eigene Erfahrungen haben, daher will ich versuchen, wenn auch laienhaft, meine eigene Meinung dazu vorzutragen.

Als ich mir das Strohkissen unter den Hintern geschoben und Pause gemacht hatte, war ich von Anbeginn an entschlossen, mich auszuruhen. Deshalb herrschte in meinem Herzen Gelassenheit. Es gab wenig Reize. Als ich mich in diesem Zustand an die Wand lehnte, vertiefte sich dieser zusehends und die natürliche Folge davon war, dass allmählich meine Sinne schwanden. Die Seele tauchte ab.

Die Richtung ihrer geistigen Bewegungen nimmt üblicherweise in so einem Fall zwangsläufig immer den Weg vom Aktiven als Ausgangspunkt hin zur Passivität. Gelangt sie aber an das Ende des üblichen Weges, also an einen ausweglosen Grenzpunkt, spaltet sich die Seele und handelt in zweifacher Weise. Ersteres wäre, gewissermaßen mit Rückenwind im Segel in die gleiche Richtung bis ans Ende fortzufahren. Das heißt, sterben. Im andern Fall erfolgt, kurz vor dem letzten Vorhang eine plötzliche Kehrtwendung. Was in Richtung Passivität unterwegs war, kehrt unvermittelt zur Aktivität zurück. Das heißt, an dieser Stelle wird das Leben zur Gewissheit. Was ich am Fuße der Leitern erlebt hatte, entsprach Letzterem. Als ich, mich dem Tode nähernd, mit einem angenehmen Gefühl bis an die Gestade des *Styx* gelangt war, da kehrte ich, die Beschwerden des langen Rückwegs bedenkenlos abkürzend, mit einem Schlag wieder in die irdische Welt zurück. Ich nenne diese Erfahrung »Todesabkehr und Rückkehr ins Leben«.

Auf der Leiter hingegen hatte ich es mit der genau entgegengesetzten Erscheinung zu tun. Ich musste Hatsu hinterher und hochklettern. Von Hatsu war schon längst keine Spur mehr zu sehen. Ich wurde von Panik erfasst, verlor die Geduld, konnte meine Hände nicht loslassen. Ich war tiefer als ein Affe gesunken. Beschämend! Qualvoll! – Alles wurde eindringlicher, der Grad meiner Selbstwahrnehmung zusehends schärfer. In diesem Fall drehte die Richtung meiner geistigen Bewegungen vom Passiven hin zur höchsten Aktivität. Wenn dieser Zustand ewig weitergeht und endlich an den Gipfelpunkt der Entschlossenheit gelangt, ergeben sich wiederum zweierlei Handlungsmöglichkeiten, wobei ich vor allem die eine interessant finde – nämlich jenes Wunder, wenn sich die Seele auf dem Gipfel der Aktivität kopfüber dreht und am anderen Ende der Passivität wieder auftaucht. Vereinfacht gesagt, handelt es sich um die Erscheinung, mitten im vollen Leben stehend, die Entscheidung zu fassen, es wegzuwerfen. Ich nenne diesen Mechanismus »Durchs Leben in den Tod treten«. Das sieht nach einem Widerspruch aus, hat jedoch in Wirklichkeit rein gar nichts davon, es ist einfach ein Wesenszug der Seele und erfolgt wider Erwarten auf natürliche Weise. Mehr als die Theorie zeigt die Praxis, dass jene, die sich selbst dazu anfeuern zu sterben, schön sterben, aber jene, die eingeschüchtert umgebracht werden, einen schweren Tod sterben. Was den konkreten Menschen anbetrifft, da bin ich selbst dafür ein guter Beweis. Mitten auf der Leiter, als ich mir dachte, verdammt noch mal, nun stirb schon, da hatte ich auch nicht die geringste Angst, die Hände loszulassen. Und selbstverständlich hatte mich kein Entsetzen gepackt. In dem Moment aber, wo ich sterben wollte und dabei war, die Hände zu lösen, erkannte ich ein weiteres geistiges Phänomen.

80

An mir ist bestimmt keine Romanfigur verlorengegangen, aber da ich jung war, dachte ich immer, wenn ich in meinem Wankelmut meinen Selbstmord plante, es möglichst spektakulär zu machen. Egal, ob mit einer Pistole oder einem Dolch, auf jeden Fall glorreich. Ich wollte auf eine Art sterben, wofür mich die Leute preisen würden. Ich dachte auch daran, etwa bis zum

Kegon-Wasserfall zu gehen. Sich hingegen auf der Toilette oder im Schuppen zu erhängen, fand ich immer unter meiner Würde und das kam für mich nie in Frage. Eben jene Eitelkeit erhob in diesem Moment ihr Haupt. Woher sie rührte, keine Ahnung, sie war da! Zweifellos machte sie sich vor allem deshalb bemerkbar, weil es dafür genug Spielraum gab; und egal wie ernst meine Absicht diesmal war, unter sehr hohem Druck schien sie nicht gestanden zu haben. Und dennoch hatte wiederum die Gegenseite mit der Entschiedenheit, tatsächlich die Hände von den Sprossen zu nehmen, doch so viel Gewicht, dass sie eben im entscheidenden Moment ihr Haupt dazwischen schob. Im Prinzip unterscheidet sich das nicht wesentlich von jener Einstellung, nach dem eigenen Tod unbedingt als *Bronzefigur* verewigt werden zu wollen, aber was für einen normalen Menschen ein nicht weiter verwunderlicher Wunsch ist, war in meiner Situation dann doch ein klein wenig zu extravagant. Aber dank dieser kleinen Ader für Extravaganz nahm ich von dem plötzlichen Todeswunsch, der mich anfallartig überkommen hatte, Abstand und lebte so recht und schlecht bis auf den heutigen Tag. Eben dank jener Schwäche, die gerade im entscheidenden Augenblick zu Tage trat, als ich den letzten Schritt tun wollte.

Genauer erläutert verhält es sich folgendermaßen. – Nun stirb endlich, dachte ich, ließ meinen Körper ein wenig nach hinten und als ich gerade den Griff meiner Hände lockern wollte, da blitzte es auf, wenn du schon stirbst, dann ist das hier doch der banalste Ort. Warte! Warte! Wenn du raus bist, geh rüber zum *Kegon*-Wasserfall, kam der Befehl. – Befehl klingt hier komisch, aber nichts anderes als eine Art Befehl hallte in meinem Kopf wider. – Die Hände, die sich schon gelockert hatten, griffen automatisch fester. Die verschleierten Augen sahen mit einem Schlag wieder klar. Die Grubenlampe brannte. Beim Blick nach oben reichten die lehmverschmierten Leitersprossen bis ins Dunkel hinein. Da muss ich unbedingt hinauf. Wenn du unterwegs scheiterst, stirbst du umsonst. Hier im dunklen Stollen, keine Menschenseele, ohne das Auge der Sonne, fällst runter wie Kupfererz und bist vergessen – selbst dein Führer Hatsu wird dich vergessen – und falls sie dich finden, wie bitter, nur der Verachtung dieser halbwilden Bergleute ausgesetzt zu sein. Du musst, koste es, was es wolle, bis oben hinauf. Die Lampe brennt. Die Leiter geht weiter. Nach der Leiter geht der Stollen weiter. Am Ende des Stollens leuchtet die Sonne, erstrecken sich weite Flure und hohe Berge. Hinter den Fluren und Bergen ist der *Kegon*-Wasserfall. – Was auch kommt, du musst da hinauf!

Ich streckte meine linke Hand über meinen Kopf hinaus, umgriff die verschmierte Sprosse so fest, dass meine Finger darauf einen Abdruck hinterließen. Mein durchnässtes Kreuz richtete ich mit Schwung auf. Gleichzeitig hob ich den rechten Fuß dreißig Zentimeter. Das Licht der Lampe bewegte sich im Dunkeln vertikal nach oben. Der Stollen wurde Schicht um Schicht beleuchtet. Stufe um Stufe, die ich hinter mir ließ, sank allmählich wieder in die Dunkelheit hinab. Mein Atem traf auf die schwarze Mauer. Es war heißer Atem. Manchmal sah ich ihn dampfend weiß. Dann schloss ich meinen Mund. Geräuschvoll pfiff es durch die Nase. Die Leiter war lange nicht zu Ende. Von der steilen Felswand tropfte Wasser. Wenn ich die Lampe schlingern ließ, zischte sie in einem Bogen an der Felswand entlang und drohte zu erlöschen, aber sobald sie mit der angehaltenen Hand zur Ruhe kam, stieg der Ölrauch wieder kerzengerade auf. Wieder kam sie ins Schlingern. Das Feuer brannte schief. Nur wenige Zentimeter seitlich der Leiter fiel mir die unwirtliche Felswand ins Auge. Der Schreck fuhr mir in die Glieder. Vor meinen Augen schwankte alles. Ich schloss die Augen und stieg weiter. Ich sah weder Licht noch Wand. Alles dunkel. Hände und Beine bewegten sich. Ich sah weder Hände noch Beine. Ich lebte nur tastend. Lebend kletterte ich weiter. Leben hieß klettern, klettern hieß leben. Und dennoch – die Leiter ging immer weiter.

Von da an lief alles wie im Traum. Ob ich aus eigener Kraft oder mit dem Beistand des Himmels kletterte, ich konnte es nicht beurteilen. Ich kletterte einfach, und als ich erkannte, dass es keine Sprosse mehr zum Greifen gab, saß ich bereits im Stollen.

»Was ist los? Bist endlich da? Der wird doch nicht unterwegs krepieren, dacht ich – derart lang hat's gedauert. Ich wollt schon nachschaun gehn, – aber allein war's mir doch unheimlich. Aber schau an, hast's geschafft. Respekt!«

Hatsu, der bereits unsicher geworden war und mich angespannt erwartet hatte, freute sich riesig. Er schien sich oben am Ende der Leitern ziemliche Sorgen gemacht zu haben.

»Mir war ein wenig schlecht geworden, da hab ich unterwegs eine Pause gemacht.«

»Dir war schlecht? Wie dumm aber auch. Unterwegs, du meinst mitten auf der Leiter?«

»Ja, na ja, so war's.«

»Puh! Dann kannst morgen wohl nicht zur Arbeit antreten.«

Als ich das hörte, dacht ich mir, zur Hölle mit dir du Scheißkerl. Dacht mir, wer wird hier noch länger Maulwurf spielen. Dacht mir, immerhin hatten sich mal hübsche Frauen in mich verliebt. Dacht mir, sobald ich hier aus dem Loch raus bin, geht's stracks zum *Kegon*-Wasserfall. Dacht mir, dort 'nen phantastischen Tod zu sterben. Dacht mir zuletzt, wie kann ich's auch nur noch 'ne halbe Stunde mit so 'ner Bestie aushalten. Da hab ich mich ruhig an Hatsu gewandt:

»Wenn's recht ist, steigen wir rauf.«

Hatsu machte ein verwundertes Gesicht.

»Aufsteigen? Du musst ja fit sein.«

Am liebsten hätte ich geantwortet: »Halt mich nicht zum Narren, du Analphabet. Mich derart zum Besten zu halten.«

Beließ es aber bei einem möglichst bescheidenen:

»Ja.«

Hatsu war noch immer unschlüssig. Er wirkte weniger überrascht, eher als fühle er sich auf den Arm genommen.

»Ist alles in Ordnung bei dir? Ohne Spaß, du schaust schlimm aus.«

»Dann geh ich schon mal voraus.«

Verärgert ging ich los.

»Lass das! Nun lass das doch! Vorausgehen ist nicht drin. Du gehst mir nach.«

»Ach ja!«

»Versteht sich doch von selbst. Schlaumeier! Wer lässt schon seinen Führer zurück und marschiert allein drauf los? Sowas auch.«

Indem er mich beiseite schob, ging Hatsu voran. Grade ging er los, da beschleunigte er bereits. Den Rücken krümmen, auf allen Vieren kriechen, sich zur Seite drehen, nur den Hals verdrehen, je nach Form des Stollens nahm er die verschiedensten Posen ein. Und er beeilte sich mächtig. Als wäre er hier unten mitten in der Erde geboren und hinten bei den Kupferminen ausgebildet worden. Dieser Mistkerl, wie der sich beeilte, folglich hielt ich mich ebenfalls ran, um mich nicht abschlagen zu lassen, aber ich konnte mich noch so anstrengen, es reichte nicht. Um fünf, sechs Ecken rum, immer wieder rauf und runter rumpelnd, aber Hatsu war aus meinen Augen verschwunden. In dem Moment hörte ich ihn irgendwas wie ein Lied trällern. Obwohl von Hatsu keine Spur zu sehen war, schallte seine Stimme aus allen Richtungen des Stollens. Dieser fiese Kerl. Zunächst wollte ich ihm diesmal ganz dicht auf den Fersen bleiben, bin aus Leibeskräften gekrochen, hab mich gekrümmt, und mir war, ich könnte ihn jederzeit ausmachen, aber leider entfernte sich Hatsus Lied immer weiter weg. Da gab ich fürs erste auf, ihn weiter zu verfolgen und beschloss, sein Trällern als Wegweiser zu nehmen. Für eine ganze Weile konnte ich mich größtenteils danach orientieren, aber am Ende wurde das Trällern immer undeutlicher und als es zu guter Letzt völlig unhörbar wurde, war ich in der Tat fassungslos. Wäre es nur ein einziger Gang, dann bräuchte ich mich nicht auf Hatsu verlassen, sondern könnte aus eigener Kraft wieder ans Tageslicht gelangen, aber hier unten bilden die Minengänge nach den vielen Jahren, in denen hier wild und ziellos herumgegraben worden war, geradezu das *Nest der großen Erdspinne*, und die verschiedenen Gänge führten an unmögliche Orte. Wenn ich da unbesonnen in einen Gang reinging, dann war es allzu leicht möglich, wieder bis zum Kreuz im Wasser zu stehen, oder auf einen kopfüber hängenden Plankenweg wie vorhin zu stoßen, daher konnte ich mich nicht so einfach für den einen oder anderen davon entscheiden.

Mitten im Dunkeln hielt ich an, und ins Licht meiner Lampe starrend überlegte ich. Beim Hinweg waren wir bis zum achten Stollen abgestiegen, das heißt, zurück muss ich unbedingt bis zum Stollen mit der Elektrobahn hinauf. Egal welches Loch, solange es nach oben ging, war es in Ordnung. Solche, die nach unten, also weg führten, mussten wieder ausgeglichen werden. Wenn ich mich verirrte, musste ich nur irgendwo auf einen Werkplatz stoßen. Dann konnte ich ja die Bergmänner fragen. Als ich diesen Entschluss gefasst hatte, irrte ich, ohne die Himmelsrichtungen unterscheiden zu können, orientierungslos herum. In meiner Hektik geriet ich völlig außer Atem, immerhin erholten sich durch das Hin- und Herrennen meine eisigen Beine. Aber irgendwie kam ich auf keinen grünen Zweig. Alles war derart angeordnet, dass ich den Eindruck hatte, den gleichen Weg immer wieder hin und her zu rennen, und mit steigender Nervosität bekam ich langsam Lust, die Felswand mit meinem Schädel zu spalten. Es erübrigt sich zu sagen, was von beiden gespalten würde, natürlich mein Kopf, aber in mir kochte eine derartige Wut, dass mir war, ich würde zum gewissen Grad auch die Wand spalten können. Mit zunehmendem Laufen wurde mir die Decke lästig, die Wände links und rechts wurden mir lästig. Die Stufen unter den Sohlen meiner Strohsandalen wurden mir lästig. Am lästigsten war mir die Tatsache, dass mich das ganze Bergwerk einschloss und mich nicht mehr freigeben wollte. Auf dieses Hindernis an einer einzigen Stelle mit meinem Kopf einschlagen und ihm wenigsten einen winzigen Riss beibringen – auch wenn ich davon abließ, immer wieder kam der Gedanke, weil ich möglichst schnell zum *Kegon*-Wasserfall wollte. Unterdessen kam mir ein Schlepper entgegen. Er schien Brocken von Kupfererz zu einem Rost zu transportieren und näherte sich, die Schwinge in den Armen, mit schwankender Lampe. Als ich dieses Licht erblickte, sprang mir vor Freude das Herz. Gerettet! Erleichterten Herzens ging ich auf ihn zu, was gar nicht nötig war, denn der von drüben kam umgekehrt ebenfalls auf mich zu. Als sich unsere Lampen etwa auf zwei

Meter genähert hatten, blickte ich ihm, als hätte ich schon auf ihn gewartet, ins Gesicht. Dieses Gesicht war völlig bleich. Selbst hier unten im Stollen wirkte es fast unnatürlich bleich. Zweifellos wäre er bei Helligkeit unter freiem Himmel betrachtet, schrecklich bleich. Da verging mir plötzlich die Lust, ihn anzusprechen. Bei dem Gedanken, von diesem Kerl veralbert, verspottet und verhöhnt zu werden, verging mir schlagartig die Lust, ihn nach dem Weg zu fragen. Und wenn ich drauf geh, ich komme hier alleine raus. Ich bin kein derart windiger Typ, als dass ich mich mit euresgleichen unterhalten würde, gab ich im Innern zu verstehen, als wir aneinander vorüber gingen. Mein Gegenüber hatte von all dem keine Ahnung und ging natürlich schweigend an mir vorbei. In meiner Richtung wurde es dunkel. Jetzt war wieder nur eine Lampe da. Ich wurde immer ungeduldiger. Aber da war kein Entkommen. Die Wege gehen ewig weiter. Links und rechts sind ebenfalls welche. Ich versuchte mal rechts, mal wieder links und dann wieder nur geradeaus zu gehen. Ich kam nicht raus. Als mir langsam dämmerte, es nicht zu schaffen, ich weder aus noch ein wusste, da dröhnte von Ferne ein Hämmern. Nach fünf, sechs Schritten ging es nicht mehr weiter, aber davon ging es abrupt ab zu einem kleinen Werkplatz, worin ein Bergmann seinen Meißel tüchtig mit dem Hammer bearbeitete. Mit jedem Schlag platzte Kupfererz von der Wand ab. Daneben war ein Strohsack. Der war von der gleichen Art, wie sie da in den Rost geworfen werden, und er war bereits bis oben hin voll. Es war gerade Zeit, dass ein Schlepper käme und den Sack schulterte. Ich nahm mir vor, diesmal den Kerl hier auf jeden Fall zu fragen. Aber der Betreffende hämmerte aus Leibeskräften vor sich hin. Noch dazu konnte ich sein Gesicht nicht richtig sehen. Da schien es mir passend, eine Pause zu machen. Zum Glück war ja dieser Strohsack hier. Der kam mir als Sitzgelegenheit gerade recht. Mit einem Plumps ließ ich mich schwer mit meinem Arschstrohkissen auf den Sack fallen. Plötzlich verstummte das Hämmern. Der Schatten des Bergmanns wurde mit einem Mal lang und groß. Mit dem Meißel in der Hand stand er da.

»Was zum Teufel treibst du denn da?«

Seine scharfe Stimme hallte in der ganzen Grube wider. Hämmernd schallte sie an mein Ohr. Sein hoher Schatten kam mit Riesenschritten auf mich zu.

83

Ein Mann mit langen Beinen, breiter Brust und von kräftiger Statur. Im Vergleich zur Körpergröße war sein Gesicht klein. Er kam so nah heran, dass ich den Umriss seines Gesichts erkennen konnte. Er blieb stehen und schaute auf mich herab. Er schwieg. Er starrte mich durchdringend an, wobei seine Augen durch die doppelten Lidfalten sehr groß wirkten. Der Nasenrücken verlief gerade. Seine Hautfarbe war rotbraun. Er schien kein gewöhnlicher Bergmann zu sein. Unvermittelt sagte er:

»Du bist wohl ein Neuer!«

»Richtig.«

Ich hatte mich inzwischen bereits vom Sack aufgerichtet. Irgendwie war der Bergmann, wie er von drüben herankam, furchterregend. Ich hatte bisher zehntausend und mehr Bergmänner als Bestien verachtet, hatte zudem beschlossen und geschworen, garantiert zu sterben, aber dieser Bergmann, der mit seinen Riesenschritten auf mich zugekommen war, jagte mir unwillkürlich Angst ein.

»Warum treibst du dich an so einem Ort hier herum.«

Bei der Frage fühlte ich mich ein wenig erleichtert. Es klang, als hätte er sich angesichts meines Zustands bereits davon überzeugt, dass ich mich nicht böswillig auf dem Sack niedergelassen hatte.

»Offen gesagt, ich bin erst gestern Abend an einer Kantine angekommen, und um mir einen ersten Eindruck zu verschaffen, bin ich in die Grube eingestiegen.«

»Alleine?«

»Nein, der Kantinenleiter hat mir einen Führer beigegeben …«

»Ist ja wohl klar! Das ist hier kein Ort um allein reinzugehen. Und was ist aus deinem Führer geworden?«

»Der ist mir voraus.«

»Vorausgegangen? Der hat dich hier allein zurückgelassen?«

»Na ja, so kann man sagen.«

»So ein verwegner Schuft! Keine Sorge, ich werd dich hier rausbringen, wart nur etwas.«

Da begann er wieder, dröhnend Hammer und Meißel zu bearbeiten. Ich wartete wie befohlen. Seit ich diesen Mann getroffen hatte, verging mir die Lust, auf eigene Faust rauskommen zu wollen. Mein so stolzer Entschluss, es alleine raus zu schaffen und koste es mein Leben, der hatte sich im Nu irgendwohin verflüchtigt. Ich bemerkte diesen Wandel in mir, trotzdem war es mir nicht weiter peinlich. Da ich es ja niemandem offiziell versprochen hatte, tat es auch nichts zur Sache, fand ich. Später habe ich oftmals Dinge gemacht, die ich gar nicht hätte tun müssen oder die man nicht hätte machen dürfen, nur weil ich sie jemandem versprochen hatte. Es ist schon ein furchtbar großer Unterschied, jemandem etwas zu versprechen oder nicht.

Indessen hörte das Hämmern auf. Der Bergmann kam zu mir her und setzte sich im Schneidersitz hin.

»Wart noch was. Ich rauch erst mal.«

Dabei zog er einen Tabaksbeutel heraus. Der war braun, wobei nicht auszumachen war, ob aus Leder oder Papier, und war in den Hosenbund gesteckt, von der Arbeitsbluse verdeckt. Der Bergmann blies genüsslich den bis in die Lungenspitzen eingesogenen Rauch durch die Nase aus, dabei klopfte er mit einem Plopp das kurze *Pfeifenrohr* auf den Pfeifenbehälter des Tabakbeutels. Die kleine Tabaksglut sprang schwungvoll aus dem kleinen Pfeifenkopf, fiel vor die Spitzen seiner Strohsandalen und erlosch mit einem Zischen. Der Bergmann blies kräftig in die leere Pfeife. Der im Pfeifenrohr verbliebene Rauch entwich restlos aus dem Pfeifenkopf. Jetzt erst fing der Bergmann an zu sprechen.

»Woher kommst denn? Warum und wozu überhaupt bist du an einen Ort wie diesen hier gekommen? Du hast zwar einen drahtigen Körper. Richtig gearbeitet hast' bestimmt net. Warum also?«

»Es stimmt, gearbeitet habe ich bisher noch nie. Es gab da so einige Gründe, weshalb ich hierhergekommen bin.«

Soweit kam ich, aber weil ich mich vor dem Bergmann genierte, sagte ich nichts davon, dass ich zurückgehen werde. Und dass ich sterben werde, schon gar nicht. Aber während ich bisher im Innern alle für Bestien gehalten und mich nur nach außen hin höflich gegeben hatte, war hier die Stimmung ganz anders. Ich wollte zwar meine Gedanken nicht ganz offen aussprechen, aber was ich sagte, war ernst gemeint. Es gab keinerlei Doppelzüngigkeit. Ich habe einfach aus dem Gefühl heraus bedächtig geantwortet. Der Bergmann schwieg für eine Weile und betrachtete den Pfeifenkopf. Dann stopfte er wieder Tabak hinein. Während der Rauch aus der Nase strömte, öffnete er seinen Mund.

84

Als ich den Bergmann damals reden hörte, erschrak ich vor allem darüber, wie gebildet er war. Seine durch Bildung geformte vornehme Empfindsamkeit. Seine Urteilskraft. Sein Enthusiasmus. Zuletzt sein gebildeter Sprachgebrauch. –

Er benützte klassisch chinesische Begriffe, die einem Bergmann nicht im Traum zu Gebote stehen würden, noch dazu derart mühelos, als wären sie in seiner Familie bis gestern ganz alltäglich in aller Munde gewesen. Ich hab alles noch immer ganz deutlich im Ohr. Mit großen aufmerksamen Augen, die mir unverwandt ins Gesicht blickten, den Kopf ein wenig nach vorn geneigt, die eine Hand umgekehrt auf das Knie im Schneidersitz gestützt und die linke Schulter leicht angehoben, in den Fingern der Rechten hielt er die Pfeife und zwischen den schmalen Lippen kamen hin und wieder makellose Zähne zum Vorschein. –

Er sagte Folgendes, wobei ich die Reihenfolge seiner Sätze, den Gebrauch seiner Worte, so wie sie sich mir ins Gedächtnis eingeprägt haben, unverändert wiedergebe. Nur den Tonfall seiner Stimme kann ich hier nicht wiedergeben. –

»Es heißt doch: ›Aus Erfahrung wird man klug!‹ Gut, ich betreib hier ein primitives Geschäft, aber es spricht immerhin ein Alter zu dir, drum hör gut zu, was ich dir zu sagen hab. Die Jugend ist eine Zeit der Leidenschaften. Auch ich erinnere mich daran. In dieser Zeit der Leidenschaften macht man Fehler. Das ist bei dir doch auch so, stimmt's. Bei mir war's nicht anders. Das geht bestimmt jedem so. Deshalb kann ich das nachempfinden. Ich weiß zwar nicht, wie sehr sich deine Umstände von meinen unterscheiden, jedenfalls kann ich's gut nachempfinden. Ich mach keine Vorwürfe. Es ist einfach ein Mitgefühl. Du wirst schon gewichtige Gründe haben. Wenn ich jemand wäre, der dich beraten könnte, würde ich dir auch zuhören, aber einen Menschen zu fragen, der nicht aus der Grube hier raus kann, das hat hinten und vorne keinen Sinn, deshalb ist es auch besser, wenn du mir erst gar nichts davon erzählst. Ich auch ...«

Als er damit anfing, bemerkte ich, dass die Augen des Mannes eigenartig zu glänzen anfingen. Irgendwie schien ihn eine starke Ergriffenheit zu überkommen. War es, weil er wie er selbst sagte, nicht mehr aus dieser Grube rauskam oder wegen der Geschichte, die nun folgen sollte, es war schwer auszumachen, jedenfalls hatte er seltsame Augen. Dazu kam, dass mich eben diese Augen unverwandt scharf anblickten. Und in diesem scharfen Blick lag zugleich etwas, sei es eine Rückerinnerung, sei es eine Gedankenversunkenheit, einfach etwas bezaubernd Nostalgisches. Mitten in diesem finsteren Loch war dieser Bergmann das einzig Menschliche, und dieser Bergmann war jetzt ganz Auge. Im Nu wurde meine ganze Seele von diesen Augäpfeln aufgesogen. Und dem was er zu sagen hatte, hörte ich ernst zu. Er wiederholte dieses »Ich auch« zweimal.

»Ich auch, ich war auch mal in der Schule. Hab sogar über die Mittelschule hinaus Schulausbildung erhalten. Aber mit dreiundzwanzig hab ich dann eine Frau kennengelernt – Genaueres werd ich davon nicht erzählen, aber das war der Grund, ein nicht unerhebliches Verbrechen zu begehen. Als ich mir dessen bewusst wurde, was ich verbrochen hatte, da konnte ich schon nicht mehr zurück in die Gesellschaft. Es geschah aus keiner Laune heraus, sondern es war aus unvermeidlichen Gründen ein ebenso unvermeidliches Verbrechen, aber die Gesellschaft ist grausam. Innere Verbrechen, wie viele auch immer, entschuldigt sie bedingungslos, aber nach außen sichtbare Verbrechen übergeht sie unter keinen Umständen. Ich bin ein aufrechter Mensch, weil ich krumme Sachen hasse, das heißt, insofern ich ein Verbrechen begangen hatte, gab es daran nichts zu rütteln. Ich musste das Studium aufgeben. Ich musste auf jeden Ruhm verzichten. Alles war verloren. Bitter zwar, aber daran war nichts zu ändern. Darüber hinaus musste ich unausweichlich von der Hand der Gerichtsbarkeit erfasst werden. (Ob Absicht oder Zufall, er benutzte den Ausdruck »Hand der Gerichtsbarkeit«.) Aber obwohl ich mich gar nicht schuldig fühlte, sollte ich das Verbrechen gleichwohl ganz und gar auf mich nehmen, was ich mit meinem Temperament nicht vereinbaren konnte. Da bin ich ausgebrochen. Ich bin geflohen, soweit ich nur fliehen konnte, und zuletzt hier in der Grube untergetaucht. Seither sind sechs Jahre vergangen, an denen ich das Sonnenlicht nicht mehr erblickt habe. Tag für Tag mach ich nichts anderes als hier im Stollen zu stemmen und zu hämmern. Ganze sechs Jahre lang nur hämmern. Im nächsten Jahr kann ich wieder raus, weil es *das siebte Jahr* ist. Aber ich geh nicht raus, ich kann noch nicht. Die Hand der Gerichtsbarkeit kann mich zwar nicht mehr belangen, aber ich geh nicht raus. Wenn einer so weit kommt, hat es keinen Sinn mehr, rauszugehen. Auch wenn es heißt, kehr in die freie Welt zurück, dort ist meine Tat noch lang nicht verloschen. Die alte Geschichte ist bei mir immer noch hier mitten im Herzen drin. Wie ist das, du hast doch auch noch die alte Geschichte im Herzen drin, oder? Wie schaut's da bei dir aus ...?«

Unversehens und ganz plötzlich kam er mir mit dieser Frage.

85

Die Frage kam aus heiterem Himmel und ich war um eine passende Antwort verlegen. In meinem Herzen war nichts von früher. Die Vergangenheit der letzten zwei Jahre zog sich eben noch bis vorgestern hin und war für mich quasi Gegenwart. Ich überlegte, ob ich dem Mann nicht einfach alles von vorn bis hinten anvertrauen sollte. Aber da fuhr mein Gegenüber, gerade als ob er mich eben daran hindern wollte, ihm alles zu gestehen, mit seiner Geschichte fort.

»In den sechs Jahren, die ich hier wohne, habe ich im Großen und Ganzen alles erlebt, was es an menschlicher Niedertracht gibt. Aber ich hab keine Lust rauszugehen. Egal, wie wütend ich bin, egal, wie mir zum Kotzen zumute ist, keine Lust zum Rausgehen. In der Gesellschaft – da wo die Sonne hinscheint –, da gibt es noch viel unerträglichere Orte als hier. Wenn ich daran denke, halt ich das hier auch aus. Es geht schon, sobald man sich damit abfindet, dass es hier dunkel und eng zugeht. Mein Körper stinkt bereits förmlich nach Kupfer und es geht sogar so weit, dass ich keinen Tag ohne den Ölgestank der Grubenlampe aushalte. Aber – aber das ist meine Sache. Nicht deine. Es wär schrecklich, wenn's bei dir soweit kommen würde. Nichts ist schrecklicher, als wenn lebendige Menschen nach Kupfer stinken. Egal mit welchem Entschluss und aus welchem Grund du gekommen bist, soweit darf's nicht kommen. Deine Entschlüsse und Gründe werden hier innerhalb von zwei, drei Tagen abgemurkst. Es wär ein Jammer. Schlicht bedauernswert. Wenn du einer wärst, der nichts im Kopf hat, der außer Meißel und Hammer nichts beherrscht, dann wär's nicht weiter tragisch. Aber einer wie du – du bist doch auf eine Schule gegangen. – Welche hast du denn besucht? – Was? Na egal welche. Und dann bist du noch so jung. Zu jung, um in die Grube geschleudert zu werden. Hier wird nur der Abschaum der Menschheit reingeworfen. Es ist tatsächlich ein Menschenfriedhof, für solche, die lebendig begraben werden. Es ist eine Falle, aus der es letztlich auch für den tüchtigsten Menschen kein Entrinnen gibt, sobald er nur einmal den Fuß reingesetzt hat. Gib zu, du hattest davon keinen blassen Dunst, hast alles geglaubt, was dir irgendein Bauernfänger erzählt hat und bist ihm auf den Leim gegangen. Das tut mir für dich leid. Einen Menschen derart ins Verderben führen, das ist wahrlich was Schreckliches. Selbst einen umzubringen, ist damit verglichen ein geringeres Vergehen. So ein verdorbener Kerl richtet wirklich Schaden an. Der zieht andere ins Unglück. – Offen gesagt bin ich auch einer von denen, aber wenn es so kommt, dann bleibt kein andrer Weg als Entartung. Da kannst du noch so viel heulen und jammern, es bleibt kein andrer Weg als zu entarten. Deshalb ist es das Beste, wenn du möglichst schnell umkehrst. Wenn du hier verkommst, dann hat das nicht nur für dich negative Folgen. – Hast du Eltern? ...«

Ich bejahte einsilbig.

»Ja dann umso mehr. Und außerdem bist du doch Japaner ...«

Ich schwieg.

»Wenn du Japaner bist, dann solltest du einen Beruf ergreifen, der Japan etwas bringt.«

Ich schwieg.

»Wenn jemand mit Bildung Bergmann wird, dann ist das ein Schaden für Japan. Drum kehr zurück, je schneller, desto besser. Wenn's Tōkyō ist, dann eben nach Tōkyō, is doch klar! Dann mach was Ordentliches – etwas was zu dir passt – etwas, was Japan keinen Schaden bringt. Wie auch immer, das hier ist nichts für dich. Wenn du Reisegeld brauchst, das übernehm ich. Drum kehr zurück. Verstehst mich doch, oder? Ich bin in der Yamanaka-Gruppe. Geh zur Yamanaka-Gruppe und frag nach Yasu, da weiß jeder sofort Bescheid. Komm nur einfach mal vorbei. Das mit den Reisekosten kriegen wir schon hin.«

Damit schloss Yasu. Ich hatte ja gehört, es gibt hier etwa zehntausend Bergleute. Ich war drauf und dran, sie alle samt und sonders für viehische Monster ohne Verstand und Gefühl zu halten, hier diesem Menschen zu begegnen, das ist der reinste Roman. Dass ich hier in der Grube diese Predigt von Yasu über mich ergehen lassen musste, war für mich ein weit größeres Wunder als Schnee an den Hundstagen im Sommer. Auf Silvester folgt Neujahr, so viel wusste ich, und das Sprichwort »Den wahren Freund erkennt man in der Not« kommt mir in den Sinn, auch an folgende Redensart entsinne ich mich: »Wenn du glaubst es geht nicht mehr, kommt von irgendwo ein Lichtlein her«. Dabei dachte ich immer, im Notfall wird mir schon jemand aus der Patsche helfen, wenn ich wie so oft, irgendetwas ausgefressen hatte – aber das hier war etwas völlig anderes. Ich war der felsenfesten Überzeugung, diese Zehntausend seien Bestien, hatte mir gerade eben den Entschluss mit der Flamme der Entrüstung ein für alle

Mal in mein Herz eingebrannt, sie alle samt und sonders seien meine Feinde, umso mehr hat mich Yasu vor den Kopf gestoßen. Zugleich hatte seine Ermahnung fast die Kraft, meinen ursprünglichen Entschluss wieder zu revidieren, derart wirkungsvoll trafen seine Worte auf meine Ohren.

86

Für eine Weile schwiegen wir beide. Yasu hatte fürs erste gesagt, was zu sagen war, folglich schwieg er, ich dagegen war nun verpflichtet, irgendwie darauf zu antworten. Es wäre Yasu nicht gerecht gewesen, diese Pflicht auszuschlagen. Ich wollte ihm aus vollem Herzen meinen Dank bezeugen und es drängte mich danach, ihm auch ein wenig von meinen Gedanken mitzuteilen, aber was sollte ich sagen, meine Nase war verstopft und ich brachte kein Wort heraus. Und mir war, als würden mir die Worte, falls ich es mit Gewalt versuchte, statt zum Mund durch die Nase kommen. Indem ich dies unterdrückte, begannen meine Mundwinkel zu zucken, die Nase bebte. Folglich sammelte sich die Rührung, die weder durch Nase noch Mund ihren Auftritt finden konnte, in den Augen. Die Wimpern wurden schwer. Die Lider ganz heiß. Es war wirklich zu peinlich. Yasu machte auch ein ganz seltsames Gesicht. Uns beiden wurde unbehaglich zumute, so saßen wir uns im Schneidersitz gegenüber und schwiegen. Da drang von irgendeinem Werkplatz dröhnendes Hämmern von Kupfererz herüber. Wenn ich jetzt daran denke, hätte ich zu gern gewusst, wieviel hundert Fuß unter der Erde wir da genau waren, wo wir uns schweigend ins Gesicht blickten. Selbst in der Großstadt gibt es kaum eine solch denkwürdige Begegnung. Umso unerwarteter war sie in diesem Bergwerk. Dass es hier unten im Stollen, wo kein Sonnenlicht je hinkam, eine Bühne geben könnte, wo zwei von der Welt, von den Menschen, von der Geschichte, von der Sonne vergessene Menschen eine Lehre für das Leben tauschten und vor Achtung Tränen vergossen, das konnten nur die beiden selbst wissen, die sich dort schweigend im Schneidersitz zugewandt musterten.

Yasu fing an zu rauchen. Schwere Rauchwolken kamen. Dicht stieg der Rauch auf und verschwand im Dunkeln, stieg erneut auf und verschwand. Da endlich gewann ich meine Stimme zurück.

»Vielen Dank! Es ist genauso wie Sie sagen, das hier ist kein Ort für Menschen. Schon bevor ich Sie traf, hatte ich mir vorgenommen, heute das erste und letzte Mal im Berg zu sein …«

Natürlich brachte ich es nicht fertig, zu sagen, dass ich plante, sofort zu sterben, sobald ich erst einmal hinaus käme, und als ich hier kurz abbrach, meinte Yasu mit Nachdruck:

»Dann gerade umso mehr. Am besten sofort heimkehren!«

Dazu schwieg ich wieder, da setzte er hinzu:

»Für die Reisekosten komm ich schon auf.«

Immer wieder hörte ich von diesen Reisekosten, und da es ja nur gut gemeint war, hatte ich nicht die geringste Absicht, etwas anzunehmen. Es war nicht das Gleiche, als ich gestern die Almosen des Kantinenleiters abgelehnt hatte. Gestern wollte ich sie unbedingt bekommen und ich hätte mich mit beiden Händen bis zur Erde verbeugt, um sie zu bekommen. Da ich jedoch spekulierte, es sei vorteilhafter, Bergmann zu werden statt Reisegeld zu bekommen, hatte ich mir mit aller Gewalt versagt, die Hände nach dem Geld auszustrecken. Von Yasu wollte ich von Anfang an kein Reisegeld. Natürlich wäre es besser, es anzunehmen, um seine Freundlichkeit nicht auszuschlagen, und wenn ich den Beruf des Bergmanns an den Nagel hänge, wäre es zweifellos praktischer, trotzdem wollte ich nichts von ihm. Wenn ich jetzt darüber nachdenke, hatte ich wohl das Gefühl, es wäre der Persönlichkeit des andern gegenüber unehrenhaft gewesen, es anzunehmen, und zugleich auch, dass meine eigene Persönlichkeit dadurch an Ehre eingebüßt hätte. Da mein Gegenüber derart nobel war, wollte ich auch möglichst nobel sein, ja, ich musste es sein, andernfalls würde ich mein Gesicht verlieren. Wenn man eine Wohltat empfängt, gibt man dadurch auch dem Gebenden ein Gefühl der Zufriedenheit, was einem selber wieder Freude macht, aber etwas ohne Grund zu bekommen und dabei nur den

Eigennutz im Sinn zu haben, da begibt man sich auf die Stufe eines Bettlers. Ich hätte es nicht ertragen, vor diesem verehrungswürdigen Yasu den realen Beweis zu erbringen, ein Bettler zu sein, als Mensch einfach nicht mehr als ein Bettler zu sein. Auf diese Weise gleicht sich in jungen Jahren die Dummheit durch Aufrichtigkeit aus.

»Ich nehm kein Reisegeld«, lehnte ich ab.

87

Yasu, der dabei war, die Pfeife nach zwei, drei Zügen wieder in das Futteral zurückzustecken, sah mir kurz ins Gesicht.

»Entschuldige, falls ich dir zu nah getreten bin.«

Es tat mir furchtbar leid. Hätte er weiter darauf bestanden, dass ich es nehme, ich hätte es bestimmt angenommen. Erst später ist mir aufgefallen, dass Leute, wenn sie Geld angeboten bekommen, zunächst immer ablehnen, es danach aber in den meisten Fällen dann doch einstecken, und ich denke, das ist nichts weiter, als ein Ritual, das sich in dieser spezifischen psychischen Situation gebildet hat. Zum Glück war Yasu ein feiner Kerl und hat sich gleich für sein Angebot entschuldigt, daher blieb es mir glücklicherweise erspart, diesem Muster zu erliegen.

Yasu ließ die Sache mit dem Reisegeld umgehend fallen, versicherte sich dennoch:

»Aber nach Tōkyō kehrst du doch zurück, oder?«

Mein Entschluss zu sterben, war gerade etwas erlahmt und, nachdem ich ja die Sache mit den Reisekosten abgewehrt hatte, war ich drauf und dran zu versichern, dass ich zurückkehren werde.

»Ich überleg es mir gründlich. Ich werde mir auf alle Fälle bald wieder Ihren Rat einholen.«

»Ach ja? Na dann bring ich dich fürs erste wenigstens soweit, dass du den Weg nach draußen findest.«

Dabei steckte er den Tabaksbeutel in den Hosenbund zurück und bedeckte die Taille mit seiner Jacke. Ich stand mit der Lampe in der Hand auf. Yasu ging voran. Der Stollen war ungewöhnlich einfach hinaufzusteigen. Wir stiegen an drei, vier der üblichen Treppen hoch, zwei Mal krochen wir auf allen vieren, aber dann kamen wir auf einen Weg, wo die Decke ziemlich hoch war und wir aufrecht gehen konnten. Eine Weile ging es leicht ansteigend und als wir rechts hoch geklettert waren, kamen wir plötzlich kurz vor der ersten Kontrollstelle heraus. Yasu hielt an der Stelle an, von wo aus man die elektrischen Glühbirnen sehen konnte.

»Also, hier trennen wir uns. Da vorn ist die Kontrollstelle. Kurz davor gehst du rechts entlang, dann kommst du zu den Gleisen. Von da ab geht es immer nur diesen Weg entlang. Für mich ist es noch zu früh, ich muss noch ein wenig arbeiten, sonst kann ich nicht raus. Am Abend kehr ich zurück. Nach fünf kannst vorbei kommen, wenn du Zeit hast. Pass auf dich auf! Wiedersehen!«

Yasus Schatten verschwand sogleich im Dunkeln. Als ich mich umdrehte, um mich kurz zu bedanken, war seine Lampe bereits um die Ecke verschwunden. Ich bin allein zum Grubeneingang hinaus. Schlotternd ging ich bis zu den Reihenhäusern. Unterwegs habe ich über einiges nachgedacht. Was wär aus diesem Yasu geworden, wenn er unter normalen Umständen in der Gesellschaft weiter gelebt hätte, bestimmt hätte er es weiter gebracht als bis zum Bergmann. Hat die Gesellschaft Yasu auf dem Gewissen oder hat er ihr gegenüber etwas Unverzeihliches begangen – dieser Prachtkerl von einem Mann, der würde doch nie mit blinder Gewalt agieren, und unter Umständen war es gar nicht Yasus Schuld, sondern die der Gesellschaft. Ich war damals noch ziemlich jung und hatte folglich noch keine rechte Vorstellung von der Gesellschaft, aber wenn sie einen Menschen wie Yasu verjagte, konnte es sich dabei um nichts Vernünftiges handeln. Wohl weil ich eine große Sympathie für Yasu empfand, konnte ich mir einfach nicht vorstellen, dass er eine derart große Schuld auf sich geladen hatte, die ihn zur Flucht zwang. Ich kam unausweichlich zu dem Schluss, die Gesellschaft hätte ihrerseits Yasu auf dem Gewissen. Dabei hatte ich keinen blassen Schimmer, was genau diese sogenannte Gesellschaft war. Ich dachte dabei nur an Leute. Und warum die einen so guten Kerl wie Yasu umbringen sollten, das konnte ich einfach nicht verstehen. Ich kam für mich zu dem Schluss, es sei die Gesellschaft, die schlecht sei, aber trotzdem konnte ich die Gesellschaft nicht im Geringsten hassenswert finden. Nur Yasu tat mir furchtbar leid. Wenn nur irgend möglich, hätte ich mit ihm getauscht. Ich war aus eigenem Willen hierhergekommen, um mich umzubringen. Wenn es mir zuwider werden sollte, konnte ich jederzeit zurückkehren. Weil Yasu von den Leuten getötet worden war, hatte er keine andere Chance, als hier zu leben. Selbst wenn er wollte, er hatte keinen Ort, wohin er hätte zurückkehren können. Yasu war also in jedem Fall schlimmer dran.

88

Yasu sagte, er sei verkommen. Klar, wenn einer mit höherer Bildung zum Bergmann wird, der ist wohl verkommen. Aber er meint wohl eine Art Verkommenheit nicht nur in sozialer Hinsicht, sondern auch eine charakterliche Verkommenheit, was mich besonders schmerzte. Würde dieser Yasu hier Geld für diese »Göttinnen« ausgeben? Würde er im Stollen Würfelspiele machen? Würde er einen Kranken quälen, nur um ihm einen »Schepper«-Leichenzug zu zeigen? Seine Frau als Pfand vergeben? Undenkbar! Niemals! Seit ich gestern hier frisch angekommen war, hatte mich auch von denen, die sich nicht über mich lustig gemacht hatten, allein Yasu hier tief unten im finstersten Loch als Persönlichkeit anerkannt. Yasu machte zwar die Arbeit eines Bergmanns, aber er war kein Bergmann bis ins Herz hinein. Trotzdem sagte er, er sei verkommen. Er werde sein ganzes Leben lang nicht mehr dieser Verkommenheit entrinnen, so sagte er. Er lebe so gut wie tot auf dem Grund der Verkommenheit. Trotz dieses Bewusstseins seiner eigenen Verkommenheit lebte und arbeitete er. Dröhnend hämmerte er und lebte. Er lebte – und versuchte mich zu retten. Solange Yasu lebte, durfte auch ich nicht sterben. Sterben, das war Schwäche.

Damit hatte ich mich entschlossen, egal, was kommen sollte, zunächst werde ich erst einmal Bergmann, und beeilte mich, so schnell wie möglich zurückzukehren, da saß etwa gut fünfzig Meter vor den Reihenhäusern Hatsu auf einem Stein und wartete. Der Regen hatte sich gelegt. Der Himmel war zwar noch bewölkt, aber keine Spur mehr von Nässe in der Luft. Von den Bergen wehte Wind herab. Es war zwar kalt, aber die Helligkeit der Welt ringsum machte mich unglaublich glücklich. Mit erschöpften Beinen schlurfend, näherte ich mich hastend vor überschäumender Freude, da machte Hatsu ein verwundertes Gesicht.

»Na, bist endlich herausgekommen. Nicht schlecht, hast den Weg doch gefunden!«

Wer als Führer eingesetzt wurde, den andern aber zurückließ, nach dem Motto, mach was du willst, dazu ein Lied trällerte, um ihn vollends zu verwirren, und der andere in der totalen Orientierungslosigkeit überlegte, sich den Schädel an einem Eck unten im Loch zu spalten, dann aber mit Ach und Krach dank der freundlichen Hilfe Yasus den Weg nach draußen schaffte – so einer stellte sich mit seinem »Nicht schlecht, hast den Weg doch gefunden!« einfach nur dumm. Und weil er obendrein noch Schiss vor seinem Boss hatte, wartete er unterwegs auf mich in der Absicht, dass wir unter seiner Führung gemeinsam zurückkehren würden. Ich überlegte, ob ich diesem meinem Führer, der hier dreckig grinsend auf dem Stein saß, an den Kopf spucken sollte. Aber ich hatte gerade davon Abstand genommen zu sterben. Für eine Weile werde ich es hier noch aushalten müssen. Würde ich ihn bespucken, gäb es nur Streit. Bei dem Streit würde ich nur den Kürzeren ziehen. Und nicht nur das, sollte ich dann auch noch in den Rost geworfen werden, da hätte mein Verzicht aufs Sterben gar keinen Sinn mehr. Also habe ich geantwortet

»Na ja, irgendwie hab ich's schon geschafft.«

Daraufhin machte Hatsu ein verblüfftes Gesicht und fragte nach:

»Waas. Respekt! Hast du's allein geschafft?«

Da habe ich für mein Alter doch recht geschickt reagiert. Geschickt ist vielleicht etwas übertrieben, besser gesagt, ich habe immerhin so reagiert, dass ich keinen Schaden daraus gezogen habe, kurz, mit meinen neunzehn Jahren war ich schon ein durchtriebener Fuchs. Denn direkt befragt, lag mir sofort Yasus Name auf der Zunge. Ich ließ ihn aber letztlich unerwähnt, und darauf war ich mächtig stolz. Das mag eine lächerliche Prahlerei sein, aber ich versuche es folgendermaßen zu erklären. Yasu von der Yamanaka-Gruppe war mit Sicherheit ein einflussreicher Bergmann. Wenn sich nun verbreitet hätte, dass dieser Yasu mich, der ihm völlig unbekannt war, in aller Freundlichkeit extra bis zur ersten Kontrollstelle geführt hatte, dann hätte dieser Führer hier mit Sicherheit sein Gesicht verloren. Wenn ich da eine Verantwortung hätte, diese einfach über Bord werfen würde und selber als erster aus dem Stollen rausgeschossen käme – wenn sich zudem noch offensichtliche Beweise fänden, dass es aus böser Absicht geschah, da stünde ich vor dem Boss ziemlich schlecht da. In so einem Fall würde jeder Rache nehmen. Ich hätte es also höchst unerfreulich gefunden, wenn diese Verantwortungslosigkeit ans Tageslicht gekommen wäre. – Ich wurde da von keiner Barmherzigkeit gelenkt, denn diese Art von christlicher Verlogenheit lag mir ganz und gar nicht. – In der Hinsicht wäre es eine Riesenfreude gewesen, aber ich fürchtete die Vergeltung dafür. Offen gesagt, hatte mich diese Furcht schon länger im Griff.

»Na ja, ich habe hier und dort nach dem Weg gefragt«, gab ich zahm zur Antwort.

89

Hatsu schaute halb ernüchtert, halb erleichtert drein und erhob sich vom Stein.

»Gehn wir zum Boss.«

Damit ging er los. Ich schweigend hinterher. Gestern hatte ich den Boss in der Kantine getroffen, aber er wohnte an einem anderen Ort. Wenn man an dem Reihenhaus vorbei etwa fünfzig Meter weiter hoch ging, stand auf einer von zwei Seiten durch aufgeschichtete Steinmauern begrenzten ebenen Fläche ein einstöckiges Haus. Das Haus selbst sah gar nicht so schlecht aus, aber außer dem Haus gab es weder Bäume noch einen Garten. Wie immer steckte auch hier ein Teufel seinen Kopf aus dem Fenster im ersten Stock. Als wir zum Eingang kamen, rief Hatsu von draußen her, worauf das Fenster aufgerissen wurde und der Kantinenchef sein Gesicht zeigte. Über einem Unterhemd trug er einen *Dotera*.

»Seid ihr zurück! Ich dank dir. Geh rüber und ruh dich aus.«

Kaum gesagt, war Hatsu auch schon verschwunden. Dann waren wir zu zweit. Der Boss stand im Fenster, ich davor und so unterhielten wir uns.

»Wie war es?«

»Im Großen und Ganzen hab ich alles gesehen.«

»Wie weit seid ihr runter?«

»Bis zum achten Stollen.«

»Bis zum achten? Das ist hart. War doch sicher schrecklich? Und …« Er schob seinen Kopf leicht nach vorn.

»Und – ich will trotzdem hier bleiben.«

»Trotzdem«, wiederholte er, und er sah mir dabei regungslos ins Gesicht. Auch ich blieb schweigend stehen. Vom ersten Stock lugten immer noch Köpfe raus. Es wurden sogar noch zwei mehr. Sobald ich diese Gesichter sah, wurde mir unerträglich zumute. Mich schauderte bei dem Gedanken, dass ich wieder von diesen Gesichtern umringt sein würde, sobald ich in die Kantine zurückkehrte. Dennoch wollte ich hier bleiben. Egal, wie hart es sein würde, ich bleibe. Ich war so weit gekommen, dass ich meine Hände faltete und darum bettelte, bitte lass mich mit diesen Kerlen zusammen sein, bei dem Gedanken zog es mir Leib und Seele zusammen wie einer gesalzenen Seegurke. Endlich fing der Kantinenchef wieder an zu reden. Er sprach klar und unmissverständlich.

»Also, du kannst hier bleiben. Aber, es ist hier nun mal Vorschrift, lass dich erst einmal vom Arzt untersuchen. Du brauchst ein Gesundheitsattest. – Heute und – heute ist es bereits zu spät, geh morgen früh, morgen lass dich untersuchen. – Wo? Das ist von hier aus im Süden. Beim Heraufgehen habt ihr das sicher gesehen. Es ist das blau gestrichene Haus. Na, für heute wird es dir reichen, drum geh rüber in die Kantine und ruh dich richtig aus.«

Damit schloss er das Fenster. Bevor er das tat, nickte ich leicht mit dem Kopf und ging zur Kantine rüber. Der Kantinenchef sagte, ich solle mich richtig ausruhen, für diese Freundlichkeit war ich dankbar, aber wenn ich wenigstens nur ruhig hätte schlafen können, wäre das alles nicht so hart gewesen. Solange ich wach blieb, würde ich von der wilden Horde und im Schlaf von den Bettwanzen bedrängt. Und auch wenn der Reisdeckel hochgenommen würde, käme da nur Mauermörtel heraus, der nicht durch die Kehle wollte. – Aber ich blieb. Wo ich schon beschlossen hatte, zu bleiben, würde ich schon beweisen, dass ich wirklich blieb. Wenigstens solange Yasu lebt, bleib ich hier. Und wenn alle Menschen hier in der Grube zu Bettläusen würden, solange Yasu leben und arbeiten würde, solange hatte ich vor, zu leben und zu arbeiten. Während mir diese Gedanken durch den Kopf zogen, ging ich die fünfzig Meter zur Kantine runter, ging rein und zum ersten Stock rauf. Als ich ankam, saßen wie abzusehen, alle erwartungsvoll um die Feuerstelle herum. Ich fühlte mich todunglücklich, machte aber ein möglichst argloses Gesicht und setzte mich an eine Stelle, wo ich niemanden stören würde. Da begann es wieder. Spott, Sarkasmus, Schmähungen, Witze, es ging in einem fort. Ich erinnere mich an jede Einzelheit. Mein ganzes Leben lang werde ich es nicht vergessen, denn alles reizte meine Sinne und prägte sich tief in meinem Kopf ein, weshalb ich mich nur zu gut erinnere. Aber ich muss hier nicht alles im Einzelnen wiederholen. Es reicht im Grunde, sich alles von gestern zu vergegenwärtigen. Ich verdrückte das allbekannte Abendessen, indem ich mich zwang, zwei Schalen zu essen, um dann unbemerkt aus der Kantine zu schleichen.

90

Um zur Yamanaka-Gruppe zu kommen, ging ich zwischen den Steinmauern, durch die der »Schepper«-Zug gekommen war, hindurch, und ging dann an dem sanften Hügel rechts hinauf, wo am Ende der Steigung riesige Perlschnurbäume waren. Durch das Eingangstor erspähte ich in der Abenddämmerung einen Schlepper, der im Schein der Grubenlampe seine Röhrenhosen reinigte. Drinnen war es ungewöhnlich still.

»Ist Herr Yasu schon zurückgekehrt?«

Auf meine artige Frage hin hob der Schlepper kurz sein Gesicht und rief, indem er mich flüchtig anschaute, nach hinten.

»Hey, Yasu, Besuch für dich.«

Kaum hatte er gerufen, kam Yasu als hätte er darauf gewartet, mit schweren Schritten daher.

»Ah, da bist du ja. Na, komm rein.«

Yasu erschien in einem feinen, längsgestreiften *Tozan*-Kimono von einem wie es schien, gepunkteten Gürtel umbunden. Er war geradezu wie ein Pferdebursche in Tōkyō gekleidet. Ich war etwas überrascht. Yasu hingegen musterte mein Aussehen, neigte den Kopf und meinte:

»Ah ja, in dem Aufzug bist du also von Tōkyō weggerannt. Hab früher wohl auch solche Sachen getragen. Jetzt wohl eher so.«

Dabei zog er beide Ärmel hoch und zeigte seine Arme.

»Wie schaut das aus? Wohl eher wie ein Rikscha-Fahrer.«

Verlegen schmunzelte ich. Er lachte schallend los:

»Hahaha, also mit mir selber steht's noch viel schlimmer, ich mein, charakterlich. Brauchst nicht erschrecken.«

Ich war um jede Antwort verlegen, stand nur da und schmunzelte. Damals versuchte ich mich immer mit verlegenem Lächeln über peinliche Situationen hinwegzuretten. Yasu hingegen war da weit souveräner als ich. Als er mich so sah meinte er:

»Hab mir schon gedacht, dass du kommst und auf dich gewartet. Nun komm schon rein.«

So rettete er die Situation. Dieser Mensch, dachte ich bewundernd, war einer von jenen, die ihre Welterfahrung einsetzten und unerfahrenen Menschen damit halfen. Vermutlich weil ich bisher nur das Gegenteil erfahren und zum Narren gehalten worden war, schätzte ich ihn dafür umso mehr. Ich folgte seiner Aufforderung und ging rein. Der Raum war groß, aber nicht ganz so riesig wie da, wo ich übernachtete. Die Glühlampe war eingeschaltet. Es gab auch eine Feuerstelle. Allerdings waren nur wenige, höchstens fünf, sechs Leute hier. Fast alle saßen drüben auf einem Haufen, hier waren nur wir zwei. Das Gespräch fing wieder an.

»Wann kehrst du zurück.«

»Ich hab mich entschlossen, nicht zurückzukehren.«

Er machte ein verblüfftes Gesicht, als wolle er sagen, was für ein Blödmann.

»Ich verstehe sehr gut, was Sie gesagt haben. Aber ich bin nicht aus Jux hier her gekommen, es gibt einfach keinen Ort mehr zum Zurückkehren.«

»Hast dir was zu Schulden kommen lassen, wofür du dich jetzt nicht mehr blicken lassen kannst?«

Yasu fragte in einem scharfen Ton und schien davon selbst stärker als ich erschrocken zu sein.

»Das gerade nicht – ich möchte mich da nicht mehr sehen lassen.«

Yasu, der meine Haltung, meinen Gesichtsausdruck und meine Wortwahl beobachtet hatte, brach plötzlich in Lachen aus.

»Mach keine dummen Scherze. Gibt's denn so einen komischen Kauz. Was soll das heißen, will da mein Gesicht nicht zeigen. Ist das nicht ein bissel sehr überspannt? Sowas möcht ich am liebsten auch mal erleben, und wenn's nur für einen Tag ist.«

»Wenn es nur möglich wäre«, sagte ich mit äußerst ernster Miene, »würde ich zu gerne mit Ihnen tauschen.«

Daraufhin legte Yasu wieder prustend los.

»Dir ist doch nicht beizukommen. Denk mal kurz nach. Will jemand, der keine Lust hat, sich in der Öffentlichkeit zu zeigen, ja, will der sich hier unbedingt im Berg zeigen?«

»Aber kein bisschen! Nur weil ich keine andere Wahl habe – 's geht halt nicht anders. Seit gestern Abend und auch heute wieder, werde ich nach Strich und Faden schikaniert.«

Yasu fing wieder zu lachen an.

91

»Solche Mistkerle. Wer war's? Sich einfach so einen jungen Burschen schnappen. Abgemacht, ich werd dich rächen, aber dafür kehrst du heim.«

In dem Augenblick fühlte ich mich ungemein beruhigt. Umso mehr wollte ich auch hier bleiben. Indem ich selber robuster wurde, war auch die ganze Grausamkeit nicht weiter einschüchternd, und ich spürte in mir schon allmählich den Mut aufsteigen, die ganze Bande in Bausch und Bogen herunterzuputzen. Da bat ich Yasu, statt mich zu rächen, mich für einige Zeit hier bleiben zu lassen. Yasu schien ob meiner Dummheit sprachlos und ihm stand ein Ausdruck des Bedauerns im Gesicht.

»Na, dann bleib halt hier. – Das liegt ganz bei dir, da brauchst du mich nicht um Erlaubnis bitten. Oder um meinen Rat.«

»Aber ohne Ihre Einwilligung ist es für mich schwer, zu bleiben.«

»Wenn du das schon sagst, dann wär es gut, wenn du nur kurz hier bleibst. Auf keinen Fall darfst du länger hier sein.«

Mit Respekt habe ich der Anordnung von Yasu zugestimmt. Und da ich selbst den gleichen Gedanken hatte, war es keineswegs nur eine Höflichkeitsfloskel. Anschließend sprachen wir noch über dies und das, aber es war im Grunde wie unten im Berg. Ich war tief bewegt, zu erfahren, dass der ältere Bruder von Yasu ein hoher Beamter geworden war und in Nagasaki tätig sei. Sowohl für ihn als auch für den Bruder war es sicher eine schmerzhafte Angelegenheit, und als ich das in Gedanken mit mir und meiner Familie verglich, wurde ich traurig. Als ich zurückkehrte, begleitete mich Yasu bis zur Tür und meinte, egal was, wenn ich einen Rat bräuchte, könne ich jederzeit zu ihm kommen.

Draußen war der bislang bewölkte Himmel aufgeklart und der Halbmond war aufgegangen. Der Weg war ungewöhnlich hell, dafür war es schrecklich kalt geworden. Die Strahlen des Halbmondes schienen durch Kimono und Unterhemd hindurch bis in die Haut einzudringen. Die beiden Ärmel des Kimonos vor der Brust übereinander gefaltet und die Nase reingesteckt ging ich mit hochgezogenen Schultern los. Mein Körper verkrampfte sich zwar vor Kälte, aber im Herzen fühlte ich mich mehr denn je bereichert. Das war hier jetzt nur vorübergehend. Wenn ich mich daran gewöhnte, würde es bei weitem nicht mehr so schlimm sein. Es war doch so, dass hier mehr als zehntausend Menschen lebten, die tagein, tagaus zusammen arbeiteten, zusammen aßen, zusammen schliefen, wenn ich das ganze sieben Tage lang übte, würde ich sicher auch bis zu einer ganzen Portion entarten. –

»Entartung!«, dieses Wort tauchte vor meinen Augen auf. Allerdings kam es mir nur so in den Sinn, ohne dass ich eine konkrete Vorstellung von Entartung gehabt hätte, daher hatte es für mich auch keinen besonders erschreckenden Klang. Folglich kam ich in vergleichsweise guter Stimmung zur Kantine zurück. Als ich mich etwa bis auf zehn Meter genähert hatte, hörte ich ein lebhaftes Lärmen. Hier draußen war nur der einsame Mond. Als ich drinnen den Lärm hörte, blickte ich rauf zu dem einsamen Mond und blieb eine Weile stehen. Da wurde es mir zuwider hineinzugehen. Hier im Mondlicht zu stehen, wurde nun auch unerträglich. Am liebsten wäre ich zu Yasu gegangen, ihn zu bitten, bei ihm zu übernachten. Schon beim ersten Schritt kam es mir jedoch unmöglich vor, und so ging ich, zögernd zwar, in die Wohnbaracke hinein. Seitlich lag der große Raum, der von der Treppe durch *Shōji* abgetrennt war. Da die Glühlampe oben über den Köpfen hing, konnte man keine Schatten erkennen, aber der Lärm drang unüberhörbar von dort drinnen her. Ich zog meine *Geta* aus, ging lautlos an den *Shōji* vorbei und nach oben. Als ich auf den Stufen oben ankam und den großen Raum überblickte, atmete ich erleichtert auf. Niemand war da.

Nur Kin lag flach da wie ein Reiskeks und schlief. Und dann war da noch der Mann, der eingerollt im Segeltuch zwischen den Balken hing. Aber beide waren äußerst still. Sie waren so gut wie nicht anwesend, und der Raum lag dunkel und ausgedehnt da. Ich ging bis in die Mitte des Raums und überlegte im Stehen: Sollte ich den Futon rausholen und schlafen oder mich einfach angezogen wie ich war in Kleidern hinlegen oder sollte ich wie gestern an den Pfosten gelehnt die Nacht durchbringen. In Kleidern allein war zu kalt, am Pfosten lehnen eine Pein. Nur zu gern würde ich die Futons ausbreiten. Wer weiß, so erschöpft wie ich heute war, konnte ich unter Umständen trotz der Bettwanzen schlafen. Und wenn ich mir einigermaßen saubere Futons aussuchen würde, wäre es schon in Ordnung. Könnte ja auch sein, dass die Anzahl der Bettwanzen je nach Tag variiert. Unter derlei Vorwänden holte ich Futons raus und kroch sachte hinein.

92

Hier meine Erfahrungen jener Nacht aus der Erinnerung genau niederzuschreiben, würde nichts anderes bedeuten, als meine unbeschreibliche Dummheit in die Welt hinauszuposaunen, was weder von Wert noch Interesse sein kann, somit unterlasse ich es. Mit einem Wort, ich erlebte die gleichen Qualen wie in der Nacht zuvor, nur noch stärker, und so sprang ich, als hätte ich bereits ausgeschlafen, umgehend wieder hoch. Einmal aufgestanden überlegte ich reuevoll, warum nur war ich, nachdem ich vormals derart von den Bettwanzen zerstochen worden war, nicht klüger geworden und hatte trotzdem wieder Futons rausgeholt und mich drauf gelegt. Genau betrachtet, war es nur die gerechte Strafe, die jeder vernünftige Mensch vermieden hätte, ja vermeiden hätte müssen, und ich musste eingestehen, ein erbärmlicher Trottel zu sein, und hatte von mir selber gründlich die Nase voll.

Da saß ich also gedankenversunken im Schneidersitz auf dem Futon, und schon wieder wurde ich beherzt gestochen. Hintern, Schenkel und Knie schossen gleichzeitig hoch. Wie ein Nachtreiher stand ich gestelzt auf dem Futon. Ich blickte mich um. Ich begann zu weinen. Keine andere Wahl, nahm ich meinen blauen Gürtel, faltete ihn vierfach und begann mich, nackt wie ich war, damit wahllos zu schlagen, dass es nur so klatschte. Anschließend zog ich den Kimono an. Dann ging ich wieder zum Pfosten von gestern Nacht. Lehnte mich daran. Schmerzlich vermisste ich mein Zuhause. Mehr noch als Vater, mehr noch als Mutter, mehr als Tsuyako, mehr als Sumie sehnte ich mich nach meinem Sechs-*Tatami*-Zimmer in unserem Haus. Ich vermisste mehr als alles andere den bunt bedruckten Futon und den Schlafmantel mit dem daran befestigten schwarzen Kimono-Samtkragen im Wandschrank. Und wenn es nur für dreißig Minuten wäre, zu gern würde ich jetzt diesen Futon ausbreiten, den Schlafkimono überwerfen, warm und wohlig schlafen – aber wer wird wohl jetzt dort in diesem Zimmer schlafen? Oder wer weiß, vielleicht ist es, seit ich weg bin, außer dem kleinen Schreibtisch leer und verlassen. Dann liegen sicher auch der Futon und der Schlafkimono zusammengelegt im Wandschrank. Einfach zu schade darum. Wie glücklich müssen Vater und Mutter, Tsuyako und Sumie sein, dass sie nicht von Bettwanzen gebissen werden. Jetzt um diese Zeit schlafen sie sicher tief und fest. Wie ich sie beneide. – Oder drehen sie sich unruhig herum, weil sie nicht schlafen können. Wenn Vater nicht schlafen kann, wird er fuchsteufelswild und dann hat er die Unart, die Nacht hindurch auf den Aschenbecher zu klopfen. Man könnte auch sagen, dass er raucht, aber in Wirklichkeit glaube ich, ist das nur ein Vorwand, um wutschnaubend die Asche auszuklopfen. Kann sein, dass er gerade wieder herumklopft. Ob er gerade klopft, indem er an seinen unziemlichen Balg denkt, oder ob ihn übergroße Sorgen um den Schlaf gebracht haben? Wie auch immer, er ist zu bedauern. Aber so richtig mochte ich ihn gar nicht, vermutlich wird er sich umgekehrt auch nicht so sehr grämen. Wenn Mutter nicht schlafen kann, steht sie auf und geht zur Toilette. Sie öffnet das kleine Fenster zum Innengarten und wäscht sich die Hände, wobei sie meist vergisst, das Fenster wieder zu schließen und folglich am nächsten Morgen vom Vater gescholten wird. Sicher war es gestern Nacht so, und so wird es heute Nacht sein. Sumie schläft bestimmt tief, garantiert. Solange ich bei ihr war, hat sie sich gerollt und gewinkelt, alle möglichen Kunststücke aufgeführt um einen zu locken, aber sobald ich weg war, hat sie mich fraglos sofort vergessen, isst in aller Ruhe ihre Mahlzeiten und schläft tief und fest, da bin ich ganz sicher. So eine Frau war mir bisher noch in keinem Zeitungsroman untergekommen, daher hatte sie für mich zunächst etwas Unreales, aber sie existiert wirklich, ich hab Beweise dafür. Dass ich mich in eine solche Frau unsterblich verlieben musste, war bestimmt eine tiefe Schicksalsfügung. Sie ist ziemlich unausstehlich, aber egal, wie unausstehlich, ich war scheint's immer noch unglaublich in sie verliebt. Wirklich zu dumm. Auch jetzt noch blitzte dieses unbeschreiblich helle Gesicht vor meinen Augen auf. Unverschämtes Gesicht! Und Tsuyako ist wach. Sie weint vermutlich. Sie tut mir unglaublich leid. Aber ich konnte mich nicht entsinnen, sie je geliebt zu haben, auch nicht, sie durch Tricks in mich verliebt gemacht zu haben, daher hat es keinen Zweck, egal ob sie wach bleibt, egal ob sie um

mich weint. Und egal, wie sehr ich sie bemitleidete, es hatte keinen Sinn. Ich werde mich nicht weiter damit befassen. –

Schließlich wollte ich, egal, was alles um mich herum war,
ganz einfach nur tief und fest schlafen. Freilich hätte ich mir
auch gern ganz normalen weißen Reis bis zum Anschlag reinge-
stopft bis mir schlecht würde, aber mehr noch ersehnte ich mir
ein Bett ohne Bettwanzen. Und wenn es nur dreißig Minuten
wären, ich wollte einfach nur tief schlafen. Dafür hätte ich mir
anschließend sogar den Bauch aufgeschnitten.

93

Während mir derlei Gedanken durch den Kopf gingen, wurde es
wieder hell. Es schien, dass ich irgendwann über meinem Brüten
eingeschlafen war, und als ich aufwachte, dachte ich an gar
nichts mehr. Ich ging auf leisen Sohlen runter, wusch mir das
Gesicht und aß den *Nanjing*-Reis. Alles war wie gestern, daher
mache ich es kurz. Ich wartete ungeduldig, bis es neun wurde,
um endlich zur Krankenstation loszugehen. Es war, so wurde
mir gesagt, jenes blau angestrichene Haus, das ich vorgestern, als
ich den Berg hoch kam, gesehen hatte, daher sei es nicht zu ver-
fehlen. Von unserer Kantinenbaracke aus waren es nur knapp
zweihundert Meter zu gehen, da stand es bereits am Wegrand. Es
war zwar aus Holz, aber ein recht prächtiger Bau, nicht nur ziemlich groß, sondern für dieses Volk von Bestien hier doch irgendwie unpassend. Dass die Wilden hier überhaupt krank wurden,
schien mir schon verwunderlich, aber dass für die Kranken dann
auch noch Gerätschaften, Medikamente, Ärzte und Gebäude zur
Behandlung bereit gestellt wurden, da verstehe jemand diese
Welt. Es war, als würden Räuber ihr Geld zusammenlegen, um
eine Grundschule zu errichten, damit sie ihre Kinder auf die
Schule schicken konnten. Die Extreme von Zivilisation und Bar-
barentum trafen in dem blau gestrichenen Haus aufeinander,
und nachdem das eine auf das andere eingewirkt hatte, ging das
Barbarische noch frischer und munterer barbarisch hervor. Das

Ergebnis war eigenartig widersprüchlich. Während mir im Gehen derlei Gedanken durch den Kopf gingen, steckten wieder einige Teufel ihre Köpfe aus den Fenstern und gafften mich an. Beim Anblick der abstoßenden Gesichter fielen meine gerade gefassten Gedanken auf der Stelle in sich zusammen. Wenn unter diesen Gesichtern auch nur eins wie von Yasu gewesen wäre, ich wäre vor Glück regelrecht aufgeblüht, aber wie abgesprochen, war jedes von äußerster Wildheit. Ich dachte gar, die hier, die brauchen bestimmt keine Krankenstation.

Nur das Wetter war wunderbar, es war klar und heiter. Die Sonne schien auf eine Bergwand, die wie aufgeplatzter roter Lehm aussah. Die Erde, die den Regen von gestern und vorgestern aufgesogen hatte und in der von Osten her strahlenden Sonne lag, war noch nicht getrocknet. Sie saugte förmlich die von oben herab scheinende Sonne auf. Die Landschaft lag leuchtend und sanft da, und wenn man zwischen den Reihenhäusern hinunter auf die Berge schaute, schienen diese in ihrer tiefgrünen Farbe zum Bersten üppig übereinander geschichtet. Der Wind hatte sich völlig gelegt. Heute Morgen schien es gut acht Grad mehr als gestern Nacht zu haben. Am Wegrand blühte ein einziger Löwenzahn. Die Farbe fast zu schön. Auch die passte nicht zu diesen Wilden hier rund herum.

Ich kam am Krankenhaus an. Ein Estrichgang führte etwa gut zehn Meter zu einem Raum, an dessen Tür ein Schild, »Behandlungsraum« hing, davor rechter Hand stand »Wartezimmer«. Ich überquerte den etwa zwei Meter breiten Gang und ging ins Wartezimmer. Es war der gleiche Estrichboden mit zwei Bänken darauf. Auf einem kleinen Glasfenster stand in Blockschrift »Anmeldung«. Ich ging zu dem Schalter, schrieb Vor- und Familiennamen auf ein Stück Papier und gab es ab. Ein junger Mann im Fenster, er mochte zwei-, dreiundzwanzig Jahre alt sein, nahm den Zettel entgegen, zog dabei seine kaum vorhandenen Augenbrauen zu tiefen Furchen und blickte mich beunruhigt an.

»Du bist das also.«

Es klang etwas überheblich und nicht sehr freundlich. Warum musste er mich so herablassend behandeln, grollte es in mir missmutig. Folglich gab ich ein möglichst unfreundliches ›Ja‹

zurück. Der vom Empfang schien damit noch nicht zufrieden zu sein und starrte mich eine Weile an, auch ich blieb einfach schweigend stehen.

»Wart ein wenig!«

Knallend schloss er das Glasfenster und war weg. Das Geräusch von Strohsandalen war zu hören. Was für ein hektisches Gepatsche!

Ich setzte mich auf eine Bank. Der von der Anmeldung kommt einfach nicht zurück. In mich versunken tauchte vor meinen Augen der »Schepperer«-Leichenzug auf. Ich sah, wie Kin auf Schultern – hau ruck, hau ruck – herangeschafft wurde. Und da sollte eine Krankenstation notwendig sein, fragte ich mich. Wofür soll da Medizin verabreicht, unentgeltlich behandelt werden, das macht doch gar keinen Sinn. Das ist nichts weiter als schöner Schein. Der Kranke wurde nur gequält, so gut es ging. Alle wollten nur dem »Schepperer«-Zug Beifall beklatschen. Wollte da jemand ernsthaft einen Arzt herbeiholen. Das wär der Gipfel der Freundlichkeit.

94

»Hey du, geh da rein!«

Plötzlich schallte es von der Rezeption herüber. Der Kerl stand bedrohlich aufgerichtet im Glasfenster und glotzte mich von oben herab an. Ich verließ den Warteraum, bog rechts ab und ging den Gang entlang bis zum Untersuchungsraum, wo mir, sobald ich ihn betrat, ein strenger Geruch von Medizin in die Nase stieg. Bei dem Geruch erinnerte ich mich unwillkürlich daran, dass ich wohl auch über kurz oder lang sterben würde. Es wäre schon seltsam, hier zu sterben und wieder zu Erde zu werden. Das nennt man dann wohl Schicksal. Das Wort Schicksal kannte ich schon lange, aber eben nur die Schreibweise und nicht die Bedeutung davon. Aber selbst wenn man die Bedeutung davon versteht, sie wirklich anzunehmen, war schwierig. So wie sich etwa Leute im Westen Bambussprossen vorstellen, hab ich mich stets mit einer simplen Definition zufrieden gegeben. Aber als die Tatsache des Todes, dieses übergroße Ereignis für jeden Menschen, mit diesem Bergwerk, worin diese Rasse von Bergmännern hauste, verknüpft wurde, da war selbst diesem Muttersöhnchen, dem es bis vor zwei, drei Tagen an nichts fehlte und das völlig sorgenfrei aufgewachsen war, nun aber plötzlich zwischen Tod und Berg in der Luft hing, da war ihm zum ersten Mal ein Licht aufgegangen. Es ahnte, dass dieses Schicksal von unergründlicher Zauberkraft mit diesem reizenden Bürschchen sein Spiel trieb. Folglich war, was bisher nur ein Berg war, von nun an kein einfacher Berg mehr. Was einfach nur Erde war, keine einfache Erde mehr. Und der Himmel, von dem er einfach nur dachte, er sei blau, für den reichte nun blau ganz und gar nicht mehr. Diese Krankenstation, dieser Untersuchungsraum, diese Medizin, selbst dieser Geruch, alles wurde zu einem traumhaften Geheimnis. Vor allem hatte er kaum mehr eine Vorstellung davon, wer oder was da hier im Stuhl saß. Er konnte die Welt außen herum zwar klar sehen, aber er verstand absolut nicht, welche Bedeutung diese Welt eigentlich hatte.

Ich lehnte mich in den Stuhl dieses Zimmers, das Untersuchungsraum und Apotheke zugleich war, betrachtete den Teppich, den Tisch, die Medikamentenflaschen, das Fenster und die Berge draußen. Mit äußerst klarem Sehsinn blickte ich umher, aber alles waren nur Schemen eines Rollbildes, etwas anderes konnte ich nicht fassen.

Da öffnete sich die Tür und der Arzt kam herein. Sobald ich sein Gesicht sah, stellte ich fest, das war letztlich auch ein Bergmann-Typ. Er trug einen schwarzen Cutaway und eine gestreifte Hose. Er streckte sein Kinn über den Kragen.

»Bist du das, der die Gesundheitsuntersuchung machen lassen will?«

In seinem Ton schwang so viel Ehrerbietung, wie man sie einem Pferd oder einem Hund erweisen würde.

»Ja!«

Ich erhob mich vom Stuhl.

»Beruf?«

»Beruf hab ich eigentlich keinen.«

»Kein Beruf. Tja, und wie hat er sich denn bisher durchgebracht?«

»Bin von meinen Eltern unterstützt worden.«

»Von den Eltern unterstützt. Soso, von den Eltern unterstützt einfach nur so herumgelungert?«

»Na ja, so wird es wohl gewesen sein.«

»Also ein Faulenzer!«

Ich schwieg.

»Nackt ausziehen!«

Ich zog mich nackt aus. Der Arzt hörte mit seinem Stethoskop Brust und Rücken ab, dann packte er plötzlich meine Nase.

»Versuch zu atmen!«

Der Atem kam zum Mund raus. Der Arzt brachte seine Hand vor meinen Mund.

»Jetzt halt ich den Mund zu.«

Damit hielt er seine Hand unterhalb meiner Nase.

»Wie schaut es aus? Kann ich Bergmann werden?«

»Zwecklos!«

»Was fehlt mir denn?«

»Ich schreib's jetzt auf.«

Der Arzt schrieb irgendetwas auf ein Blatt Papier, das er mir indem er es mir förmlich zuwarf, übergab. Darauf stand Bronchitis.

95

Bronchitis, das ist die Vorstufe zur Lungenschwindsucht. Wenn man die hatte, dann war jede Hilfe zu spät. Es war also nicht von ungefähr, als ich vorhin beim Geruch der Medizin das Vorgefühl hatte, sterben zu müssen. Jetzt wird es wohl doch noch zum Sterben kommen. In ein paar Wochen wird man mich dann auch wie Kin herumschleifen, um mir einen »Schepperer« zu zeigen, zu guter Letzt wird es dann mein eigener »Schepperer« sein, und alle werden aus Leibeskräften Beifall klatschen und trommeln – oder vielleicht wird, weil ich der Neueste von allen war, weder geklatscht noch getrommelt –, aber welches Ende es nehmen wird, das wusste ich selber nicht. Was brauchte ich das auch zu wissen. Selbst jetzt, wo ich lebte und mich bewegte, wusste ich nicht, was geschehen würde. Solange sich die Welt unaufhörlich in ihrem Gang weiterdrehte, würden sich immer wieder die verschiedensten leuchtenden Farben aneinanderreihen. Ich empfand die Bergmänner als das Niederträchtigste in dieser Welt, aber angesichts dieses ewigen Farbenspiels aller Dinge dieser Welt ging es weder um Niedertracht noch um das Gegenteil davon. Es war mir alles recht, alles konnte sein, wie es war, und wenn ich die Hände in den Schoß legte, dann würde das Schicksal schon für irgendein Ende sorgen. Ob ich stürbe, ob ich lebte, mir war alles recht. Bis zum *Kegon*-Wasserfall zu gehen, war mir inzwischen zu lästig geworden. Nach Tōkyō zurückkehren? Aus welchem Grund sollte ich denn zurückkehren. Noch zwei, drei Mal husten, das war's dann mit dem Leben. Es wurde mir ja vom Schicksal herangeweht, und bis es vom Schicksal wieder davongeweht würde, war es das Bequemste, das Praktischste, das Allerbeste, einfach hier zu bleiben. Wenn ich mich, solange ich hier war, fleißig darin üben würde, verdorben zu werden, dann konnte ich es bis zum Sterben ruhig abwarten. Für einen Lungenpatienten dürfte jede andere Lehre schwierig sein, aber eine Unterweisung in Verdorbenheit ... – zufällig fiel mir wieder der Löwenzahn ins Auge, den ich schon herwärts gesehen hatte. Vorhin empfand ich diese wunderschöne Farbe viel zu schade für hier, jetzt betrachtet, war da gar nichts. Was fand ich daran wohl so schön, ich blieb kurz stehen und betrachtete ihn nochmals, aber nichts daran war schön. Ich ging wieder los. Ich stieg den leichten Anhang hoch und mein Blick ging naturgemäß nach oben. Da waren wieder diese Bergleute in den Reihenhäusern, die die Wangen in die Hände gestützt, auf mich herabblickten. Diese Gesichter, die ich bis vorhin schrecklicher als alles andere empfunden hatte, schienen mir jetzt wie Puppenköpfe aus der Hand eines Töpfers. Sie waren weder hässlich, noch furchteinflößend, noch verabscheuungswürdig. Es waren einfach nur Gesichter. Wie das Gesicht der hübschesten Frau Japans nichts weiter als ein Gesicht war, so waren die Gesichter der Bergleute einfach nur Gesichter. Ich selber bin ebenfalls nur aus Knochen und Fleisch. Mehr ist da nicht.

In diesem Zustand, einem Gefühl, das an Hilflosigkeit grenzte, kam ich zum Haus des Bosses. Als ich um Einlass bat, wurde von innen her mit einem Ruck die *Shōji* aufgemacht und ein etwa fünfzehn-, sechzehnjähriges Mädchen erschien. Niemand würde an einem Ort wie diesem hier ein solches Mädchen erwarten, entsprechend überrascht wäre ich normalerweise gewesen, aber in dem Augenblick hatte ich rein gar nichts gespürt. Ich grüßte mechanisch, worauf das Mädchen, die eine Hand immer noch an der *Shōji*, nach drinnen rief:

»Vater, Besuch.«

Da verstand ich, dass es die Tochter des Kantinenchefs war, aber nichts weiter, und obwohl das Mädchen noch dastand, hatte ich sie schon vergessen. Dann kam der Boss.

»Was gibt's?«

»Ich war dort.«

»Hast' das Gesundheitsattest dabei. Zeig mal!«

Ich hatte glatt vergessen, dass ich in der rechten Hand das Gesundheitszeugnis hielt, und überlegte, wo ich es denn hin getan hatte.

»Da hast du's doch!«, sagte der Boss. Ach ja, tatsächlich, und indem ich versuchte, das inzwischen verknitterte Papier zu glätten, gab ich's ihm.

»Bronchitis? Du bist ja krank!«

»Ja, ich wurde abgelehnt.«

»Das ist aber auch zu dumm. Was machen wir da?«

»Bitte geben Sie mir trotzdem irgendwas.«

»Aber so ist das doch sinnlos.«

»Aber ich kann ja nicht mehr zurück, darum nehmen Sie mich doch, bitte. Ich mach auch Boten- oder Putzdienst, alles ist mir recht.«

»Du sagst zwar, ich mach alles, aber mit der Krankheit ist da doch nix zu machen. Ist aber auch saudumm. Aber wo du schon mal hier bist, werd ich mir was überlegen. Bis morgen fällt mir schon was ein, komm dann nochmals vorbei.«

Versteinert kehrte ich in die Kantine zurück.

96

An diesem Abend hab ich mich ganz gelassen an die Feuerstelle gehockt. Egal, was die Bergleute gesagt haben, ich hab keine Notiz davon genommen. Ich kam gar nicht auf den Gedanken, mich mit ihnen abzugeben. Egal, wie sie tobten, mich belästigten, ja selbst wenn sie mich getreten und gestoßen hätten, mir war, als wären sie und ich zusammen ein in ein Holzbrett geschnitztes Gruppenbild.

Zum Schlafen hatte ich mir keinen Futon rausgeholt. Ich blieb einfach an einer Ecke der Feuerstelle hocken. Als alle schliefen, habe ich auch, wo ich war, vor mich hingedöst. Da niemand Holzkohle in die Feuerstelle nachlegte, wurde die Hitze immer schwächer, und von der zunehmenden Kälte wachte ich auf. Am Kragen herum schlotterte ich. Ich stand auf und ging nach draußen und betrachtete den Himmel voller Sterne. Ich wunderte mich, weshalb wohl die Sterne derart leuchteten und ging wieder hinein. Kin schlief wie immer flach hingestreckt. Wann wird es wohl für Kin einen »Schepperer« geben? Wer von uns beiden würde wohl eher sterben? Von Yasu hörte ich, dass er sechs Jahre hier in den Gruben war, wie viele Jahre wird er wohl noch das Kupfererz heraushämmern? Wird er dann am Ende wie Kin auch, flach ausgestreckt irgendwo in einer Ecke der Kantinenbaracke schlafen? Und sterben? –

Ich setzte mich an den Rand der feuerlosen Herdstelle und hing meinen Gedanken bis zum Morgengrauen nach. Diese Gedanken flossen alle unablässig einer nach dem andern, aber zuletzt waren sie alle versiegt. Da war nichts mehr, keine Tränen, keine Gefühle, keine Farben und kein Geruch. Alle Angst, alles Entsetzen, Unzufriedenheit und Bedauern, nichts war mehr da.

Als die Nacht vorüber war, aß ich wie bisher mein Frühstück und ging zum Boss rüber. Er empfing mich mit gutgelaunter Stimme.

»Da bist du ja. Da hab ich grad was Passendes für dich gefunden. Ehrlich gesagt, hab mir ja dies und das überlegt, aber nichts rechtes gefunden, saß da ein wenig in der Klemme. Aber zuletzt hab ich dann doch noch eine prima Stelle für dich gefunden. Du machst mir die Buchhaltung für die Kantine. Das geht zwar auch ohne. Hat die Oma bisher so nebenher gemacht, aber da du schon so dringend was suchst. Wie schaut's aus, ich könnte das für dich arrangieren.«

»Ah, vielen Dank! Ich mach alles. Buchführung, worum geht's denn da?«

»Da ist gar nix Großes dabei. Man macht nur Bucheinträge. Alle Kerle in der Kantine, die kaufen jeden Tag alles Mögliche, mal Strohschuhe, mal Bohnen, mal Seetang, nicht wahr. Das alles eins fürs andere ins Buch eintragen, das ist alles. Die Waren gibt die Oma aus, aber wer was und wieviel nimmt, das sollst du möglichst übersichtlich aufschreiben, und das war's. Am Zahltag kann ich dann mit dem Buch alles zusammen abrechnen und den Lohn auszahlen. – Das ist nicht weiter anstrengend, ein jeder kann das, aber du weißt ja, das hier ist ein zusammengewürfelter Haufen, der weder lesen noch schreiben kann. Wenn du's machst, wär das eine große Hilfe. Wie schaut's also aus mit der Buchhaltung?«

»In Ordnung, ich mach das.«

»Das Gehalt ist recht schmal, tut mir echt leid. Im Monat vier Yen. – Abzüglich Verpflegung.«

»Das reicht vollkommen«, entgegnete ich. Nicht dass ich besonders glücklich darüber gewesen wäre. Denn so richtig erleichtert war ich natürlich nicht. Aber endlich hatte ich eine gewisse Position im Bergwerk erhalten.

Am nächsten Tag bezog ich in einer Ecke der Küche Stellung und begann wie abgemacht mit der Buchführung. Von da an änderte sich die Haltung der Bergmänner, die mich bisher derart verachtet hatten, gründlich und es kam sogar vor, dass sie mir Komplimente machten. Ich selbst begann auch umgehend, mich in die hiesige Verdorbenheit einzuüben. Ich verschlang den *Nanjing*-Reis. Wurde natürlich von den Bettwanzen gebissen. Jeden Tag kamen die Schlepper und brachten aus der Stadt die dort gestrandeten Landeier mit. Auch Kinder waren jeden Tag dabei. Von meinen vier Yen Monatslohn kaufte ich Süßigkeiten und gab sie den Kindern. Aber als ich später überlegte, nach Tōkyō zurückzukehren, hörte ich damit auf. Fünf Monate habe ich die

Buchführung ohne große Probleme gemacht. Dann bin ich nach Tōkyō zurück. –

Das waren meine ganzen Erfahrungen als Bergmann. Und alles entspricht der Wahrheit. Das kann man schon daran erkennen, dass das hier kein Roman geworden ist.

Asahi	Seit 1904 vertriebene, damals populäre Zigarettenmarke.
Atago-Schrein	Ein für seine sechsundachtzig hohen und steilen Steinstufen berühmter Schrein im Minato-Bezirk von Tōkyō.
Beriberi	Eine Vitamin-B-Mangelkrankheit, Schwäche, die bei Menschen vorkommt, die sich ausschließlich oder besonders von geschältem oder poliertem Reis ernähren.
Bishamon	Einer der sieben Glücksgötter, Gott des Krieges und Beschützer der Krieger. Wächter des Nordens, Insignien sind eine Hellebarde und eine Pagode, beschützt die Menschen vor Dämonen und Krankheit.
Bronzefigur	Anspielung auf die Zeiterscheinung, nach westlichem Vorbild Gedenkstatuen für öffentliche Persönlichkeiten zu errichten. Sie erreichte zum russisch-japanischen Krieg 1906 einen Höhepunkt.
Brücke von Senju	Die Brücke über den Fluss Ara, verbindet die Stadtbezirke Arakawa und Adachi. Senda war die erste Poststation der Straßen von Edo Richtung Nikkō und Ōshū.
Dōjō/Jūdō-Dōjō	Raum, in dem der Kampfsport, Judo ausgeübt wird.
Drei Welten	(jp. Kongō Hannya haramitsukyō) Anspielung auf die Diamant-Sutra, wichtigster Text des Mahayana-Buddhismus, wobei »die drei Welten« Vergangenheit, Gegenwart und Zukunft bezeichnen.
Form eines Hufeisens	Die Form eines *Kamaboko:* auf einem Brettchen aufgebrachte, halbkreisförmige Laibe aus Fischfleischpaste, meist helles Fischfleisch, mit Zucker und Gelierstoffen gekocht und haltbar gemacht.

fünf Stück	Im Text ist von einmal drei und einmal einer Süßkartoffel die Rede, was rechnerisch vier Stück ergibt. Wohl ein Satzfehler, der in manchen Ausgaben stillschweigend korrigiert wird, oder eine dem Erzähler vom Autor bewusst unterschobene unpräzise (fehlerhafte) Erinnerung. Das Originalmanuskript gilt als verschollen.
Gebirgssteg in Shu	Gebirgsstraßen zwischen den chinesischen Provinzen Shaanxi und Sichuan aus dem vierten Jahrhundert vor Chr. Hier sind besonders die Abschnitte der sog. Zhandao gemeint, die horizontal an den steilen Felswänden als balkonartige Holzkonstruktionen angelegt wurden. Sie gelten sprichwörtlich für gefährliche Situationen.
Geta	Japanische Holzsandalen, bei denen sich das hölzerne Fußbett durch zwei Querstege der Sohle von mehreren Zentimetern Höhe über dem Boden befindet. Ein im Fußbett befestigter Riemen (Zehensteg), der zwischen den großen und den zweiten Zeh geschoben wird, teilt sich wie bei Flipflop-Sandalen rechts und links auf.
Hachiman	Ein der Gottheit Hachiman geweihter Schrein. Hachiman wird sowohl im Shintō wie im Buddhismus verehrt und gilt als Schutzpatron des Kriegerstandes.
Hanten und Dotera	Japanische Jacken mit Baumwollfütterung; Hanten ist halblang, Dotera lang. Sie werden meist im Haus und in kalter Jahreszeit beim Schlafen getragen.
Itabashi	Eine der Poststationen entlang der Nakasendō, der Straßenverbindung zwischen Edo und Kyōto. Diese Straße führte im Gegensatz zur Tōkaidō-Straße an der Küste durch das gebirgige Landesinnere.

Kagura	Eine überdachte Bühne für rituelle Tänze in Shintō-Schreinen.
Kagurazaka	Seit der Meji-Zeit belebtes Geschäfts- und Vergnügungsviertel im Bezirk Ushigome in der Nähe des Iidabashi-Bahnhofs im nordöstlichen Bereich Tōkyōs. Auf einem Ukiyoe von Utagawa Hiroshige abgebildet.
Kasuri-Kimono	Eine meist mit Indigo vorgefärbtem Garn gewebte Stoffart, die durch das Weben charakteristische, leicht verschwommen wirkende Muster ergibt.
Kegon-Wasserfall und *Asama*-Vulkan	Beides sind bekannte Orte für Selbstmord.
Kiridoshi-Steig	Abhang mit starkem Gefälle im Stadtteil Bunkyō in Tōkyō, der stellvertretend für steiles Gefälle galt.
Konnyaku-Nudeln	Eine aus der Konjak-Wurzel (Teufelszunge, eine Art der Aronstabgewächse) gewonnene gallertartige Speise mit geringem Nährwert und wenig Eigengeschmack, aber seiner Konsistenz wegen vor allem in der buddhistischen Küche geschätzt.
Kurume	Meist blau-weiß gefärbter, kräftiger Stoff, dessen Webart nach der Stadt Kurume auf Kyūshū benannt ist.
Manjū	Traditionelle japanische Süßigkeit. Meist mit süßer Bohnen- oder Maronenpaste ge- füllte gedämpfte, gebackene oder wie hier frittierte Teighülle aus Weizen-, Reis- oder Buchweizenmehl in regional verschieden Formen, Zutaten und Geschmacksrichtungen.
Miso-Suppe	Japanisches Nationalgericht aus Fischsud, Sojabohnenpaste, Tofu, Meeresalgen und Frühlingszwiebeln.
Naniwa-bushi	Eine Erzählform aus der späten Edo-Zeit im Stil eines Rezitationsgesangs mit Shamisen-Begleitung mit moralischen Geschichten.

Nanjing-Reis	Jp. Ninkin-Reis: billiger Einfuhrreis aus China, der weniger Kleber als japanische Reissorten hat, daher weniger Biss und Glanz.
Narumi-Batik	Narumi-shibori, Schnür-Batik aus der Stadt Narumi in der Präfektur Aichi, inzwischen ein Stadtteil von Nagoya.
Nest der großen Erdspinne	Bezeichnet sowohl eine legendäre Riesenspinne und auch die Erdbewohner Tsuchigumo: ein legendäres Volk, dass sich weigerte, sich dem Tennō zu unterwerfen und sich unterirdisch verbarg. In *Kojiki*, *Nihon shoki* erwähnt, in Kabuki- und Nō-Spielen thematisiert. http://de.wikipedia.org/wiki/ Tsuchigumo Nō: http://www.the-noh.com/ en/plays/data/program_002.html Tsuchigumozoshi: http://longuemare.gozaru.jp/ hon/tuchi/tutigumo_contents.html.
Okawa-Strom	Unterlauf des Sumida-Flusses, der durch Tōkyō fließt.
Parias	Der jap. Begriff dafür lautet »*eta*« und bezeichnet eine soziale Gruppe von gesellschaftlich Ausgestoßenen, die keiner der vier Gesellschaftsklassen angehörten. Diese Menschen waren schwerer Diskriminierung ausgesetzt, die auch nach Abschaffung des Ständesystems in der Meiji-Zeit teils bis in die jüngste Zeit andauert.
Pfeifenrohr	Japanische Pfeife, Kiseru, mit kleinem Pfeifenkopf, wie das Mundstück aus Metall, dazwischen ein schlankes Rohr meist aus Bambus.
Rin	Alte Geldeinheit, 1/10 Sen, 1/1000 Yen, s. *Sen*.
Rotwolltuch	Auf Reisen wurde vor allem in ländlichen Regionen häufig ein rotes Wolltuch in der Art eines Poncho getragen und galt als Sy-

nonym für eine Landperson, bzw. Provinzler, wobei »ketto« in »akaketto« abgekürzt von »buranketto = blanket« herrührt.

Ryō
Währungseinheit aus der Edo-Zeit, die ab der Meiji-Zeit durch die Währungsreform 1871 in Yen umbenannt wurde.

Sen
Währungseinheit, die bis 1953 im Gebrauch war. 1/100 Yen. Der Wert entspricht etwa dem 2000-fachen, die 32 Sen entsprechen heute in etwa 6400 Yen.

das siebte Jahr
Nach damaligem Gesetz betrug die Verjährungszeit bei Strafverfolgung sieben Jahre.

Shitaya
Stadtteil im äußeren Bereich der Innenstadt von Tōkyō Nähe Asakusa, der aufgrund seiner geographisch tiefen Lage und einem Abwasserkanal häufig von Hochwassern heimgesucht wurde.

Shōji
Schiebetür aus einem Holzrahmen mit längs- und querlaufenden Holzsprossen, die mit reißfestem Japanpapier überzogen ist, was einerseits Schutz vor Zug und Kälte bietet, aber eine gedämpfte Lichtdurchlässigkeit gewährt.

Styx
Fluss der Unterwelt in der griechischen Mythologie, über den die Seelen der Verstorbenen von Charon übergesetzt wurden.

Tatami
Etwa 5 Zentimeter dicke Reisstrohmatte als Bodenbelag, von ca. 88 mal 176 Zentimetern. Dient auch als Flächenmaß.

Tozan
Hochwertige bunte Stoffe und Gewebe, bzw. Muster (meist Streifenmuster), die in der Edo-Zeit von Europäern aus Südasien (Java und Sri Lanka/Ceylon) nach Japan eingeführt wurden und die die japanische Web- und Färbetechnik beeinflussten.

Wetzstein (sprichwörtlich)
Nach einem Sprichwort aus dem *Buch der Lieder (shijing)*, einem der *Fünf Klassiker*, der

ältesten chinesischen Gedichtsammlung, entstanden zwischen 10. und 7. Jh. v. Chr., »The way to Zhou was like a whetstone, / And straight as an arrow«, transl. by James Legge, The Chinese Classics, Zit. nach: http://ctext.org/book-of-poetry/da-dong).

zehn Quadratmeter Ein vier, fünf Tatami großer Raum.

Yōkan Süßigkeit aus gemahlener Bohnenmasse, die mit Zucker und Agar-Agar – einem Binde- und Geliermittel aus Meeresalgen – gekocht und anschließend zu Quadern geformt wird.

Yose-Theater Japanische Form des Kabarett- und Varieté-Theaters, dessen Zuschauerraum flach und mit Tatamimatten ausgelegt ist.

DANKSAGUNG

Der Übersetzer dankt Herrn Yasushi Nakao aus Tsuwano für den Blick hinter die Kulissen des Kupferbergwerks Ashio, Herrn Prof. Mitsuhiro Tokunaga für sprachliche und kulturelle Detail- Erläuterungen, der Fakultät für Humanwissenschaften der Universität Yamaguchi für finanzielle Förderungen sowie dem Herausgeber für die Unterstützung bei der Publikation.

MIX
Papier aus verantwor-
tungsvollen Quellen
FSC® C014496

März 2018
›Der Bergmann‹
DuMont Buchverlag, Köln
Alle Rechte vorbehalten
Die japanische Originalausgabe erschien 1908 unter dem Titel
›Kōfu‹ in dem Band ›Kusa-awase‹ bei Shunyōdō, Tōkyō.
© be.bra verlag GmbH, KulturBrauerei Haus 2, Schönhauser Allee 37,
10435 Berlin, www.bebraverlag.de
Übersetzung: Franz Hintereder-Emde
Zuerst erschienen 2016 in der Reihe japan edition,
hg. von Eduard Klopfenstein, Zürich.
Die Übersetzung des Werks wurde ermöglicht durch die großzügige
finanzielle Unterstützung des Herausgebers.

Vorwort ›Der Bergmann‹
DuMont Buchverlag, Köln
Alle Rechte vorbehalten
Copyright © 2015 by Haruki Murakami
Reprinted by permission of ICM Partners
Das Vorwort von Haruki Murakami erschien erstmals 2015 in der englischen
Ausgabe von Natsume Sōseki ›The Miner‹ bei Aardvark Bureau, London.
© 2018 DuMont Buchverlag
Übersetzung: Ursula Gräfe

Umschlaggestaltung: Lübbeke Naumann Thoben, Köln
Umschlagabbildung: © plainpicture/beyond/Yevgen Timashov
Satz: ZeroSoft
Gesetzt aus der Minon 10,5/13,25
Druck und Verarbeitung: GGP Media GmbH, Pößneck
Gedruckt auf säurefreiem und chlorfrei gebleichtem Papier
Printed in Germany
ISBN 978-3-8321-6446-1

www.dumont-buchverlag.de